古典詩歌研究彙刊

第二九輯

龔鵬程 主編

第 8 冊

錢振鍠詩學理論研究

季未春 著

國家圖書館出版品預行編目資料

錢振鍠詩學理論研究／季未春 著 -- 初版 -- 新北市：花木蘭
文化事業有限公司，2021〔民 110〕
目 2+202 面；17×24 公分
（古典詩歌研究彙刊 第二九輯；第 8 冊）
ISBN 978-986-518-326-4（精裝）
1.（清）錢振鍠 2. 詩學 3. 詩評
820.91   110000264

古典詩歌研究彙刊
第二九輯　第八冊　　　　　ISBN：978-986-518-326-4

錢振鍠詩學理論研究

作　　者　季未春
主　　編　龔鵬程
總 編 輯　杜潔祥
副總編輯　楊嘉樂
編　　輯　許郁翎、張雅淋　美術編輯　陳逸婷
出　　版　花木蘭文化事業有限公司
發 行 人　高小娟
聯絡地址　235 新北市中和區中安街七二號十三樓
　　　　　電話：02-2923-1455／傳真：02-2923-1452
網　　址　http://www.huamulan.tw 信箱 service@huamulans.com
印　　刷　普羅文化出版廣告事業
初　　版　2021 年 3 月
全書字數　154380 字
定　　價　第二九輯共 12 冊（精裝）新台幣 25,000 元　　版權所有‧請勿翻印

錢振鍠詩學理論研究

季未春 著

作者簡介

　　季未春，1994 年出生於江蘇省南通市。蘇州大學唐文治書院漢語言文學學士，師從顧遷先生。私立輔仁大學中文系碩士，撰《錢振煌詩學理論研究》，師從胡幼峰先生，研究方向為明清詩學。

　　另有發表會議論文〈風流的隱喻性概念系統〉、期刊論文〈儒家中庸之道的詮釋—以《中庸》為中心〉。

提　　要

　　錢振煌的主要詩學論點，集中體現在其《謫星說詩》和《名山詩話》之中，在創作論、批評論和詩體論三方面，都有較為豐富之論述。本論文重新梳理整合其內容，以期系統化地呈現錢振煌的詩學理論。本論文茲分六章進行析論：

　　第一章〈緒論〉：主要說明本文的研究動機、研究範疇和研究方法，並對過去相關研究進行評述。

　　第二章〈時代背景及生平、著作、交游〉：本章主要分析錢振煌所處的時代背景、家世與生平、著作和交游四部分。主要探討錢振煌所處時代政治、思想變化，並分析其生平交游情況和詩文書畫成就。

　　第三章〈詩歌創作論〉：本章分創作的理論原則、先決條件、實踐技巧三部分。理論原則主要為反對復古、注重情真和語當紀實；創作的先決條件則涉及立意、讀書和天資；而創作的實踐技巧部分，則分析字法、句法、用事、詩韻的具體要求。

　　第四章〈詩歌詩體論〉：本章分為古體詩、近體詩兩類。古體詩分析五言古詩和七言古詩的特點。近體詩則指出五言律詩和七言律詩不同的發展情況和特點。

　　第五章〈詩歌批評論〉：本章以時代為向度，分為先秦兩漢魏晉南北朝、唐宋、明清及同代三部分，探討其詩歌批評論。先秦至南北朝和唐宋時期，主要分析詩人的詩歌特色。明清以詩派和詩家為主，而同代則多論其親友弟子之詩。

　　第六章〈結論〉：總結錢振煌之詩學理論，並論述其詩歌理論之特色與成就。

目

次

第一章　緒　論

第一節　研究動機及範疇

一、研究動機

　　清代是一個文化事業繁榮的時代，也是個文學創作十分普及的時代。龐大的文學創作人群，刺激了大量詩學著作的產生。據蔣寅《清代詩學史》統計，不算詩選和評點類的出版物，僅是詩話就約有一千四百七十餘種。[註1] 近年來的詩學研究者對清代前期和中期的詩話討論頗多，而對清代末期的部分詩話卻未予以足夠的重視。比如清末的錢振鍠（1875～1944），夏承燾（1900～1986）稱其《謫星說詩》與王國維（1877～1927）《人間詞話》乃一時瑜亮[註2]，但還未有人對其詩話進行深入系統地研究。

　　自明代前七子倡言復古以來，宗漢崇唐的思想在詩界稱雄已久。清初，黃宗羲（1610～1695）開宗宋之風。至清代中期，宗宋派勢力經過不斷發展壯大，和宗唐派已成拮抗之勢。清代末期，以同光體為代表的宗宋派和以南社為代表的宗唐派繼續爭論不休。在這種情況下，錢振鍠不僅明確反對復古思想，而且排斥門戶之見，在宗唐、宗宋的爭論

〔註 1〕蔣寅著：《清代詩學史》（北京：中國社會科學出版社，2012 年），頁 13。

〔註 2〕錢璱之編：《錢名山研究資料集》（北京：中國廣播電視出版社，2003 年），頁 127。

下保持中立，十分難得。其詩話，對先秦至民國時期的詩歌，均有論述。他論詩不標舉宗派門戶，不以時代論優劣，能從詩歌本身出發進行評判；作詩則強調要隨時代發展而不斷探索新的路徑，不可墨守陳規，亦無需模擬前人詩作。錢振鍠的詩學理念在當時具有一定的進步意義〔註3〕，十分值得研究。

　　故本文擬就錢振鍠《謫星說詩》和《名山詩話》中的詩學理論，逐一爬梳，歸納整合後建立其詩學體系，以期能呈現出錢振鍠詩論之要義。

二、研究範疇

　　錢振鍠詩學理論主要集中體現在其《名山詩話》和《謫星說詩》之中。錢振鍠說詩文字原未有合刊本，散見於其詩文集中。其早年說詩文字，曾由其父整理，載於《快雪軒文鈔》，於其十八歲刊印。但因文中有激詞，被人告發險些致禍，故被燒掉。今雖有存本，但因寫成之時年紀尚幼，「尚不得視為成熟文字」〔註4〕。且錢振鍠自己後來也在《謫星說詩》中多有刪正，故而此處以《謫星說詩》之內容為準。《謫星說詩》分載於《陽湖錢氏家集》和《名山三集》兩處。張寅彭《民國詩集叢刊》因《錢氏家集》刊登較早，將之視為卷一，後者為卷二。被譽為「一代詞宗」的夏承燾曾盛讚此書「精義名通，得未曾有。」〔註5〕周作人也言：「雖只六十餘則，卻頗有新意，不大人云亦云的說，大抵敢於說話」〔註6〕。而《名山詩話》乃是張寅彭根據《名山集》中以詩話命名的篇目，

〔註3〕裴柱常在〈錢名山的學術思想〉中就指出：「他的文學觀，與保守的文人大不相同。說明瞭詩文的本來，又說明瞭歷史潮流必須變化的道理。這是他在五十年前的主張，他在五十年前已經擺脫了傳統的觀念，向墨守成法的文人挑戰，真是文學革命的先驅。」詳見錢璱之編：《錢名山研究資料集》，頁94。

〔註4〕張寅彭《民國詩集叢刊》冊二，頁576。

〔註5〕錢璱之編：《錢名山研究資料集》，頁127。

〔註6〕周作人所見《謫星說詩》只有六十餘則，應該是載於《名山三集》的部分。具體評價可參閱：錢璱之編：《錢名山研究資料集》，頁111。

進行規整校勘後所得，共六卷〔註7〕。本文對錢振鍠詩學理論之研究，就以張寅彭《民國詩話叢編》中的《謫星說詩》和《名山詩話》為準。

第二節　相關研究述評

清末民初的詩話，未如明代和清代前中期的詩論受到很大關注。詩學研究者對於錢振鍠詩學理論之評述也頗為有限〔註8〕，茲分專書和期刊論文整理如下。

一、專書

研究錢振鍠的專書現有錢璱之《錢名山研究資料集》和常州詩詞協會編錄的《錢名山詩詞選》。《錢名山研究資料集》分為生平資料、學藝評述、題贈與緬懷、編著目錄、集外遺篇、書畫手跡六部分。其中對其詩論的分析，主要見於生平和學藝評述。生平部分，多是錢振鍠後人根據記憶和其書籍整理而出的詩觀，較為簡略〔註9〕；學藝評述部分有鄭逸梅（1895～1992）〈民族詩人錢名山〉〔註10〕、〈詩書畫三絕的錢名山〉〔註11〕、裘柱常（1906～1990）〈錢名山的學術思想〉〔註12〕、

〔註7〕《名山小言》所載為卷一，《名山五集》所載為卷二，《六集》與《六集補》所載為卷三，《七集》與《名山乙亥存稿》所載為卷四，《八集》之〈羞語〉與〈丙子小言〉所載為卷五，《九集》與《九集補》所載為卷六。

〔註8〕學界多關注錢振鍠的書法成就，在《錢名山研究資料集》中就有葉鵬飛〈略論錢名山的書法〉、〈錢名山其人其書〉，陳祖範〈錢名山書法藝術管窺〉等討論了錢振鍠的書法藝術；另有胡曉東：《行其所無事——論錢名山書學觀》（南京藝術學院碩士論文，2015年），專論錢振鍠的書法特點和價值。

〔註9〕雖然其中對錢振鍠詩論的記錄較為簡單，但其乃錢振鍠後人根據記憶所整理，也有一定的參考價值，故在後文中，也會有所引述。

〔註10〕對其詩論著墨不多，僅百餘字。指出錢振鍠論詩評點嚴峻，推崇陶詩、初唐之詩、東坡和放翁，對於王漁洋、袁枚、龔定庵多為讚賞等。詳見錢璱之編：《錢名山研究資料集》，頁69～70。

〔註11〕指出錢振鍠對詩歌的重視。詳見錢璱之編：《錢名山研究資料集》，頁77。

〔註12〕此文論及錢振鍠相對進步的詩學理念，並指出其反對詩詞中人工的音律。詳見錢璱之編：《錢名山研究資料集》，頁93～94。

虞逸夫（1915～2011）〈錢名山先生生平與書藝〉〔註13〕、葉鵬飛〈錢振鍠其人其書〉〔註14〕、鄒綿綿〈江左大儒墨林名家──錢振鍠詩翰〉〔註15〕，均有涉及錢振鍠之詩觀，但多關注其生平、書法，對其詩論僅作概述；此書又摘錄周作人（1885～1967）《知堂書話》、郭紹虞（1893～1984）《滄浪詩話校釋》、陳衍（1856～1937）《石遺室詩話》、冒廣生（1873～1959）《小三吾亭詞話》、錢仲聯（1908～2003）《夢苕庵詩話》等書中與錢振鍠有關的評論，篇幅不多，所持觀點也莫衷一是〔註16〕。而《錢名山詩詞選》中則主要收集一些錢振鍠的詩詞，其前言部分雖提及一些錢振鍠的詩學觀點，但較為簡略〔註17〕。

二、期刊論文

專論錢振鍠詩學觀點的期刊論文，只有劉勇〈錢振鍠詩學視野中的杜詩〉和劉曉萱〈錢名山及其詩學思想〉這兩篇。〈錢振鍠詩學視野中的杜詩〉一文中論及錢振鍠對杜甫的尖銳評論。此文從錢振鍠顛覆相關杜甫的言論和對杜甫七律的評述這兩方面入手，指出錢振鍠對杜詩批判的背後，是對杜詩之喜愛，是為幫助世人重新認識杜詩。此文看到了錢振鍠對杜詩之「滯」的關注、對杜甫的顛覆性批判話語背後複雜的心理，認為其批杜之言乃是為扭轉詩壇風氣。〔註18〕總體而言，此

〔註13〕 此文指出錢振鍠不喜雕琢之詩詞，反對屈意就律。詳見錢璱之編：《錢名山研究資料集》，頁98。

〔註14〕 此文論述錢振鍠對李杜之觀點。詳見錢璱之編：《錢名山研究資料集》，頁158。

〔註15〕 此文引用錢仲聯《夢苕庵詩話》之言，指出錢振鍠論詩不願專學一家，不願隨人腳後行。詳見錢璱之編：《錢名山研究資料集》，頁169。

〔註16〕 有關這些詩論家對錢振鍠的評價，在本文之後的章節之中，會有所論述，此處僅作簡要介紹。

〔註17〕 其文僅言：「對於中國歷代詩人，所許者主要是屈陶、李杜、白蘇、和南宋陸游、金元的元遺山、倪雲林等人，原因在他評騭人物，像唐荊川一樣，必與作者人品相聯繫。」詳見錢名山：《錢名山詩詞選》（北京：華夏翰林出版社，2010年），頁19。

〔註18〕 詳見劉勇：〈錢振鍠詩學視野中的杜詩〉，《名作欣賞》，2017年第11期，頁22～25。

文對錢振鍠論杜之要義大多有所提及，可惜限於篇幅，某些論點沒有進一步展開分析。

而劉曉萱〈錢名山及其詩學思想〉一文，則對錢振鍠的詩學思想進行簡要論述。該文側重分析錢振鍠的整體詩觀，認識到錢振鍠論詩注重自然本真、反摹古、主創新的特點。又指出錢振鍠作詩不喜堆砌辭藻和典故，追求清、真和自然的詩歌境界。此文總結錢振鍠之詩論，認為其注重詩歌的教化功能和詩歌本質的探討，在當時詩壇十分可貴。〔註19〕此文對錢振鍠詩論的特點論述較為精要，可為參考。

此外，有些論文雖非專述錢振鍠之詩學理論，卻在行文中提及他的部分詩論。如孔令環〈民國詩話中的杜甫評論〉涉及錢振鍠論杜之說，指出錢振鍠指摘杜詩藝術技巧上的缺點，和後人論杜中存在的問題。此文認為錢振鍠的這些論點是受新派文學思想的影響，是出於對清代宋詩派的不滿。〔註20〕此文非專論錢振鍠之杜詩觀，故文中沒有進行詳細評述，從而說明錢振鍠與宋詩派、新派文學的聯繫，但提供了一條研究錢振鍠之杜詩觀的方向，不為無功。蔣寅在〈杜甫是偉大的詩人嗎──歷代貶杜論的譜系〉在細數歷代貶杜之言論時，亦涉及錢振鍠之說。此文指出錢振鍠論杜之言乃是少年才子的輕薄之言。〔註21〕李詩白《民國杜詩學研究》也提到錢振鍠的詩觀，但卻只指出錢振鍠反對「杜詩乃集大成者」這一觀點，並視其為反例，一筆帶過，未做詳述。〔註22〕趙耀鋒《民國時期唐詩學研究》則僅提及錢振鍠對杜甫、白居易、李賀的評論，且多將其言視為反例，未有細論。〔註23〕

〔註19〕詳見劉曉萱：〈錢名山及其詩學思想〉，《明日風尚》，2017 年，頁 251 ～252。

〔註20〕詳見孔令環〈民國詩話中的杜甫評論〉，《杜甫研究學刊》，2017 年第 2 期，頁 62～72。

〔註21〕蔣寅：〈杜甫詩是偉大的詩人嗎──歷代貶杜論的譜系〉，《國學學刊》，2009 年 3 期。

〔註22〕李詩白：《民國杜詩學研究》，雲南師範大學碩士論文，2017 年，頁 43。

〔註23〕趙耀鋒：《民國時期唐詩學研究》，西北大學碩士論文，2014 年。其對錢振鍠論杜之言的論述，可見頁 311、315、318、320。提及錢振鍠論

　　總體而言，現今詩學研究者對於錢振鍠詩論的研究較少，尚未出現系統性論述其詩觀的書籍或論文。且這些討論錢振鍠的文章多關注其對杜詩的看法，而忽視錢振鍠詩話中其餘有價值的部分，頗為可惜。

第三節　研究方法

一、歷史批評法

　　歷史批評法是將文本置於歷史脈絡中，考察其意義，並梳理作者思想，闡明作品之價值。文人詩學思想除自身性格和遭遇外，還受到時代環境與學術思潮的影響。清末民初，新舊思想激烈碰撞。錢振鍠身處其間，其詩論一方面反對復古模擬，欲求創新，另一方面又難以完全擺脫傳統詩學之影響，未走向徹底革新之路。

二、歸納分析法

　　歸納分析法，即將具有相同或類似的資料合併討論，分析闡明資料對整體研究之意義。本文將錢振鍠《謫星說詩》和《名山詩話》之詩論，歸納成創作論、詩體論、批評論三部分。通過對這三部分的分析，希冀能夠重新建構錢振鍠的詩學理論體系，呈現其詩學成就。

三、統計與整理

　　錢振鍠《謫星說詩》與《名山詩話》論及先秦至民國眾多詩家。通過表格整理和數據統計的方法，將其按照時代進行規整，可知錢振鍠詩論之重點，有利於從整體關照錢振鍠之詩學理論。

白居易之詩，所引述文本有錯漏，見頁 332。言錢振鍠評李賀之論，見頁 334。

第二章　時代背景及生平、著作、交游

　　錢振鍠（1875～1944），字夢鯨，號謫星；因其父遺言：「爾性高疏，當著書名山以老」，故改號名山，又號庸人。早年自署星影盧主人，避亂上海後，自署海上羞客。清末民國間陽湖（今常州武進區）孝仁鄉白家橋人，世居常州東郭菱溪。歿後鄉人門生私諡曰「貞愨」（一說「貞潛」），也有諡曰清惠先生。

　　「頌其詩，讀其書，不知其人可乎，是以論其世也。」[註1]研究錢振鍠的詩學理論之前，首先要瞭解他的生平思想和時代背景。故本章將就錢振鍠身處的時代背景、生平、著作和交游情況這四個部分進行簡要介紹和論述。

第一節　時代背景

一、易代事變

　　錢振鍠生於光緒建元乙亥年（1875），卒於民國 33 年（1944）。這

〔註 1〕《孟子》，收入宋·朱熹注；王浩整理：《四書集注》（南京：鳳凰出版社，2008 年 11 月），頁 306。

70 年間，內外戰爭頻發，國家政局劇烈變動，政體改弦易轍，各階層在國家政治舞臺上大起大落，人民的社會生活發生了巨大的變革。下文將簡要介紹這 70 年發生的重大歷史事件，以明晰錢振鍠所處的時代背景。

（一）維新變法時期

中法戰爭（1883～1885）和甲午中日戰爭（1894～1895）引發的割地賠款和瓜分危機，把中國推向種族滅亡的深淵。代表民族資產階級的知識分子群體開始覺醒，他們不僅要求學習西方的科學技術，還要求學習西方資本主義的政治制度，實行政治變革，意圖通過維新變法來救亡圖存。維新變法思想的傳播，很快形成了一種政治運動，經過幾年的思想醞釀、輿論宣傳和組織準備，終於在 1898 年發動著名的戊戌變法。〔註2〕這場政治運動，在以慈禧太后為代表的頑固派的扼殺下很快失敗了。但是它推動了人民的思想解放，促進了中華民族的覺醒，為近代企業和文教事業的發展創造了有利條件。最重要的是，它為民主革命運動的開展提供了深刻教訓，促使更多的人走向了革命道路。

（二）辛亥革命時期

二十世紀初期，帝國主義列強加緊了對中國人民的壓迫和剝削，對中國邊疆地區的搶掠和爭奪也逐漸加劇，把中國進一步推向半殖民地的深淵。列強的侵佔和清政府的殘酷壓榨，讓廣大群眾的負擔日益加重。1905 年後，各地群眾的自發鬥爭呈現出急劇高漲的態勢。農民開展了抗捐抗稅鬥爭，工人們開始罷工，商人、學生等各界人士發動了保路運動。〔註3〕隨著時間的推移，下層民眾的自發鬥爭逐漸讓位於資產階級領導的反帝愛國鬥爭。1911 年 10 月，湖北的文學社和共進會聯合起來在武昌發動了軍事起義，成功光復了武漢三鎮。全國各地前後

〔註2〕馮小琴主編：《中國近代史》（武漢：武漢大學出版社，2011 年），頁 153。
〔註3〕馮小琴主編：《中國近代史》，頁 249。

響應，各省相繼獨立，終於推翻了清政府。起義成功之後，各界人士迫切要求成立一個統一的共和政府，他們推舉有崇高威望的孫中山成為臨時大總統，並於 1912 年 1 月 1 日建立了中華民國臨時政府。

南京臨時政府的成立，標誌著中華民國的誕生，宣告了中國長達兩千多年的封建帝制時代的結束。它推動了全國的革命形勢，也震動了帝國主義勢力。帝國主義列強竭力通過各種途徑，想把它扼殺在搖籃之中，在政治、經濟、軍事、輿論等多方面對孫中山和臨時政府進行打壓封鎖，並決定支持北洋軍閥的袁世凱。在帝國主義和清朝力量的支持下，袁世凱左右開弓，既搞垮了南京臨時政府，又推倒了清王朝，最後篡奪了國家政權。1912 年 4 月，孫中山不得不解除臨時大總統職務。這樣，袁世凱終於成功竊取了辛亥革命的果實，成立不到百天的南京臨時政府不幸夭折，辛亥革命宣告失敗。

（三）軍閥割據和抗戰時期

袁世凱就任臨時大總統後，北洋軍閥的黑暗統治時期開始了。在這個時期，交織著獨裁與民主、帝制與共和、毀法和護法的激烈鬥爭。〔註 4〕1916 年袁世凱去世，北洋軍閥的統治在億萬人民的唾罵中結束了。為了爭奪中國，瓜分勢力範圍，帝國主義列強各自培養自己新的侵華代理人。軍閥勢力分裂成了不同派系，分別投靠各個帝國主義，割據稱雄，獨霸一方，互相火拼，致使中國陷入軍閥割據的混亂局面。〔註 5〕軍閥的混戰給人民帶來了深重的災難，而 1917 年俄國十月革命的勝利給革命帶來了新的曙光。十月革命促進了馬克思列寧主義在中國的廣泛傳播，中國工人階級開始登上歷史舞臺。第一次世界大戰爆發後，列強無暇瓜分侵略中國，日本趁機搶佔中國領土。在民族存亡的關鍵時期，各階級力量都投入到救亡圖存的行動中來，中華民族空前團結，英勇抗爭，終於在 1945 年獲得了抗戰的勝利。

〔註 4〕王守中：《中國近代史》（濟南：山東教育出版社，1987 年），頁 396。
〔註 5〕石光榮主編：《中國近代史》（北京：機械工業出版社，1985 年），頁 316。

二、文學思潮

　　錢振鍠身處清末民初，易代之際各種文學思潮湧動不息。光緒時期，清王朝的危機進入了最深重的階段，中華民族也到了生死存亡的關頭。趙敏利在《中國詩歌史通論》中指出，在這種形勢下，詩學界整體分離成兩種形勢，形成兩大創作潮流：「一種沿著道光、咸豐宋詩派的路子繼續向前，在傳統詩歌的框架內，將古典詩學的整合式集成推向了高潮，此以同光體為代表。另一種則是在新觀念的指導下，適應變化了的形勢，突破古典詩歌的舊框架，轉而倡導詩界革命，尋求創立新的詩歌格局。」〔註6〕同光體作家推崇宋詩，看重宋人不為唐詩所拘囿的創新精神，意圖創建清詩的獨特風格。而晚清另一派詩人則較為激進：嶺南地區的黃遵憲、康有為、梁啟超等人提出了「詩界革命」的主張，試圖開闢詩歌領域的新境界。但是此派的詩歌創作只是採用新詞、提倡「以舊風格含新境界」，其文學革命並不徹底，在很大程度上還是局限在傳統詩學領域內。

　　五四運動前後，胡適提出「詩體的大解放」，明確要求用「白話的字」、「白話的文法」、「白話的自然音節」來進行詩歌創作，成為五四「新詩」運動的開端。其後的詩壇湧現出不少團體流派，朱自清在總結1917 年至 1927 年詩歌創作時，將這十年來的詩壇分為三派：自由詩派、格律詩派、象徵詩派。〔註7〕這些詩派團體從各種角度和層面進行

〔註6〕趙敏利：《中國詩歌史通論》（北京：人民文學出版社，2013 年），頁308。
〔註7〕「自由詩派」指胡適、郭沫若、周作人、冰心、康白情、等有影響的詩人寫的自由詩。自由詩派較為徹底地清除了舊體詩詞格律的影響，彌補了初期白話詩「詩體大解放」中的某些不徹底性，使新詩形式更生動活潑、自由舒展，但也滋長了一瀉無餘、鬆散不精的毛病。朱自清所說的「格律詩派」則包括聞一多、徐志摩、陸志韋、朱湘等輩、於賡虞等人。他們以 1926 年創刊的《晨報·詩鐫》為陣地，推行了新詩的格律化運動，宣佈要為新詩「創格」要試驗「新格式與新節奏」，這顯然是對自由詩派與象徵詩派在體制上過分鬆散缺點的糾正。朱自清所說的「象徵詩派」是 20 年代中後期出現的詩歌流派，以李金髮、王獨清、穆木天等為代表。他們受法國現代派詩人波德萊爾、馬拉美

了新詩的創作和開拓。三四十年代的詩壇，不斷湧現的詩派繼續推動著中國新詩的發展。三十年代初期崛起的現代詩派〔註8〕，以「中國的抒情傳統嫁接了西方的象徵主義詩歌」〔註9〕。七月詩派反對各種形式主義，崇尚自由詩體的散文美，認為詩歌語言必須包含情感與思想。〔註10〕九葉詩派則注重反映重大社會問題，書寫個人心緒的自由，強調社會性與人個性、反映論和表現論的統一。既繼承了中國新詩的傳統，也汲取了西方現代詩派的精華。〔註11〕

　　從五四運動到二十世紀四十年代，「新詩」的發展如火如荼，但是與此同時，舊體詩依然保有著頑強的生命力。這一階段舊體詩的創作群體大致可分為晚晴遺民詩人群體、現代學者詩人群體、新文學家詩人群體、書畫藝術詩人群體和黨政軍人詩人群體。〔註12〕民國初期除同光體詩人繼續推重宋詩以外，還有以梁鼎芬、樊增祥等人為代表的中晚唐詩派、以王闓運為代表的漢魏詩派，以及提倡「唐音」的南社等繼續從不同角度研究舊體詩的創作。另外，以康有為為代表的革命派詩人、胡適為代表的新文學派，以及一些政壇、文教界的名人在提倡新詩的同時，也在反思舊體詩的出路，進行舊體詩的改良和實踐。〔註13〕

　　　　等人的影響，強調詩歌的主觀性、內向性，強調表現內心生活和心理的真實，注重向心靈深處開掘。詳見徐榮街：《二十世紀中國詩歌論》（濟南：山東教育出版社，1999 年），頁 12～14。
〔註 8〕有關現代詩派的研究，可參閱周廣宏：《中國現代詩派對意象主義的接受與創新》，青海師範大學碩士論文，2016 年。
〔註 9〕趙敏利：《中國詩歌史通論》，頁 327。
〔註10〕有關七月詩派的詩學理論，可參閱王治國：《實踐自我的主體論詩學──七月詩派詩學理論研究》，浙江大學博士論文，2011 年。
〔註11〕參考自劉超：《「中國式」現代主義詩學──九葉詩派詩學探究》，黑龍江大學碩士論文，2013 年。
〔註12〕胡適著、朱一帆編：《胡適集》（太原：北嶽文藝出版社，2016 年），頁 4。
〔註13〕參考自胡迎建：《民國舊體詩史稿》（南昌：江西人民出版社，2005 年）第一章〈民國時期舊體詩概述〉。

第二節　家世和生平

一、家世

　　據《清代科舉人物家傳資料彙編》記載，錢振鍠的遷常始祖乃是北宋錢惟演（977～1034）〔註14〕。錢惟演，字希聖，吳越忠懿王錢俶第七子。《宋史》評其「文辭清麗，名與楊億、劉筠相上下。」〔註15〕而數百年後，其後代漸次衰落，近世常州錢氏以讀書業儒、在外供職者多。

　　錢振鍠的祖父錢鈞（1819～1877），字邦燦，號廉村。因為家貧，少時不得已而行商。錢鈞平生沒有其他嗜好，惟愛書成癖。經商所得，除了供養父母以外，都用來購買書籍，經史子集，所收頗豐，多至萬卷。錢鈞有詩一首曰：「樂善人嗤蟻戴粒，愛書自笑鼠搬薑。」〔註16〕形象地描述了自己對藏書的熱愛和執著。

　　錢鈞不僅愛藏書，而且愛讀書。一旦有時間讀書，就會廢寢忘食。即使諸事繁忙，出入時看到書，都會不禁心生喜悅。若不是因為要奉養長輩，他甚至願意閉門專心閱讀。〔註17〕這種惜書、愛書的精神，即使是在戰亂時期依舊保留著。太平天國運動爆發，戰火蔓延到常州，錢鈞帶著家人倉皇離開，在蘇北南通、如皋一帶避難時，心中亦常常念及那些藏書。然而他的諸多藏書當時都沒有來得及帶走，後毀於戰亂，「曩時所積，蕩焉一空」。對此他萬分難過，甚至專門請人繪製了一幅《坐擁百城圖》作為紀念。〔註18〕

〔註14〕 來新夏主編：《清代科舉人物家傳資料彙編》卷五十一（北京：學苑出版社，2006年），頁559。

〔註15〕 元・脫脫等撰：《宋史》卷三一七，列傳第七六（北京：中華書局，1977年），頁10341。

〔註16〕 錢鈞：〈言懷〉，轉引自錢璱之編：《錢名山研究資料集》（北京：中國廣播電視出版社，2003年），頁57。

〔註17〕 錢鈞在《坐擁百城圖跋》中寫道：「偶一翻閱，幾忘寢食。或因塵事不暇縱觀，而晨昏出入，亦顧而樂之。嘗竊計若得酌水有賴，即當杜門謝客，盡讀所藏。」轉引自錢璱之編：《錢名山研究資料集》，頁57。

〔註18〕 參考自錢璱之編：《錢名山研究資料集》，頁58。

　　同治六年，錢鈞結束了在外流離的生活，回到常州。回到東門老家後，他生活拮据，既要安家立身，又要讀書藏書，為了生計，不得不到西門治坊做工。有了一點積蓄後，他開店經營「錢祥生號」，其目的不是發家致富，而是為了買書、讀書，培育子孫。幾年後，終於「經史子家之書粗備」〔註19〕。儘管他當時貧困潦倒，但因為有書籍的陪伴，「莫笑歸裝無長物，破書十束盡堪誇」〔註20〕他依舊感到充實。他在同治十年作〈歷歷〉一首曰：「歷歷經過事，回思一惘然。」〔註21〕對自己沒有把藏書帶走以致其毀於戰火之事，錢鈞一直沒有忘懷。「補拙資良友，衰書當薄田。有懷休怠忽，敢望子孫賢。」〔註22〕他把藏書、讀書的願望進一步寄託到了兒孫後輩的身上。他的兒子，就受其影響，也十分熱愛讀書。

　　錢振鍠的父親名為錢向杲（1849～1906），原名福蓀，字仲謙，號鶴岑。光緒元年（1875）舉人，後官至內閣中書。錢向杲曾在多篇詩作中提到自己對讀書的熱愛：「伏櫪敢灰千里志，讀書還顧百年身」（〈除夕書懷〉）、「寒窗依舊一燈青，歲歲埋頭史復經」（〈四十自嘆〉）。〔註23〕他一生讀書，最大的願望就是為強國禦敵出力。身為舉人、內閣中書，他曾上書萬言，力陳救國圖強之策，但是不被重用，只能作詩感慨：「舉筆擲筆詩不成，舉杯擲杯酒罷行，自嘆壯懷在四海，三十九載無知名。年來挾策干當道，上書萬言不見報！」中法戰爭後，他憂心國事，歷時十年，著成《夷夏用兵鑒古錄》40卷，洋洋灑灑，把漢至明清以來華夏與異族交兵的所有史料，特別是歷朝歷代處理異族關係的資料收集、整理，彙集成書。全書史實充分，評點精當，「其間兵機之利鈍，將才之優劣，主德之明暗，臣下之忠奸，主和主戰之孰得孰失，與夫古今時勢之異同，國運之強弱」，都分析得井井有條。書中主要章

〔註19〕　錢璱之編：《錢名山研究資料集》，頁58。
〔註20〕　錢鈞：〈懷鄉口佔〉，轉引自錢璱之編：《錢名山研究資料集》，頁58。
〔註21〕　錢鈞：〈懷鄉口占〉，轉引自錢璱之編：《錢名山研究資料集》，頁58。
〔註22〕　錢鈞：〈懷鄉口占〉，轉引自錢璱之編：《錢名山研究資料集》，頁58。
〔註23〕　錢璱之編：《錢名山研究資料集》，頁59。

節有：〈匈奴和親〉、〈武帝伐匈奴〉、〈西域歸附〉、〈諸羌叛服〉、〈吐蕃請和〉、〈突厥叛唐〉、〈平奚契丹〉、〈西夏叛服〉、〈金人入寇〉、〈岳飛規復中原〉，直至明代〈沿海倭亂〉。這位在野的鶴髮老者，心中滿懷國家民族之安危，日日伏案筆耕，寒來暑往不墜凌雲之志，可謂「老驥伏櫪，志在千里」。雖幾次因目疾中輟，但他屢輟屢續，直至終稿。光緒二十年甲午夏，「日本稱兵據我藩屬，且侵擾我邊疆，朝廷命將出師，互有勝負，累月尚未戡定。」此時，他已年老體弱，仍又增補一篇。拳拳愛國之心，天地可鑒。錢向杲詩作雄渾激昂，論者稱其「為李為杜，牢籠眾有」〔註24〕。其作除《夷夏用兵鑒古錄》外，還有《九峰閣詩集》、《保身必覽》、《續奇聞述》、《乩說續筆》等。父祖二人對錢振鍠的成長及性格形成都有很大影響。

二、生平

錢振鍠一生急公好義，多有賑災濟民之舉，在常州當地聲望頗高，是清末江南三大儒之一〔註25〕。關於他的生平資料較為豐富，今根據《錢名山研究資料集》對他的生平經歷進行分期詳述。

（一）青少時期：穎異過人，狂傲不凡

錢振鍠生於光緒建元乙亥年（1875）六月，雙目囧囧有神，有別於尋常嬰兒。在牙牙學語的年紀，特別喜歡吃橄欖，有人問他，橄欖又不甜，你為什麼吃它呢？錢振鍠答道：過一會就甜了。錢振鍠幼年時十分頑皮，好動成性。但是其父給他讀書，特別是讀忠義、戰陣故事時，錢振鍠就會特別安靜認真，一反常態，家人引以為奇。

錢振鍠穎悟過人，五歲開蒙，一天能讀上四十字，六七歲就可屬對，十歲時能作五言詩。曾獨坐小樓，奇思潮湧，一天寫成〈雜議〉十餘篇，詩十餘首。文中講的大都是：「開闢之前，混沌之後，天之上，

〔註24〕錢璱之編：《錢名山研究資料集》，頁59。

〔註25〕鄭逸梅〈詩人胡石予以夫婦之德事〉一文指出胡石予、高吹萬與錢振鍠在當時被譽為江南三大儒，詳見《申報》，1936年第17卷，頁5。

地之下，耳目口鼻有不及知覺，聲色臭味之外還有物，後人必不不如古人，日月西行水東流偶然耳，不可信。」〔註26〕想像力可謂豐富，和尋常的稚子不同。光緒十六年庚寅（1890）他十六歲，中秀才。十八歲時，其父向杲為他刊印《快雪軒文》。因內容多有狂狷不凡之語〔註27〕，見者大為驚愕。有人特地寫信責怪其父，甚至想向郡守告發，其父極力為之辯解，錢振鍠自己卻毫不在意。

中舉之後，錢振鍠數次春闈不中，直至癸卯（1903）方得恩正並科進士。他在甲午、乙未、戊戌三次會試中，雖然名落孫山，但其試文，卻為宗師所讚譽，而傳誦一時。在南京鄉試時，還未入場，錢振鍠就在住所前署名：「癸巳解元錢某寓」，可謂十分兀傲自負。同考之人非常嫉妒，認為他太過張狂。但是，這一科主考對錢振鍠的幾場製藝卻大為讚賞，認為他：「胸中有奇氣，筆下有清氣。風流自賞，卓爾不群。」又言其：「高談驚座，健筆凌雲。能使尋常意境，一人爐錘，頓成異彩，遙情勝概，橫空而來，真有『開拓心胸，推倒豪傑』氣象。」〔註28〕對錢振鍠以「賈生」之才予以期許，可謂是讚賞有加。後義和團舉事、八國聯軍攻打北京，那拉氏挾光緒帝倉惶逃往西安，科考一度停止。癸卯併科會試，錢振鍠與王鹿鳴一起赴考，心中十分憤懣。那次試策出題〈管子內政寄軍令〉，是為古代訓練民眾抵禦山戎。錢振鍠精熟歷史，舉鴉片、中法、甲午諸戰不利因素，一一細加分析。並指出失敗之因，在於缺乏統一指揮。主考官對此文很是欣賞，給他評語：「衍文奇變，用筆豪邁，固不待言；尤服其自鑄偉詞，絕不拾人牙慧。」〔註29〕其天才卓越、標新立異，由此可見一斑。後經過殿試，選為第十四名進

〔註26〕錢璱之編：《錢名山研究資料集》（北京：中國廣播電視出版社，2003年），頁42。

〔註27〕此書後來錢振鍠本人不甚滿意，將之毀去，但依舊流傳了下來。後來閱者評價道：「此書契理微妙，博涉史乘，專精子部……乃疾八代之蕪穢、鄙韓歐之膚膚，益恃孤照之智識、肆奇譎之議論，睥睨等儕，清標時俗」。詳見錢璱之編：《錢名山研究資料集》，頁173。

〔註28〕錢璱之編：《錢名山研究資料集》，頁7。

〔註29〕錢璱之編：《錢名山研究資料集》，頁7。

士，這一年錢振鍠二十九歲。

（二）中年時期：辭官授書，好善尚義

光緒三十年（1904）錢振鍠中進士之後，朝廷授以刑部主事〔註30〕。清末變法，按照新曆，新進士需要入進士館學習三年，否則就沒有出路。錢振鍠入館後，見到西洋教習登臺宣講，台下諸多進士勤錄筆記，他認為此舉十分無恥，回去就寫到：「生若入進士館，死不上先人塋」。其後上書議事，他提出的第一條就是要「正學術以正人心」，但議成未上。義和團反帝愛國運動失敗後，聯軍侵犯北京，清政府簽訂了《辛丑條約》。錢振鍠對此事氣憤不已，到刑部上任後，不忍在屈辱外交下討生活，就將科考文章改成了奏摺上書督查院。可是等了許久，都杳無音信。一問，是「留中不用」，他心裡因此對朝廷十分失望氣憤。

光緒三十二年（1906）錢振鍠在京供職。一日，突然聽見布穀鳥環鳴居所，心有所感，便一路兼程回到常州。其父已經臥病在床，不到一月便去世了。為此，他作〈孝鳥吟〉一詩，想要勸告世人不要貪圖名利，而應以奉養父母為重。三十四年（1908）欽顯皇后、德宗景皇帝崩，明年宣統改元，攝政王監國，錢振鍠於這一年服闋，再次來到京都。他目睹了當時朝政之腐敗，官吏之庸惰，力圖挽救，向督查院呈請代奏論時務疏。但是當時的京畿道御史趙炳靈是個頑固的庸人，必要他刪去疏中論自由、革命等語。後來袁世凱替代李鴻章，任直隸總督北洋主帥軍機大臣高位，他仍不顧利害呈請代奏「新軍不可用」，依舊不被重視。至此，他對清政府已經完全失望，認為時事不可為，這官不做也罷，便棄官回鄉。

辛亥革命之後，他束髮作道士裝，尚義好遊，寄情山水，肆志著作，多與時忤，以教書為業，賣字為生。他設館授書之處，名叫「寄

〔註30〕 《常州市志‧人物卷》中，有言錢振鍠任工部主事，但據錢振鍠本人的《名山六集》、《清代毗陵名人小傳稿》、《江蘇藝文志》等材料，都言明其為刑部主事，故本文採用刑部主事一說。

園」，是他的祖父錢鈞先生借地建造的，因為此地非己業，故曰「寄」。
錢振鍠以園中的「快雪軒」為講書授徒之處，最初僅有弟子五人，沒過
幾年就有不少人慕名而來，增至三十餘人。錢振鍠教書，會根據弟子的
資質高下來調整教學方式，不會強求弟子做不喜之事。所講授的內容，
包括經史子集、詩詞歌賦等，但會細心選擇有益世道人心之學。對待弟
子，錢振鍠十分寬厚，對於頑燥的學生，也不會打罵，反而循循善誘，
耐心告誡。授課的時候，弟子彙集一堂，散學之後則回到各家自習，錢
振鍠經常親自前往督學。有些學生遠道而來，沒有住處，錢振鍠就讓他
們住在寄園。學生多的時候，園裡住不下，就住到先生家裡。每天晚
上，他都要檢查學生們的自修情況，深夜裡聽到學生讀詩平仄不調，即
使睡下了，也要起來糾正，對教學可謂是十分認真負責。錢振鍠自甲寅
（四十歲設館），至壬申（五十八歲）散學，共計十九年，兢兢業業，
慕名而來者甚多。門生弟子累計數百人，遍及各省，培養出數十名聲譽
卓著、成績斐然的人才〔註31〕。

　　除潛心教書外，錢振鍠還十分好善尚義，嫉惡如仇。回鄉以後，
鄉民們都知他不畏強權，體恤孤寡，所以若是遇到豪紳猾吏之橫行鄉
里等不平之事，都直接向他尋求幫助。每遇良善之輩蒙受冤屈之時，他
都會為之奔走呼籲，伸張正義。一次同邑的婦人舜華為了她兄弟營葬
的事情而受到邑紳惲某的凌辱，最終含冤而死。錢振鍠憐憫她死得慘
烈，痛恨惲某仗勢欺壓良民，於是就為她立傳以告世人。同鄉的官員感
慨錢振鍠的仁義，又見他孤掌無援，就竭力幫助他。之後浙江御史王步
瀛上疏彈劾惲某，讓兩江督撫端方、陳夔龍查複。惲某非常害怕，就向
督撫暗通關節。雖然他最終未被定罪，但膽已嚇破，慌忙離開，逃往上
海租界。類似此種為鄉民伸張冤屈的事跡有很多〔註32〕，錢振鍠門前

〔註31〕 錢璱之編：《錢名山研究資料集》，頁257。
〔註32〕 乙亥之冬，桐城女子施劍翹因為其父從濱報仇，槍殺軍閥孫傳芳而入
　　　　獄。錢振鍠聽聞後為其作〈孝女施劍翹傳〉，又為之立論以告眾人。此
　　　　事引起多方關注，一年後各學堂為其呈請，劍翹因而得以出獄。又東

常有向其告曲直之人，也因此他為縣令所惡。縣令多次想要尋隙治罪，但都沒有發現錢振鍠之罪行，只得作罷。

　　錢振鍠不僅嫉惡如仇，而且心懷悲憫之心，曾曰：「我之為學，欲為天下周貧苦，救飢溺，使天下無失所之家，我行我心之所安。」〔註33〕常、錫、澄三角地帶的芙蓉圩常發大水，良田淹沒，荒災頻發。樹木稻根都已被挖食乾淨，餓死者比屋相望。錢振鍠積極參與賑災事務，日夜奔走，既籌集物資，又想解決此地水災問題。於是開鑿水溝，引水疏洪。因為水經過鄉民田地，影響了某些民眾，常有鬥毆爭論。錢振鍠就鬻書集資，購買其田後再開溝洩洪。如此不僅平息了爭端，而且大大緩解了此地災情。周遭鄉民心中十分感激，一日敲鑼打鼓，送其一方「曲全水利」的匾額。錢振鍠敵不過鄉民的誠意收下了，但人一走就叫人拆了下來。因為他覺得這不是個人功績，不敢掠美。

　　除了芙蓉圩，錢振鍠還賑災過馬跡山、溧陽、金壇等地。災區甚多，善門難開，憑藉一己之力肯定是不夠的。雖然平時不願與豪吏官紳、富商大賈結交，但此時他卻願意為災民登門求助。為了賑災，他還常去各地賣字，對客揮毫，站立書寫，手腕擦破，也整日不息。〔註34〕儘管很辛苦，但是錢振鍠對施展了一些自己沒有機會貢獻的才能而感到欣慰。他在一首詩裡寫道：「何曾為國作於城，羞道胸中十萬兵。管

<hr>

門富商戈蓮生與邑令結親，稱霸一方，私改二賢祠為觀音堂，並誣陷寄園弟子搗毀佛像。先生設法為弟子洗脫冤屈，並恢復了二賢祠。凡此事例還有很多，不宜佔用正文太多篇幅，詳可參閱劉鼎勳〈錢名山先生傳〉，收入錢璱之：《錢名山研究資料集》，頁7～11。

〔註33〕錢璱之編：《錢名山研究資料集》，頁11。

〔註34〕申報中多有記載錢振鍠贈書募捐一事：如「現在溧宜兩縣飢民塵集常州，流亡載道，慘不忍睹。名山先生已於□亭設局振施。自冬至春籌款，不敷如湯沃雪。先生遜清遺老，翰墨遍海內，今茲特至海上贈書募捐。」言錢振鍠贈書捐贈溧宜兩縣飢民一事，詳見〈錢名山鬻書助振〉，《申報》，1935年第13卷，頁4。又有「再日前有常州名士錢名山氏假座該會贈書籌振、當由該會分頭協助、代為宣傳、聞錢君贈書五天、籌得振款七百餘元、現已事畢返常。」言錢振鍠捐助無錫災民一事，詳見〈無錫同鄉會籌募無錫春振捐款〉，《申報》，1935年第13卷，頁30。

領哀鴻五千翼，老夫差不負平生！」〔註35〕雖然沒有上戰場拋頭顱、
灑熱血，但是他一心為民，奉獻良多。

　　曾有人質疑過錢振鍠的救濟方式，認為應該廣開工廠，以從根源
解決流民之苦。但錢振鍠認為此種方法奏效太慢，等到工廠建起，大部
分流民可能早已病死餓死。正是這種對民眾設身處地的關懷，和無私
熱血的行為，讓他得到當地百姓的深深敬愛。

（三）晚年時期：流寓上海，以文抗敵

　　1937 年，抗戰全面爆發後，常州遭到敵機轟炸。錢振鍠的弟子陸
仲卿僱船接他及家人，到武進縣農村禮嘉橋避難。當地百姓雖然捨不
得他離去，為了他的安危又催促他盡早離開。因為憂心國難，錢振鍠沒
多久就病倒了。戰局越發緊張，錢振鍠長子錢小山（1906～1991）在上
海執教，冒著危險，回常訪親，再三懇求他到上海暫住。錢振鍠到上海
後，初居拉都路，再遷桃源村。之後常州的菱溪住宅、寄園書塾都被敵
軍焚毀，成為焦土，所留善本舊籍，以及其先人詩詞文稿，也化為灰
燼。

　　流寓上海之後，他自號「海上羞客」，以不能奮身殺敵，而避居夷
場為可羞可恥。錢振鍠十分注重民族氣節：溥儀在東北成立偽滿州國
時，曾致信誠請他出山上任，但他卻置之不理；後來汪精衛亦想網羅這
位耆宿，曾兩度派人拜謁，均被其毅然拒絕；日本侵略者進入「租界」
後，妄圖利用錢振鍠「遜清遺老」的身份，邀請他參加活動，錢振鍠也
斷然回絕。有一年，汪精衛過生日，上海的漢奸為其舉行祝壽活動。他
們瞞著錢振鍠，謊說請他參加一個宴會。錢振鍠雖不明真相，但照例拒
絕。事後，他看到報紙才知道是這麼回事，為此寫了首七律，題曰〈衰
衰〉以作諷刺。

　　錢振鍠寓居上海期間，仍以賣字為生，堅決拒絕敵偽的利誘和照
顧。他不貪戀富貴榮華、高官厚祿，寧願過著安道守貧、布衣蔬食的生

〔註35〕錢璱之編：《錢名山研究資料集》，頁51。

活，而不移其志。還常常告誡自己：「路旁凍死猶留骨，莫上高樓對酒博」，錢振鍠之風可見一斑。

當時有些知識分子，耐不住貧困的折磨，或者禁不住富貴的誘惑，參加了敵偽組織。對此他寫道：「不向水雲（汪偽）求活計，而今轉覺鮑魚香。」〔註 36〕那些喪失民族氣節，出賣靈魂的人，在他看來，是比鮑魚還要臭的。而對於那些直面侵略者能剛強不屈，奮勇反擊，甚至以身殉國的普通人民，錢振鍠則熱烈讚頌。

在流寓上海期間，錢振鍠十分關心戰事。1994 年夏天，洛陽失守，衡陽淪陷，「洛下不聞花信至，衡陽無復雁書過」〔註37〕。他心裡十分難過，病來如山倒，無從抵抗，患胃潰瘍去世，終年 70 歲。只差一年，錢振鍠沒能親眼看到抗戰勝利，真是令人遺憾！

錢振鍠的夫人費沂（？～1912），字墨仙，乃同邑進士費鐵臣之女，賢惠能詩。錢振鍠素來豪邁，平日在家庭經濟上不甚留意。從京裏回來，為排遣愁心，又經常外出遊歷，足跡遍大江南北。加上情性急公好義，遇到芙蓉圩這樣大災，錢振鍠更是傾其所有為百姓捐贈物資。妻子私下將自己賠嫁飾件典賣還債，又不想給錢振鍠平添憂愁，一直瞞著，後來病倒，於民國十年（1912）去世〔註 38〕。錢振鍠痛念妻德，悲慟不已，也一下病倒，臥床半年才逐漸恢復。這段時間，他寫了許多悼亡詩，一生不再續娶。

兩人一共育有七子，無論男女多能吟詩作文，學養不凡。茲選擇資料較豐富者略加介紹，以見錢氏深厚之家風。

錢小山（1906～1991），錢振鍠之長子。生於清光緒三十二年，武進人，寓居局前街太平里 10 號。出身書香門第，自幼隨父錢振鍠讀書。青年時代主要致力於教育事業。抗日戰爭勝利後，一度出任名

〔註36〕錢璱之編：《錢名山研究資料集》，頁 201。

〔註37〕錢璱之編：《錢名山研究資料集》，頁 25。

〔註38〕見《清代毗陵名人小傳稿》卷十，轉引自錢璱之編：《錢名山研究資料集》，頁 42。

山中學校長。在腐敗黑暗的舊社會，他寧願清貧，不從政，不當官，不參加黨派活動。抗戰結束後，積極參加政治、社會活動，歷任市人民政府文化處處長，市文化局局長、中華詩詞學會、江蘇省詩詞協會顧問，省書法協會理事等職。他從 15 歲編《結網吟》詩稿起，寫作 70 年，先後創作詩詞近萬首。其詩風格清新雋永、明快流暢；長於行書，有獨特風格，他的書法「蒼潤灑脫，神完氣充」，是常州有名的詩人和書法家。

錢仲易（1909～2005），錢振鍠之次子，錢小山之弟。曾任重慶《中央日報》、上海《新聞報》記者、副總編輯，兼任香港《星島日報》駐渝記者，重慶大明紡織公司秘書科科長。錢仲易一生所作韻語逾千首，體現出熱愛國家、熱愛生活、熱愛大自然之情愫。晚歲所作《易經史觀》，積數十年易學心得，論證易經的相對論觀點。

錢悅詩（1919～2013）別名乃慶，錢振鍠之幼女，生於江蘇常州菱溪。因她 3 歲時母親病逝，錢振鍠憐她幼年失母，對她特別疼愛，小小年紀便教她識字讀書，5 歲時就熟讀〈長恨歌〉、〈琵琶行〉、〈木蘭辭〉等。因她愛讀詩詞，其父為她取名悅詩，取「悅禮樂而敦詩書」之意。她 9 歲時就對繪畫產生濃鬱的興趣，喜歡臨摹家中收藏的畫卷畫冊，後又拜無錫名畫家胡鷺汀為師。到香港後，又師從著名書畫家張大千先生，工花鳥。

第三節 著作

錢振鍠自棄官回鄉以後，專心於授書立說，一生著作頗豐。已經刊印的有：《陽湖錢氏家集》、《陽湖謝氏家集》、《名山集》（九集及九集續）、《名山文約》、《名山詩集》、《快雪軒文鈔》、《良心書》、《課徒草》、《文省》、《名山叢書》、《毗陵三少年詞》〔註39〕等。這些書籍包含了

〔註39〕 詳細的論著目錄和各版本資料，可見《名山詩詞選》的〈錢名山詩詞選協編瑣記〉頁 174～176，以及《錢名山研究資料集》書後的〈編著目錄〉，頁 267～270。

他的詩、詞、文章、詩話、筆談、書論、家語，以及編選的叢書等，內容十分豐富。其詩話在上一章研究範疇中已有所論述，此處不再贅言，僅分析其詩文和書畫。

一、詩文

錢振鍠平生最為自詡的就是他的詩歌，曾言：「學詩最早，詩視他文字獨可信，然則傳我者必在詩矣。」[註40] 逝世前不久，他還寫道：「我以詩事天，不得無詩死。氣急言語盡，尚有心在此。」錢振鍠留下的詩詞共有一千一百餘首，內容豐富，風格與白居易、杜甫有相似之處。

從詩歌的內容來看，其詩歌多是取材於現實生活。詩集中描寫少年時代的情思，如：「多多脂粉式如金，中有瓊姿弱不禁；淡綠衣裳輕貼體，黑羅邊子粉紅心。」（〈龍船詞之一〉）[註41] 溫柔旖旎，對顏色的描繪很是細膩；還有不少描寫日常生活中常見的動物，如〈哀牛〉、〈悼兔行〉、〈乳雀〉等，多表達對其的同情和憐惜；在他的詩集中還有大量作品描寫普通民眾的貧苦生活，而尤其以苦難最深的婦女群體為重點，如寫農婦的〈農婦〉、哀婦人的〈妾薄命〉、憐幼女的〈挑薺女〉等，字字句句揭露百姓的悲慘生活，表露出對她們的悲憫同情；他還寫有不少評論時局、人物，揭露腐敗朝政的作品：如其〈美人謠〉：「美人智巧不足論，美人比屋藏金銀。器用犀利世所珍，百貨贏餘付火焚。」[註42] 表面寫美人，實乃諷刺美國在面對中國抗戰時的虛假同情和自私本質；又〈簡大獅傳〉中有一七絕：「痛絕英雄灑血時，海潮山湧泣蛟螭。他年國史傳忠義，莫忘台灣簡大獅。」[註43] 則怒斥清政府之無能，痛惜台灣抗日英雄簡大獅之死。對於這類詩歌，陳衍在《石遺室詩話》中稱許道：「囊聞名山為狂士，今乃知其為狷者，狂可偽，狷不

〔註40〕錢璱之編：《錢名山研究資料集》，頁32。
〔註41〕錢璱之編：《錢名山研究資料集》，頁88。
〔註42〕錢名山：《錢名山詩詞選》，頁80。
〔註43〕錢名山：《錢名山詩詞選》，頁26。

可偽也。其〈蚱蜢行〉有句云：『養雞誰不願雞肥，哀哉利心生殺機』是菩薩語，全篇與少陵〈縛雞行〉異曲同工。」〔註44〕指出其詩歌中對生民百姓的關懷，與杜甫有相似之處。

總而言之，錢振鍠的詩歌多為對生活、對時代的記錄。描寫日常生活事務的詩歌，語言淺近似白居易，揭露不同勞苦大眾被壓迫和點評時事政局的詩歌，又尖銳似杜甫。值得一提的是，在那個外來思想與傳統文學思想激烈衝突的年代，錢振鍠雖未在詩話中明確表示對白話文學的推崇，但在《星影樓雜言》中有言：「非天下之至變，孰能與於此？生今之世，作詩高言漢魏，作詞僅守五代，可謂不知變矣。」〔註45〕透露出詩歌應該與時俱進的含義。反應到他自己的詩歌創作中，則有雖未脫舊體，卻幾乎以白話文所寫就的詩歌〔註46〕，也有不囿於傳統詩歌體裁的限制，句式相對自由的雜言詩〔註47〕。

對於文章，錢振鍠認為要言之有物，主張說理需條達，反對綺靡繡合、雕章縟采、鋪張堆砌的《昭明文選》，和曾子固（1019～1083）文字之灰暗生澀。《謫星筆談》中記載不少他評論前人文章的內容，如「退之與時貴書，求進身，打抽豐，擺身分，賣才學，哄嚇撞騙，無所不有，究竟是蘇張遊說習氣變而出此者也。陶淵明窮至乞食，未嘗有一句怨憤不平之語，未嘗怪人不肯施濟而使我至於此也。以其身分較之退之，真有天壤之別。」〔註48〕此處他明確表示不喜韓愈虛榮勢利、

〔註44〕錢璱之編：《錢名山研究資料集》，頁120。
〔註45〕錢璱之編：《錢名山研究資料集》，頁94。
〔註46〕如《海上羞客詩續》中有一首詩：「孫女進學堂，清晨出門走；三月狗說話，五月豬開口。」，所用語言，基本可以說是白話文了。
〔註47〕如其〈煙禁急〉詩云：「雅煙禍國幾百年，中與天子首禁煙。月復月，年復年。官吏怠，煙禁寬。九州四海煙漫漫，家家戶戶保平安。年復年，月復月。號令新，煙禁急。上司行文雪片來，縣官半夜星馳出。萬家閉戶斗橫天，啣枚疾走馬不鞭。遠郊燈戶出不意，縛來只當豬羊牽。振民風，去民害。罪當懲，法無貸。來何神、去何快。如此官，考當最。五夜回衙歎苦辛，小姬榻上高裝待。」七言中時時嵌入三字句，具有濃烈的辛辣意味，語言詼諧幽默，又近如白話。
〔註48〕錢璱之編：《錢名山研究資料集》，頁112。

搔首弄姿的策士之文,而讚賞陶淵明的不折不屈、平淡自然,可知錢振鍠對文章的評價與作者之品性是聯繫在一起的。

　　錢振鍠的文章既不是桐城派,又不是陽湖派。他非常不喜桐城派的方望溪(1668～1749)、姚惜抱(1732～1815)、張皋文(1761～1802)等人。唐晏(1857～1920)的《涉江先生文鈔》中有〈砭韓〉一文點明當時的八股文乃是受到韓愈古文的影響:「此一派也,盛於唐,靡於宋,而流為近代場屋之時文,皆昌黎肇之也。」〔註49〕而錢振鍠認為桐城派之文似韓愈古文一般,也是「裝腔作勢,搔首弄姿」的策士之文。〔註50〕不僅如此,當時的桐城古文自成一派,其他人若持論稍有出入,便似犯有大不韙之罪。〔註51〕錢振鍠十分反感宗派之論,曾說世人大抵好言「派」,但是「文章本天成,妙手偶得之」,認為好文章在天地之間,沒有派別之分。他曾言:「鄙人文字既無宗派,又復空疏,不足與百年學者比;竊取之義,惟有不平二字耳。」〔註52〕明確表示自己文章不屬於任何一派,只為表達自我內心不平之情。

　　錢振鍠之文章,不僅是詞藻的組合,更有充實的內容和獨到的學識。除闡述理論之外,還能給讀者以文藝的美感。裘柱常曾在〈錢名山的學術思想〉一文中,記載了一篇錢振鍠的文章,並指出其文渾樸自

〔註49〕唐晏:《涉江先生文鈔》〈砭韓〉,收入清代詩文集編撰委員會:《清代詩文集彙編》(上海:上海古籍出版社,2010年),頁5。

〔註50〕錢璱之編:《錢名山研究資料集》,頁113。

〔註51〕在錢振鍠的《謫星筆談》卷三中有言:「桐城之名始於方劉,成於姚而張於曾。雖然,曾之為桐城也,不甚許方劉而獨以姚為桐城之宗,敬其考而祧其祖先,無理之甚。其於當世人不問其願否,盡牽之歸桐城,吳南屏不服,則從而譏之。譬之兒童偶得泥傀儡,以為神也,牽其鄰里兄弟而拜之,不肯拜則至於相罵,可笑人也。」謝章鋌《賭棋山莊筆記》有言:「近日言古文推桐城成為派別,若持論稍有出入,便若犯乎大不韙,況敢倡言排之耶?餘不能文,偶有所作,見者以為不似桐城,予唯唯不辨。」二文均指出桐城派眼光狹窄,固守派之言。詳見清末民初‧周作人著、鍾叔河編選:《周作人文選》(廣州:廣州出版社,1995年),頁234～235。

〔註52〕錢璱之編:《錢名山研究資料集》,頁21。

然，沒有斧鑿痕跡，詞意明白如話，平易可愛。他認為錢振鍠的文章乃是在五四運動以後，古文出路的代表〔註 53〕；伍受真也曾在〈讀《名山八集》〉中提出錢振鍠在常州文風一度衰弱的時候，以個人之道德文章而冠絕東南。〔註 54〕可謂評價甚高。

二、書畫

錢振鍠的書法在當時是頗負盛名的，何應輝先生曾評價錢振鍠的書法「筆致遒潤渾涵，力量藏而不露，運筆收放有則；結字則純粹峻密，順勢隨手而成，……變化極自然有趣；通篇氣象樸茂淳和，這種看似平淡無奇、實則意蘊深厚的書藝創作，具有高層次的審美價值，若非書藝修養爐火純青，難以達到如此境地。」〔註 55〕

錢振鍠之書法，起初學顏魯公，風華妍麗，但留存很少。中間又近似倪元璐（1594～1644）、黃石齋（？～？），後來學漢隸、北碑，一變而為蒼勁樸茂，晚年則學懷素（737～799）。錢振鍠非常喜歡王羲之的〈蘭亭序〉，善學王羲之書法的神韻和情趣，而非形貌。當時海內的書法界，盛推包世臣（1775～1855），其《藝舟雙楫》「以長穎柔翰相尚，標榜回腕龍眼鳳眼之說」，在清代晚期影響很大。錢振鍠卻認為這是「故弄玄虛，不切實際。」〔註 56〕。後康有為（1858～1927）在《廣藝舟雙楫》中呼籲社會與創作是一體的，推崇「變法變體」的書法觀，尊碑卑帖。再加上科舉制度的廢除，解除了書法的桎梏。錢振鍠受到了政治與書法變革的影響，也十分反對清廷保和殿取士的館閣體。在辭官以後，致力於學習漢晉北魏的石刻名跡，博採眾長，自創新意，書法風格為之大變，遂成一代名家。

在書寫時，錢振鍠不喜用長鋒羊毫。他認為這種毛筆單薄細長，

〔註 53〕錢璱之編：《錢名山研究資料集》，頁 88。
〔註 54〕錢璱之編：《錢名山研究資料集》，頁 101。
〔註 55〕劉正成主編《中國書法鑒賞大辭典》，（北京：大地出版社，1989 年），頁 1377。
〔註 56〕錢璱之編：《錢名山研究資料集》，頁 98。

蘸墨後就像軟爛的棉條，寫字時就會軟滯拖遝，生機喪失，如此只是做字，而非作書。所以他多用粗壯短勁的毛筆，開鋒一半，用過就不會再洗。寫字的時候，不喜懸腕，握筆則盡量往下靠近筆頭。這些習慣和選擇都與常人很是不同，可能與他「行其所無事」的自然書寫觀和「執筆勿難，但求其便」的技法理論有一定關係。〔註57〕

這種獨特的握筆方式，讓他的字似鐵畫銀鉤，有千鈞之力，頓挫分明、沉著痛快，氣韻雄渾，「快槍擊玻璃，洞穿而玻璃不碎」。使人一看，便覺「堂堂之陣，正正之旗」，力透紙背，是一種「力的表現、力的藝術」。〔註58〕錢振鍠還十分樂於為普通群眾寫字，曾多次寫字義賣賑災，常、錫一帶農家，普遍藏有他的字。一些有名的藝術家也十分珍視他的書法：如康有為年輕時見到他的字，認為「除我之外，當世更無此公匹敵」；于右任與錢振鍠的二女婿程滄波談藝，謂：「名山老先生書法比我好。」朱屺瞻自述：「其畫藝之成，曾受名山先生之啟發。」〔註59〕張大千能模仿他的字，徐悲鴻要收集他的字，說只要是精品，多多益善。可見同道對他書法的推崇。〔註60〕

錢振鍠六十歲以後，開始學畫墨竹以自娛。他以「書法為畫法，發竿如篆，布葉如分，勁挺倔強，灑落多姿。」〔註61〕將書法融入畫中，其畫如字般挺勁有力。畫雖不動，卻似聞瑟瑟竹聲，別具悠悠之韻。其最後一篇詞作乃是〈金縷曲‧戲題墨竹〉，透露出其書畫特點：「文蘇墨跡原無價。我豈有、胸中成竹，自矜宗派？只是天機隨處發，無復四旁上下。卻也是、名山心畫。留得此君真相在，比西山二子斯其亞。頑與懦，一時化。」〔註62〕他的畫不僅是書法的另一種表現，也

〔註57〕關於錢振鍠的書法特點，可參閱胡曉東：《行其所無事——論錢名山書學觀》，南京藝術學院書法專業碩士論文，2015年3月，頁8~22。
〔註58〕詳見錢璱之編：《錢名山研究資料集》，頁40。
〔註59〕錢璱之編：《錢名山研究資料集》，頁71。
〔註60〕錢璱之編：《錢名山研究資料集》，頁147。
〔註61〕錢璱之編：《錢名山研究資料集》，頁163。
〔註62〕錢名山：《錢名山詩詞選》，頁105。

是他內心情志的自然流露。

第四節　交游

　　獨學而無友，孤陋而寡聞，雖然錢振鍠辭官回鄉後基本處於隱居狀態，但是他辦理學堂，弟子眾多，又賣字集資，與當時的名儒多有往來。探尋錢振鍠的交游情況，可以從側面得知錢振鍠的為人與個性以及詩學思想的來源變化，從而幫助我們解讀其詩歌理論的形成與發展。

一、友人

　　鄭逸梅在〈民族詩人錢名山〉一文中，總結了與錢振鍠有文字往來的人：「如冒鶴亭、錢崇威、高吹萬、夏承燾、孫頌陀、榮鄂生，同鄉蔣竹莊、莊通百，鄧春澍、唐企林、劉厚生以及陳小翠、孫伯亮、陸孔章、伍受真、郁靜淵等。」〔註63〕本文以此和《名山文集》及其他題贈詩詞書信等作為參照，簡要敘述幾位與錢振鍠關係較為密切、來往較多之人。

　　冒鶴亭（1873～1959），是錢振鍠在刑部的同僚，乃清初如皋名士冒襄之後。光緒時以舉人用為刑部及農工部郎中，入民國曾為財政部主任、全國經濟調查會會長，學術方面著有《淮南子補註》、《管子長編》、《小三吾亭詞話》等。他與錢振鍠有不少文字來往，在《小三吾亭詞話》中對錢振鍠評價甚高：「陽湖錢夢鯨比部，負氣坎坷，不可一世。世目之為狂，非真知夢鯨者也。夢鯨人有風骨，能以身份為重，名位為輕。處此頹流，眼中之人吾見亦罕。」〔註64〕

　　夏承燾（1900～1986），字瞿禪，晚年改字瞿髯，別號謝鄰、夢栩生，室名月輪樓、天風閣、玉鄰堂、朝陽樓。他是浙江溫州人，畢生致力於詞學研究和教學，是現代詞學的開拓者和奠基人。《錢名山研究資料集》中收集了他與錢振鍠的往來書信，信中他對錢振鍠的詩話、文章

〔註63〕錢璱之編：《錢名山研究資料集》，頁73。
〔註64〕錢璱之編：《錢名山研究資料集》，頁121。

都給予高度評價。兩人在信中談古論今，切磋文藝，可謂惺惺相惜。
〔註65〕夏承燾在《天風閣學詞日記》裡評價道：「此公思想甚舊，而人品甚高，著書精神不可及。」「其詩文不假塗飾，自寫胸臆，意氣高邁，有壁立千仞之概。」〔註66〕

二、弟子

　　錢振鍠在「寄園」講學十九年，所收弟子甚多，其中有謝觀虞、謝稚柳、王春渠、鄭曼青、程滄波、唐玉虯、陳小翠等得意弟子，在各自的領域中都取得了不俗的成績。篇幅所限，不宜各個詳述，故取其中幾位資料較多者略加介紹，以見錢振鍠的教導有方。

　　謝觀虞（1897～1935），民國詞人兼書畫家。初名子楠，又名觀虞，字玉岑，後號孤鸞（1932年喪偶後自號）。謝觀虞出生於常州書香望族謝家，他的祖父謝祖芳，父親謝仁湛，伯父謝仁卿，皆工詩善文。在十四歲時跟隨錢振鍠學習經史。因其儀容俊朗、才華橫溢深受錢振鍠的賞識，於是錢振鍠就把長女錢素渠許配給他。謝觀虞詩詞、書法均造詣精深，亦能作駢文。其詞被譽為「藐姑仙人」，書法以篆隸為最工，所書鐘鼎金文，被認為「可勝缶翁（吳昌碩）」〔註67〕。張大千對其書畫頗為讚許，譽之為「海內當推玉岑第一」。在其英年早逝之後，還寄五百金贈予其遺孤。〔註68〕有《孤鸞詞》、《白菡萏香室詞》等。

　　程滄波（1903～1990）是錢振鍠的學生，在寄園就讀。少年英才，為錢振鍠所器重，錢振鍠將次女錢雲藁嫁予他。錢振鍠嫁女，沒有貴重嫁妝，卻有滿箱書籍和筆管墨架，在當時的陽湖民間傳為奇談。程滄波晚年在台灣回憶這段往事，仍覺歷歷在目，他寫道：「行文定禮，隨冰

〔註65〕錢璱之編：《錢名山研究資料集》，頁73。
〔註66〕錢璱之編：《錢名山研究資料集》，頁122。
〔註67〕陳玉堂編著：《中國近現代人物名號大辭典》（杭州：浙江古籍出版社，2005年），頁1256。
〔註68〕1939年《社會日報》0002版有刊登錢振鍠〈贈張大千〉一文，即敘述此事。

人仗輿迤邐而至者，食盒數十事，滿列圖書，縹緗緣以紅錦，乃至筆管墨架，皆別為緣飾，觀者嘆為妝奩之奇跡，益感於書香清華之不同凡俗也！」〔註69〕對於錢振鍠之學養家風頗為敬佩。程滄波〈本師名山先生七十壽言〉一文更是盛讚錢振鍠之人品道德，他言：「先生之德豐矣，而其嗇之；先生之道亨矣，而其遇窒之。兩漢以降，蓋世之英，名世之德，比之昔賢，其陸韓歐蘇之倫歟！」〔註70〕

　　唐玉虬（1894～1988），一生詩作宏富，著作等身。《唐玉虬詩文集》為其一生詩作之彙編，內容廣博。其中如《國聲集》、《入蜀集》等，為其抗戰時期所作，多記「九一八」以後之史事，有「詩史」之價值；《懷珊集》則為懷念亡妻之作，纏綿悱惻，其忼儷情深，動人心魄。其作品題材多樣，風格亦多變，雄渾與婉約兼擅，沈鬱與奔放並舉，有較高的文學價值和藝術成就。他曾在〈名山先生尺牘序〉中寫到與錢振鍠深厚的師生情誼：「（名山）多與鼎元論詩、論文、論醫及立身處世之道，視余猶子，情見乎辭也。嗚呼，今日之世，向何地求知己？向何地感恩：每發吾師之函而心神飛越也，將永藏以為子孫寶。」〔註71〕

〔註69〕 蔣湧濤〈錢振鍠年譜〉（續六），《名人博覽》，2015年第1期，頁20。
〔註70〕 錢璱之編：《錢名山研究資料集》，頁196。
〔註71〕 錢璱之編：《錢名山研究資料集》，頁198。

第三章　詩歌創作論

　　劉勰在《文心雕龍》中有言：「在心為志，發言為詩」〔註1〕，詩歌是詩人表達內心情感的一種方式。春秋戰國時期，「諷誦舊章，酬酢以為榮賓，吐納以成文身」〔註2〕，詩歌亦是公卿大夫出使外邦，應對進退、賓客酬酢的重要工具，在古代的文人生活中有著十分重要的地位。在齊梁時代的鍾嶸就在《詩品》提出「極目所見」、「直尋」的詩歌創作方法〔註3〕。自唐代天寶年間詩歌成為科舉必考的科目之一後〔註4〕，如何才能創作出優秀的詩歌，對於有意仕途的學子就變得更加重要。與此同時，對於詩歌創作之方法的討論也越來越多，如皎然的《詩式·取鏡》對詩歌的意境十分重視，並提出了高、逸、靜、遠、新、自然這六點審美要求〔註5〕；司空圖〈與李生論詩書〉中的「直致所得」，和《二十四詩品》中的「俯首即是，不取諸鄰」〔註6〕，都顯示出詩歌創作師法自然的傾向，強調詩歌乃生活真實的描述。明清時期，論詩之

〔註1〕梁·劉勰著、王更生註譯：《文心雕龍讀本》（臺北：文史哲出版社，2000年），頁83。

〔註2〕梁·劉勰著、王更生註譯：《文心雕龍讀本》，頁84。

〔註3〕對於鍾嶸《詩品》之「直尋」理論的詳細分析，可參閱蔣茜：《鍾嶸「直尋」的創作美學研究》，暨南大學碩士論文，2017年。

〔註4〕傅璇琮：《唐詩論學叢稿》（北京：京華出版社，1999年），頁30。

〔註5〕對於皎然《詩式》的研究論著頗多，茲列舉幾本以供參考，如許連軍：《皎然〈詩式〉研究》（北京：中華書局，2007年），甘生統：《皎然詩學淵源考論》（北京：人民出版社，2012年）。

〔註6〕唐·司空圖：《詩品》，見郭紹虞主編：《中國歷代文論選》上冊，（上海：中華書局，1962年），頁497。

作種類繁多，數量龐大，對詩歌創作理論的分析也更加精深。〔註7〕

　　本文所論的錢振鍠，其詩歌創作論主要存於《謫星說詩》和《名山詩話》中，以下即以此為基礎，就錢振鍠論之詩歌創作的理論原則、先決條件和實踐技巧這三方面加以深入分析，以闡釋其詩歌創作之觀點。第一節主要討論的是錢振鍠詩歌創作之理論原則，指出其反對復古思想，要求作詩合於真情，所述應當紀實。第二節則著重討論了立意、讀書、天資這三個重要的創作條件。第三節論述的是在創作實踐中，應該掌握的字法、句法、用事、用韻之技巧。

第一節　詩歌創作的理論原則

　　詩歌創作的理論原則是詩論家在創作詩歌、批判作品時所秉持的中心思想和主張。它超乎作品之上，先作品而存在，卻影響到了詩歌的精神、風格和內容。〔註8〕錢振鍠詩歌創作的理論原則可分為反對復古、合於真情、語當紀實這三個部分，茲分點論述如下。

一、反對復古

　　錢振鍠在《名山詩話》、《謫星說詩》中用很多篇幅談論復古的問題，並對此表示強烈抨擊。復古之論，由來已久。下文就詩歌復古理念的起源、發展以及錢振鍠的相關論點三部分進行分析，以便進一步理解錢振鍠反復古的詩學觀念。

（一）復古思想的濫觴

　　所謂復古思想，就是詩論家對前代詩歌發展有盛衰優劣的判斷，認為某一時代或某一階段、某位詩人的詩歌頗為高妙甚至已臻至頂峰，故以此為標榜，進行一定程度地學習、借鑒或模仿。現今學界，提到復

〔註7〕對於明清時期詩論家的創作論，會在下文論述錢振鍠詩論之時，有所引述，故此處不多贅述。

〔註8〕胡師幼峰：《沈德潛詩論探研》（臺北：學海出版社，1986年3月初版），頁31。

古多會聯想到明代復古派。但古與今是相對的，在中國古典詩歌領域，崇古復古的觀念由來已久。

　　《詩三百》由孔子刪詩而成，又經諸多儒生闡述，在漢代以後，已經成為讀書人心中的聖經，其地位之崇高，自毋庸贅述。《詩經》多以四言為主，雖有曹操（155～220）、嵇康（224～263）等人為後繼，但就創作來說，「仿作四言詩的古人，極為罕見。」〔註9〕從詩歌體裁來看，漢魏以後，多以五言古詩為主。一直至初唐，沈佺期（656？～715？）、宋之問（656？～712？）二人在沈約（441～531）、庾信（513～581）等「以音韻相婉附，屬對精密」的基礎上，「又加靡麗，回忌聲病，約句準篇，如錦繡成文」〔註10〕，律詩得以形成，形成「學者宗之」的局面〔註11〕。

　　在這個時候，陳子昂（659～700）率先提出復古之說。〈修竹篇並序〉中，他表面上貶斥齊梁詩歌「采麗競繁」、「興寄都絕」，其實是在暗指沈宋之流承齊梁格詩之遺風，「逶迤頹靡，風雅不作」。所以，他崇尚漢魏風骨，重視興寄風雅，意圖復古。〔註12〕他的〈感遇詩〉三十八首，都是五言古詩，清勁剛健、悲涼感慨，與漢魏風骨相契合〔註13〕，可謂其復古理念的實踐。

〔註9〕　吳宏一：〈談中國詩歌史上的「以復古為革新」──以陳子昂為討論重心〉，《北京大學學報》（哲學社會科學版）2007年，第44卷第3期，頁7。

〔註10〕　宋‧歐陽修等撰：《新唐書》列傳第一百二十七〈文藝中〉（北京：中華書局，1975年），頁5751。

〔註11〕　有關當時沈佺期、宋之問之詩歌概況，可參閱宋‧歐陽修等撰：《新唐書》列傳第一百二十七〈文藝中〉（北京：中華書局，1975年），頁5751。

〔註12〕　陳子昂在〈與東方左史虬修竹篇並序〉中有言：「文章道弊，五百年矣！漢魏風骨，晉宋莫傳，然而文獻有可徵者。僕嘗暇時觀齊梁間詩，采麗競繁，而興寄都絕，每以永嘆。思古人常恐逶迤頹靡，風雅不作，以耿耿也」。詳見唐‧陳子昂：《陳拾遺集》（上海：上海古籍出版社，1992年），頁10。

〔註13〕　有關陳子昂詩歌與漢魏風骨的關係，可參閱王婧嫻：〈陳子昂「風骨」論〉，《短篇小說》，2018年，第23期。

　　雖然陳子昂之說在當時並未形成復古之浪潮，但幾十年後，李白（701～762）承其餘緒，亦復古道。〔註14〕如其〈古風〉五十九首，歷來多被認為是仿陳子昂〈感遇詩〉而作〔註15〕。除李白外，唐代的張九齡（673～740）、杜甫（712～779）、王維（701～761）等人，也都受其影響，古體詩效法漢魏。〔註16〕所以，陳子昂復古理念的重要性在於，在當時詩壇深受齊梁艷薄靡麗之詩風影響的情況下，以漢魏之風骨，激發黃鐘大呂之風氣。「上遏貞觀之微波，下決開元之正派」〔註17〕，為李杜開先，在唐詩發展史上有著承先啟後的意義。

（二）復古思想的發展

　　到了宋代，為了跳脫出唐詩建構的詩歌典範，宋詩求變追新，以「轉益多師」之學古為手段，以「推陳出新」之變古為方法，力圖開拓創獲，自成一家。〔註18〕雖有學古之法，宗古之說〔註19〕，但其根本是為了兼融會通，以求創新，似乎不能完全視為復古思想的一部分。

　　而元詩的發展過程中，宗唐復古（古體宗漢魏兩晉，近體宗唐）的思想成為潮流。期間經歷了對金代與南宋詩歌的批判與反思、南北

〔註14〕孟棨《本事詩》曰：「（李）白才逸氣高，與陳拾遺（陳子昂）齊名，先後合德。其論詩云：『梁陳以來，艷薄斯極。沈休文（沈約）又尚以聲律。將復古道，非我而誰歟？』」詳見孟棨等著《本事詩　本事詞》（上海：古典文學出版社，1957 年），頁 16。

〔註15〕語見吳宏一：〈談中國詩歌史上的「以復古為革新」──以陳子昂為討論重心〉，《北京大學學報》（哲學社會科學版）2007 年，第 44 卷第 3 期，頁 8。

〔註16〕有關陳子昂的詩歌和詩歌理念對唐詩的影響，可參閱劉秀秀：《陳子昂詩歌理論及創作在盛唐的接受》長沙：湖南大學碩士論文，2015 年。

〔註17〕明・高棅：《唐詩品彙》〈五言古詩敘目〉（上海：上海古籍出版社，1982 年），頁 46。

〔註18〕有關宋詩「力求新變」的論述，可參閱張高評：《宋詩特色研究》（長春：長春出版社，2002 年），頁 5～9。

〔註19〕如宋代嚴羽提倡：「夫學詩者以識為主：入門需正，立志需高；以漢、魏、晉、盛唐為師。」，詳見宋・嚴羽《滄浪詩話》（北京：中華書局，1985 年），頁 4。

復古詩風的匯合、中期宗唐復古論的高漲和後期宗唐復古論的繼續發展。〔註20〕當然在這股宗唐復古的浪潮之下，一些人也看到了一味擬古的弊端，從而提出了師心尚今之論，對宗唐復古的思想進行反思〔註21〕。但總體來說，宗唐復古的思想貫穿了整個元代，在不斷地摸索中形成、成熟、高漲，為明代大規模復古思潮的出現奠定了堅實的基礎。〔註22〕

　　明代的復古浪潮經由前後七子的相繼提倡，發展出蓬勃之勢。《明史》總敘中有記載當時詩壇的概況：

　　　　蓋明自三楊倡臺閣之體，遞相摹仿，日就庸膚。李夢陽、何
　　　　景明起而變之，李攀龍、王世貞繼而和之。前後七子，遂以
　　　　仿漢摹唐，轉移一代之風氣。〔註23〕

　　以楊士奇（1366～1444）為代表的臺閣體詩歌以「考見王政之得失，治道之盛衰」〔註24〕為目的，詩風以「和而平、溫而厚、怨而不傷」為特點，主要宣揚帝王威德，表現自得的閣臣心態。這種詩風，在後期演變為平正典雅有餘，而天真之趣稍缺，甚至滑向膚淺平庸的境地。〔註25〕面對臺閣體的弊端，李何王李相繼提出「復臻古雅」、「宗

〔註20〕對於元代復古思想的具體演變和發展，可參閱雲國霞：《元代詩學研究》，成都：四川大學博士論文，2008年，第六章。

〔註21〕如劉詵（1268～1350）〈與揭曼碩學士〉中有言：「蓋士非學古則不能以超於今，而今亦何必不如古。使吾自能為古，則吾又後日之古也。若同然而學為一體，不能變化以自為古，恐學古而不離於今也。蓋嘗讀閣閣下之書，上不遜於古，下不溺於今。詩古矣，而不可以指曰自某氏；文古矣，而不可以指曰自某氏，此善學者也。學古而能使人不知其學古，則吾自為古矣，無他。」見宋·劉詵：《桂隱文集》卷三，文淵閣《四庫全書》，第一一九五冊，頁178。

〔註22〕語見雲國霞：《元代詩學研究》，成都：四川大學博士論文，2008年，頁224。該文第224～225頁論及元代宗唐復古思想對明代復古派之影響，可參閱。

〔註23〕清·張廷玉等撰、楊家駱主編：《明史》列傳第二百八十五，頁7307。

〔註24〕明·楊士奇：〈玉雪齋詩集序〉，見明·楊士奇著、劉伯涵、朱海點校：《東里文集》卷五（北京：中華書局，1998年），頁63。

〔註25〕有關臺閣體的形成背景、詩風特色，可參閱陳書錄：《明代詩文的演

漢崇唐」，並聚團結社，以集體力量力挽頹風，矯枉糾偏，聲勢浩大〔註26〕，形成在明代文壇稱雄百年之久的復古風潮。他們將復古思潮推向了頂峰，被後代學者譽為「復古派」〔註27〕。

復古思想在明代達到高潮，影響深遠。但是在這一片復古浪潮之下，亦有反對之音。如公安派就對七子「復古」理念所引發的「追章琢句，模擬剽竊」〔註28〕之弊病十分不滿，對此進行猛烈抨擊〔註29〕；明末清初的錢謙益（1582～1664），其詩歌則「走上力破藩籬，融古通今的道路」〔註30〕，扭轉了詩壇獨尊漢魏盛唐的風尚〔註31〕。《四庫全書總目》也指出復古派模擬之弊端：「自李夢陽、何景明崛起弘、正之

變》（揚中：江蘇教育出版社，1996 年）第二章第一節〈臺閣體儒雅品味的沉降〉。

〔註26〕 何良俊在〈四友齋叢說〉中記載：「我朝文章，在弘治正德間可謂極盛，李空同、何大復，康滸西、邊華泉、徐昌穀一時共相推轂，倡復古道。而南京王南原、顧東橋，寶應朱凌溪則其流亞也，然諸人猶以吳音少之。稍後則亮州薛西原（蕙）、祥符高於業（叔嗣）、廣西戴時亮（欽）、沁水常明卿（倫）、河南左中川（國璣）、關中馬西玄（汝驥）諸人。薛西原規模大復……他如王庸之（教）、李川甫（濂），則空同門人；樊少南（鵬）、戴仲鶡（冠）、盂望之（洋），則大復門人；譬之孔門，其田子方、苟卿之流歟。」見何良俊：《四友齋叢說》（北京：中華書局，1959 年），頁 235。

〔註27〕 學界有關明代復古派的研究頗多，此處僅列舉幾本較有代表性的著作以供參考：陳國球：《明代復古派唐詩論研究》（北京：北京大學出版社，2007 年）；陳書錄：《明代詩文的演變》（南京：江蘇教育出版社，1996 年）。

〔註28〕 歸有光：〈沈次谷先生詩序〉，見郭銀星編選：《明人文集》，《唐宋明清文集》第二輯（天津：天津古籍出版社，2000 年），頁 962。

〔註29〕 袁宏道有言：「草昧推何李，聞知與見知，機軸雖不異，爾雅良足師。後來富文藻，屈理竟修辭。揮斤薄大匠，裹足戒旁歧。模擬成儉狹，莽蕩取世譏。」見袁宏道：《袁中郎全集》（臺北：偉文圖書出版社，1976 年），頁 1370。又：「然至以剽襲為復古，句比字擬，務為牽合，棄目前之景，摭腐濫之辭。」見袁宏道著、錢伯城箋校：《袁宏道集箋校》，（上海：上海古籍出版社，1979 年），頁 710。

〔註30〕 胡師幼峰：《清初虞山派詩論》（臺北：國立編譯館，1994 年），頁 42。

〔註31〕 廖可斌：〈關於明代文學與清代文學的關係——以詩學為中心的考察〉，《文學評論》，2016 年第 5 期，頁 63。

間，倡復古學，文必秦、漢，詩必盛唐，才學足以籠罩一世，茶陵之光
焰幾熸。逮北地、信陽之派轉相摹擬，流弊漸深。」〔註32〕復古派的
思想和流弊受到諸多批判，詩歌復古的對象不再局限於漢魏盛唐之詩，
詩界對宋詩之關注逐漸上升。

　　清初，黃宗羲開浙派宗宋之風，而吳之振（1640～1717）編撰《宋
詩鈔》，促進宗宋詩風之興起。清初詩論家鄧漢儀（1617～1689）指出當
時文壇概況：「今詩專為宋派，自錢虞山倡之，王貽上和之，從而泛濫其
教者有孫豹人枝蔚、汪季用懋麟……而與余商略不苟同其說者，則有施
尚白閏章、李屺瞻念慈、申鳧孟涵光、朱錫鬯彝尊……屈翁山大均等人。」
〔註33〕可見，宗宋派在清初已經崛起，形成與宗唐派相拮抗的局面。張
麗華在《清代乾嘉時期唐宋詩之爭流變史》指出，到了清代中葉，以沈
德潛為代表的宗唐派和以厲鶚為代表的學宋者爭論紛紛。後性靈派代表
袁枚（1716～1798）對兩派都提出了批判，詩壇宗唐派與主宋派對峙的
局面逐漸瓦解，形成了宗唐、主宋、融通唐宋派三足鼎立的現象。乾隆
後期直至嘉慶朝，以翁方綱（1733～1818）為代表的宗宋派力量不斷壯
大，呈現出欲壓倒調和派而上之的勢頭。〔註34〕郭前孔在《清代晚期唐
宋詩之爭流變史》討論了清代晚期的詩壇概況，他指出道咸年間宗唐派
日漸式微，融通唐宋的思潮繼續發展。而宗宋勢力則以宋詩派為代表，
桐城詩派為其助力，兩者互為犄角，成為詩壇的中堅力量。〔註35〕

（三）錢振鍠的反復古理念

　　反觀我們要討論的錢振鍠，他所處的年代已經是清末民初。這一

〔註32〕　清・紀昀等修纂：《四庫全書總目提要・集部》卷一百七十（臺北：中
　　　　　華古籍出版社，2008 年），頁 3632。
〔註33〕　鄧漢儀：《寶墨唐詩拾》，轉引自蔣寅：〈王漁洋與清初宋詩風之興替〉，
　　　　　《文學遺產》，1999 年第 3 期，頁 92。
〔註34〕　對於清代中葉詩壇的概況，參考自張麗華：《清代乾嘉時期唐宋詩之爭
　　　　　流變史》，蘇州大學博士論文，2008 年。
〔註35〕　有關清代晚期的詩壇風潮，參考自郭前孔：《清代晚期唐宋詩之爭流變
　　　　　史》，蘇州大學博士論文，2009 年。

時期，是清代唐宋詩之爭最為激烈的階段，以陳衍（1856～1937）為代表的同光體聲勢浩大，對宗唐派進行猛烈抨擊〔註 36〕。而以張之洞（1837～1909）為代表的調和派〔註 37〕和以南社為代表的宗唐派〔註 38〕對宋詩和同光體則大加斥責。又有主張「詩界革命」的新詩派日漸活躍〔註 39〕。在這樣複雜衝突的文學思潮之下，錢振鍠是如何看待復古理念呢？茲分別論述如下：

第一，錢振鍠探討了「學」字之義及其與復古的關係。

有儒者註《論語》，指出「學之謂言效也」。錢振鍠認為這個解釋是十分淺陋的，學應該是博聞廣識之義，而非單純的模仿。學詩應該是

〔註 36〕 如陳衍曾言：「今人習於沈歸愚先生各別裁集之說，以為七言絕句，必如王龍標、李供奉一路，方為正宗。以老杜絕句，在盛唐為獨創一格，變體也。由其才力橫絕，偶為短韻，不免有蟠曲之象……跌宕奇古，何嘗必如盛唐哉。」對沈德潛及其從者以盛唐為宗的做法，提出批判。語見清末民初‧陳衍：《石遺室詩話》，收入清末民初‧陳衍著、錢仲聯校編：《陳衍詩論合集》（福州：福建人民出版社，1999 年），頁 34。

〔註 37〕 如張之洞在〈輶軒語〉中有言：「近代學人大率兩途：好讀書者宗漢學；講治心者宗宋學。逐末忘源，遂相詬病，大為惡習。夫聖人之道，讀書治心，誼無偏廢，理取相資，詆誶求勝，未為通儒甚者。或言必許鄭或自命程朱，夷考其行；則號為漢學者，不免為貪鄙邪刻之徒，號為宋學者，徒便其庸劣巧詐之計，是則無論漢宋，雖學奚為？要之，學以躬行實踐為主，漢宋兩門皆期於有品有用，使行誼不修，蒞官無用，楚固失矣，齊亦未為得也。」調和學漢、宗宋兩派，指出宗宋者之庸劣巧詐的弊端。見清‧張之洞〈為學忌分門戶〉，收入鄧洪波主編：《中國書院學規集成》卷三（上海：中西書局，2011 年），頁 1472。

〔註 38〕 南社成員柳亞子曾作〈胡寄塵詩序〉，云：「余與同人倡南社，思振唐音以斥儕楚。」明確表示以唐音作為南社詩歌的取法榜樣。見清末民初‧柳亞子：《磨劍室文錄》（上海：上海人民出版社，1993 年），頁 257。並有詩〈時余亦將歸黎裡矣〉，云：「一代典型嗟已盡，百年壇坫為誰開？橫流解悟蘇、黃罪，大雅應推夏才。」對當時推崇蘇、黃之詩的現象提出批判。

〔註 39〕 「詩界革命」由梁啟超於 1899 年提出，他指出：「第一要新意境，第二要新語句，而又須以古人之風格入之，然後成其為詩。」見梁啟超：《梁啟超全集》（北京：北京出版社，1999 年），頁 1219。以梁啟超為代表的新詩派倡導詩歌要融入西方語言，要展現新時代的新意境。成員多由具有維新思想的愛國人士組成，如黃遵憲、康有為、蔣智由等。

廣泛閱讀古人詩集，而不是僅僅學習他人詩歌的字句與形式。錢振鍠認為後者純粹是模仿，而非創作自己的詩歌。他又將寫字與寫詩進行類比，認為字確實需要臨摹才能寫好。但是詩與字不同，「詩由心造」，人心不同，所表現出來的詩歌面貌自然也有所差別。所以「蓋自以『學』字作摹仿解，而『學』之意失矣。」〔註40〕在錢振鍠的眼中，摹仿和學習完全是不同的概念，甚至指出「摹仿必兼抄襲。」〔註41〕

他進一步指出「我輩學詩，不過多讀古今詩集，以啟發我之才力心思而已，不必影響字句、形模篇段之為學也。」〔註42〕此言雖然肯定前人詩歌對詩人才力心思的啟發作用，但對復古這件事本身，其實是持否定態度的。他指出，前人的詩歌可以誦讀，但不要被他們的字句、形式和段落章法所影響和局限。

第二，他明確表達對復古思想和行為的批判態度。在《謫星說詩》中有不少對復古思想的討論：

> 前人相沿擬古，原屬可厭。李于鱗代古人作公讌詩，尤屬無謂。古人非不能詩，誰要後人與他代作。此輩胸中筆下，有一副摹古學問，竟無出路，故借此發抒，真可笑。〔註43〕

> 明代詩人林立，詩卒不佳者，其病正坐於摹古、學古、有取於古耳。〔註44〕

> 從來一切笨人論詩，主合古，都為不能詩者言也，能詩者不必言也。袁中郎、江進之、袁子才論詩主離古，為天下能詩者言也。若不能詩者，終身求合古之萬一不可得，此等人安能與之言離古？〔註45〕

〔註40〕《謫星說詩》，收入張寅彭主編：《民國詩話叢編》（上海：上海書店出版社，2002年）冊二，頁577。
〔註41〕《謫星說詩》，收入《民國詩話叢編》冊二，頁601。
〔註42〕《謫星說詩》，收入《民國詩話叢編》冊二，頁577。
〔註43〕《謫星說詩》，收入《民國詩話叢編》冊二，頁586。
〔註44〕《謫星說詩》，收入《民國詩話叢編》冊二，頁590。
〔註45〕《謫星說詩》，收入《民國詩話叢編》冊二，頁597。

　　從以上三則引文可以看出，錢振鍠對於明代詩人「宗漢崇唐」的
復古思想是十分不以為然的。在錢振鍠看來，這只是對於古人的摹仿，
而摹古正是詩難以作好的原因。除了明代復古派，他將一切合古、學古
之人稱為笨人，覺得摹古之法是他們不能發展出自己道路的藉口。對
於明代詩人所尊崇的唐詩，他則認為「去唐愈遠，愈自得意」、「詩到無
人愛處工」〔註46〕；對於嚴羽（1192？～1245？）〈詩辨〉分界時代，
將之分高下等級的做法，他也表示貶斥：「無奈只據一種榮古虐今之見，
猶自以為新奇，此真不可教誨也。」〔註47〕明確反對「榮古虐今」的
崇古思想。

　　除此之外，對於前人的模仿行為，錢振鍠也有自己獨到的見解。
他言：

1. 然則古人亦有摹仿者乎？曰：有之。〈兩京〉之後有〈三
   都〉也，〈七發〉之後有〈七啟〉、〈七命〉也。魏晉之四言
   也，唐人之擬六朝賦也，孰能謂之不摹仿也。曰：此多是
   古人不貴處，後人不必藉口。〔註48〕

2. 四靈、後村之似賈、姚，亦性相近也，非盡出於學也。捨
   賈、姚而學古，真能作古詩乎？譬之唱戲，唱生唱旦，亦
   各就其喉音之近而學之。今以二八女郎，必欲為關西大漢，
   徒自勞苦，必不自然。〔註49〕

　　從引文1看，他承認古人摹仿行為的存在，但認為這是古人自己
不推崇的行為，後人不應該學習，以之為典範或藉口。引文2則舉永
嘉四靈與劉克莊為例，指出他們與姚合、賈島詩歌的相似，不是因為互
相學習，而是因為「性相近」：是出於相似的詩歌理念、生平際遇和性
格。錢振鍠還以杜甫為例，說道：「宋王楙引杜句與古略同者，以實其

〔註46〕 《謫星說詩》，收入《民國詩話叢編》冊二，頁586。
〔註47〕 《謫星說詩》，收入《民國詩話叢編》冊二，頁579。
〔註48〕 《謫星說詩》，收入《民國詩話叢編》冊二，頁578。
〔註49〕 《謫星說詩》，收入《民國詩話叢編》冊二，頁582。

來歷之說，又謬也。詩家無心相類，亦自有；就使出自有心，正是杜老不貴處，何足法耶？」〔註50〕，認為詩人自己是無意於學習效法別人的，就算是有心去引用別人的句子，寫出來的作品也非自己的得意之作，所以後人不必以此為標榜。〔註51〕

　　第三，錢振鍠提出「掃盡陳言，語語獨創」的觀點。

　　從上文可以看出，錢振鍠毫無疑問是反對復古、摹古之詩學理念的。但是他並沒有如前代詩論家一般，反對宋詩以學唐詩，或者反對學唐而宗宋詩。對於復古行為之貶斥，他是較為徹底的。其根本意圖是為徹底擺脫古人影響，以求詩歌創作達成自成一家之宏願。這一點從他對詩人杜甫的評價可見端倪。他言：

> 王介甫嘗為蔡天啟言：「學詩未可遽學老杜，當先學義山。未有不能為義山而能為老杜者。」……而介甫語尤為庸下，學杜已可羞矣，而有所謂「未可遽學」者乎！〔註52〕

　　不僅是詩人本身無心相類，錢振鍠此處更是十分大膽地提出後來者「學杜已可羞矣」。對於古往今來眾多文人墨客所推崇的杜甫，不僅認為不應該學，還認為學習杜詩乃是羞恥之事，此言可謂驚世駭俗。可是如果沒有典範或者取法的對象，那麼諸如李白、杜甫這樣的詩人，又是如何創作出偉大的詩篇呢？他們所使用的文字、形式又所從何來呢？錢振鍠又進一步解釋，他說：

> 朱子謂太白、少陵皆學《選》，所以好。於何見之？《選》亦有漢魏、齊梁之不同，不知李杜所學何《選》也。又謂太白〈古風〉六十篇，多學陳子昂。舍良知良能不道，而強以一「學」字概古人，古人笑而不受矣。〔註53〕

〔註50〕　《謫星說詩》，收入《民國詩話叢編》冊二，頁578。
〔註51〕　引文中所提及對杜甫等詩人的看法，會在第四章批判論予以詳述，此處僅從理論原則的角度出發，進行分析。此章中其餘提及詩家的詩話亦作如此分析。
〔註52〕　《謫星說詩》，收入《民國詩話叢編》冊二，頁577。
〔註53〕　《謫星說詩》，收入《民國詩話叢編》冊二，頁577。

　　這裡有個值得注意的詞是「良知良能」。錢振鍠十分推崇孟子的思想，還專門寫《良心書》來闡釋孟子的觀點，此處良知和良能的說法可能就是來源於孟子。孟子曰：「人之所不學而能者，其良能也；所不慮而知者，其良知也。」〔註54〕「良能」即人本來具備的先天本能，「良知」即人本來就有的先天智慧。所以此處，錢振鍠認為詩的好壞與詩人先天的能力，也就是天賦有關，而不全是後天學習而來。

　　此外，他進一步指出真正的奇文奇詩，應該像李贄之說的那樣「讀《春秋》如未嘗有《詩》，讀《詩》如未嘗有《易》，讀《易》如未嘗有《書》，……乃為上乘。」〔註55〕六經創意造言，皆不相師。在錢振鍠眼裡，學詩作文應該做到前無古人，直出其上，以求自成一家。如果「直爾低頭，就其規矩之內，不免為之奴矣。縱復灑脫至妙，猶當在子孫之列，不能雁行也，況於抗衡乎？」〔註56〕拘於前人之詩法，就會落入窠臼，淪為奴僕，更不用說與古人相提並論。

　　錢振鍠還將李空同（1473～1530）和何大復（1483～1521）放在一起比較，指出何優於李的原因就是在於李只是摹古，而何作詩欲創造〔註57〕。可見，「掃盡陳言，語語獨創」〔註58〕，才是他所欣賞的。從這一點，可知錢振鍠對復古的反對，其實是基於對詩歌自出新意以成大家之追求。面對紛紛擾擾辯論幾百年之久的唐宋詩之爭，錢振鍠雖未直言唐宋詩皆不必學，但亦表明不必模仿前代詩歌（包括唐宋詩歌）的態度。在他看來作詩創意造言，自成一家才是正途。

〔註54〕戰國・孟子著：《孟子選註》（桂林：灕江出版社，2014 年），頁 165。

〔註55〕《謫星說詩》，收入《民國詩話叢編》冊二，頁 578。

〔註56〕《謫星說詩》，收入《民國詩話叢編》冊二，頁 592。

〔註57〕錢振鍠有言：「李空同主摹仿，何大復主創造。論其孰是？自然以何為是。惜乎何亦未必能造創也。」見《謫星說詩》，收入《民國詩話叢編》冊二，頁 594。

〔註58〕錢振鍠言：「艾千子嘗云：『《選》不足學，曹、劉、李、杜略無可取。』驟聞其語，毋乃太過。細而思之，方知千子言亦有理……如千子所云，將掃盡陳言，語語獨創，亦是道理。」見《謫星說詩》，收入《民國詩話叢編》冊二，頁 590。

二、合於真情

　　錢振鍠在《謫星說詩》中曾提到：「歷代以來，詩雖千變，但求其合於人情，快於己意，便是好詩。」〔註59〕指出詩歌要合乎人情己意。在錢振鍠以前，就有不少詩人提起到詩歌創作中「情」之重要性。劉勰（465？～521？）《文心雕龍》曾提到：「作者曰聖，述者曰明，陶鑄性情，功在上哲。」又言：「文質附乎性情。」〔註60〕將詩歌創作的表現與詩人性情相連。唐宋時期，也有不少詩人討論性情之說，如唐皎然（720～804）《詩式・重意詩例》有言：「但見情性，不睹文字，蓋詩道之極也。」〔註61〕宋代文天祥（1236～1283）〈羅主簿一鶚詩序〉有言：「詩所以發性情之和也。性情未發，詩為無聲，性情已發，詩為有聲。」〔註62〕明代的李東陽（1447～1516）也主張「詩貴情思」〔註63〕，楊慎（1488～1559）指出「詩以道性情」〔註64〕，清代詩人黃宗羲也曾讚同「詩以道性情」之說〔註65〕。與前人類似，錢振鍠也肯定情感對詩歌的重要意義，提出詩歌應該合於人情。他說：

　　1. 好詩要合于人心，去人太遠，則詩必惡矣。〔註66〕

〔註59〕　《謫星說詩》，收入《民國詩話叢編》冊二，頁578。

〔註60〕　南朝梁・劉勰著、周振甫譯注、章培恆，安平秋，馬樟根主編：《文心雕龍選譯》（南京：鳳凰出版社，2017年），頁10。

〔註61〕　南朝梁・劉勰著、周振甫譯注、章培恆，安平秋，馬樟根主編：《文心雕龍選譯》，頁125。

〔註62〕　宋・文天祥著；熊飛等校點：《文天祥全集》（南昌：江西人民出版社，1987年），頁352。

〔註63〕　李東陽曾曰：「惟有所寓托，形容摹寫，反復諷詠，以俟人之自得，言有盡而意無窮，則神爽飛動，手舞足蹈而不自覺，此詩之所以貴情思而輕事實也。」詳見明・李東陽著，李慶立校釋：《懷麓堂詩話校釋》（北京：人民文學出版社，2009年10月），頁80。

〔註64〕　楊慎在《升庵詩話》卷四中有：「《易》以道陰陽，《書》以道政事，《詩》以道性情，《春秋》以道名分。」詳見明・楊慎撰、王大厚箋證：《升庵詩話新箋證》（北京：中華書局，2008年12月），頁212。

〔註65〕　見沈善洪主編：《黃宗羲全集・南雷詩文集》（杭州：浙江古籍出版社，2005年），頁95。

〔註66〕　《謫星說詩》，收入《民國詩話叢編》冊二，頁607。

2. 不佞讀性理書如讀詩，滿紙陳腐，無一語切於人情，非善
言性理者也。讀詩如讀性理書，滿紙敷衍造作，無一語關
身心性命事，非善為詩者也。〔註67〕

引文1中，所謂「合于人心」，其實是指詩應該符合人的情感，不
能違背自己的感受。錢振鍠補充道：「夫我詩有我在，何必與古人爭似」
〔註68〕，一切都應該從這個「我」出發，無需受前輩他人影響，亦無
需模仿古人。引文2則將詩與性理書相類比，指出讀性理書應該如讀
詩一樣，去體會其中對人情的感悟，而讀詩應該如性理書一般，去感受
詩歌所體現的人生至理。如果寫詩既無關人情，又不體現身心性命之
理，那就是敷衍造作，並非好詩。

但是，錢振鍠對於「人情」、「己意」、「人心」，是有一定要求的。
他說：

凡敘事、說理、寫情狀，不過如其事理情狀而止。如鏡照形，
如其形而現。如調樂器，如其聲而發。更不必多添一毫做造。
能如是，便沛然充滿，無所不至。凡天下古今之事理情狀，
皆吾之文章詩詞也。〔註69〕

總之一切語言文字，有意做是假，無意得是真。〔註70〕

他指出對人情事理的描繪，要做到切合，不能擅自添加或刪改。
並且所有事理情狀，無論古今，都可以寫入詩中，但是要做到一點，就
是「無意」。所謂「無意」，筆者認為就是「合於真情」。當詩人對某件
事情有所感觸之後，書寫於筆端，如實描述，那便是「無意」，是真實
情感的流露。但若為了寫一首詩，絞盡腦汁，牽合意象或情感，那便
是「有意」為之，不符合真實人情。錢振鍠〈與鄭生書〉可視為此論的
補充：「詩忌苟作，無理無意無味，切勿下筆，待其不得已而為之，則

〔註67〕　《名山詩話》，收入《民國詩話叢編》冊二，頁641。
〔註68〕　《謫星說詩》，收入《民國詩話叢編》冊二，頁579。
〔註69〕　《謫星說詩》，收入《民國詩話叢編》冊二，頁611。
〔註70〕　《謫星說詩》，收入《民國詩話叢編》冊二，頁598。

高矣。凡我胸中不得已，見天下事有不能已於言者，皆好詩料。」〔註71〕此言指出，一定要心中有不得已之事、之情後，才能訴諸筆端，這才是真的「無意」，如此方能寫出好詩。

並且，錢振鍠所強調的詩之真情，與前文所提到的楊慎、黃宗羲等人不同，他們所言之「情」或多或少都有其他因素的參與。如李東陽指出「惟有所寓托，形容摹寫，反復諷詠，以俟人之自得……，此詩之所以貴情思而輕事實也。」〔註72〕他所言之「情思」是與寄託、諷詠緊密聯繫的；楊慎則認為詩要「約情合性而歸之道德也」〔註73〕，情與道德相關；浙派黃宗羲有言：「孔子刪之以合乎興、觀、群、怨，思無邪之旨，此萬古之性情也」〔註74〕，強調詩之興觀群怨。

但是錢振鍠卻不這麼認為，他曾說：

> 香山之詩，是也。其與元稹論文，不肯一句放過「諷刺」、「比興」字樣，則非也。斤斤然病「餘霞散成綺，澄江淨如練」為無所諷，宜乎後之迂人亦議其〈長恨歌〉為無所規，議其憶妓詩多於憶民詩也。不云詩要有關係，不足以尊杜抑李。然《尚書》云：「詩言志」，孔子曰「辭達」。志字、達字，所包甚廣，豈必篇篇以「關係」為哉！袁中郎云：「自從杜老得詩名，憂君愛國成兒戲。」今人所謂「關係」，真兒戲也。〔註75〕

這一段引文之關鍵點在於「關係」一詞。前人所論之情，往往要包含諷喻寄託之情，或「興觀群怨」之旨，也就是錢振鍠此處所說的「關係」。甚至此情要是沒有和民生疾苦、忠君愛國聯繫在一起，就會

〔註71〕轉錄自錢璱之編：《錢名山研究資料集》，頁97。
〔註72〕明‧李東陽著，李慶立校釋：《懷麓堂詩話校釋》（北京：人民文學出版社，2009年10月），頁80。
〔註73〕明‧楊慎撰、王大厚箋證：《升庵詩話新箋證》（北京：中華書局，2008年12月），頁212。
〔註74〕見沈善洪主編：《黃宗羲全集‧南雷詩文集》（杭州：浙江古籍出版社，2005年），頁95。
〔註75〕《謫星說詩》，收入《民國詩話叢編》冊二，頁601。

受到批判。然而，從這則引文可以看出，錢振鍠是很反感這種論詩方式的。他認為，前人所言「志」、「達」包含甚廣。「好詩在心上」，合於胸中之真情即可，不一定非要有比興，要有所諷刺。

三、語當紀實

在錢振鍠的眼中，詩歌不僅應該合於真情，而且關於對象的描述，一定要符合實際情況。錢振鍠曾言：「君子之言，真實不妄。詩雖小道，亦言語之一種。多為不實之言，徒為人所輕耳。」〔註76〕指出詩歌也是語言的一種，應該遵守君子之則，力求真實。他言：

> 要做天地間原來有底詩，莫作天地間原來無底詩。好詩是原
> 來有底，下劣詩是原來無底。〔註77〕

此處，錢振鍠將「有底」、「無底」作為好詩與否的評判標準。那麼何為「有底」？筆者認為，所謂「有底」就是一首詩所描繪之事件、物象或者情感，都是來源於生活，是有真實的物質或情感基礎，而非杜撰出來、沒有根源的東西。可以說，真實是錢振鍠詩學觀念中十分重要的內容。

在評價其他詩人的時候，他也以其詩歌是否真實為標準之一。他言：

> 詩當求真。閬仙「推敲」一事，須問其當時光景，是推便推，
> 是敲便敲。奈何舍其真景而空摹一字，墮入做試帖行徑。一
> 句如此，其他詩不真可知，此賈詩所以不入上乘也。〔註78〕
> 《唐音遺響》載任翻〈題台州寺壁〉曰：「前峰月照一江水，
> 僧在翠微開竹房。」既去，有觀者取筆改「一」字為「半」
> 字。……予謂此事與韓賈『推敲』同是一妄。語當紀實，是
> 推便推，是敲便敲，見得一江是一江，見得半江是半江，若

〔註76〕《名山詩話》，收入《民國詩話叢編》冊二，頁634。
〔註77〕《名山詩話》，收入《民國詩話叢編》冊二，頁641。
〔註78〕《謫星說詩》，收入《民國詩話叢編》冊二，頁609。

　　不如此，何緣知敲字勝推字，半字勝一字。〔註79〕

　　這兩則引文談論到了詩界很有名的「推敲」之事，賈島對推、敲二字的斟酌歷來被認為是刻苦鑽研字句的表現。但在這裡，錢振鍠十分明確地指出，「是推便推，是敲便敲」，當時賈島做何動作，就應該用什麼字。這種反復苦思冥想哪個字合適，卻忽略了真實場景的做法，為錢振鍠所鄙夷，並被認為是賈島詩作不堪上乘之因。

　　除推敲一事以外，他還提到了陸龜蒙（？～881？）〈白蓮〉一詩。〔註80〕王士禛（阮亭，1634～1711）和袁枚（隨園）都認為此詩上佳，錢振鍠倒是沒否認此詩乃佳作，但是他對其他論者批判此詩之方式或方向卻是頗有不滿。他說：

> 「無情有恨何人見，月曉風清欲墮時。」魯望（陸龜蒙）〈白蓮〉詩，不過一時直書所見，不自知其貼切。後人只當論其好不好，不當論其切不切也。阮亭、隨園俱以為移用不得，此便是笨伯口吻。至如俗人以為詠白牡丹、白芍藥亦可，硬將此二句移用，是尤笨伯之尤者。……總之此詩在作者不自知其切不切，而後人乃一一妄為解事，可笑也。〔註81〕

　　「無情有恨何人見，月曉風清欲墮時」，此句通過描繪白蓮在特定時刻的特殊狀態，從而烘托出白蓮雅潔幽寂而無人憐惜的孤高。雖未直接點明是白蓮，但王士禛和袁枚都認為這句詩只能用來描述白蓮，不能被移用去形容其他花卉〔註82〕。錢振鍠十分不滿此種論調，認為

〔註79〕　《名山詩話》，收入《民國詩話叢編》冊二，頁637。

〔註80〕　陸龜蒙〈白蓮〉原詩如下：「素萏多蒙別艷欺，此花端合在瑤池。無情有恨何人覺？月曉風清欲墮時。」見鄭慶篤選注：《唐詩選》（濟南：山東文藝出版社，2007年），頁345。

〔註81〕　《謫星說詩》，收入《民國詩話叢編》冊二，頁591。

〔註82〕　如王士禛有言：「二語恰是詠白蓮詩，移用不得；而俗人議之，以為詠白牡丹、白芍藥亦可，此真盲人道黑白。」《漁洋詩話》卷上，見清・王士禛著；李毓芙選注：《王漁洋詩文選注》（濟南：齊魯書社，1982年），頁393。此處所指的俗人，應是胡仔，他有言：「若移作白牡丹詩，有何不可，彌更親切耳。」見宋・胡仔纂集、廖德明校

重點根本不在於是否可以移用。他認為此詩就是詩人直抒所見之成果，而非特意搜刮詞彙以求切實描述白蓮之孤高。在他看來，也許正是這種對所見所聞的真實描繪，才導致絕佳詩句之產生。

　　錢振鍠強調的「紀實」，類似公安派的「真人真詩」，都在強調「真實」。但是，錢振鍠指出，並不是任何事物都要如實寫入詩中。他說：

> 詩貴真。貴真而雅，不貴真而俗。譬如畫家畫美人，不畫醜婦。畫竹籬茅舍，畫宮室臺榭，不畫廁廂。畫一切木石花樹，亦祇畫其蒼古拳曲，清疏峭拔合格者，而不畫其凡陋繁蕪無意義者也。詩家務真而不擇雅言，則喫飯撒屎皆是詩矣。〔註83〕

　　雖然他一直強調「詩貴真」，但是也點明「雅」的重要意義。所謂「貴真而雅，不貴真而俗」，是指對所欲描繪的事物，要進行揀擇。低俗、粗鄙的事物雖然也真實存在，但不宜寫入詩中，而要描述那些真實而美好的事物。也就是說，錢振鍠的「語當紀實」是有「雅」作為前提或限制的。由此，可避免那些粗俗不堪、惡俗鄙薄之事物都能入詩的情況。

　　總觀錢振鍠詩歌創作的理論原則，無論是反對復古和合於真情，還是語當紀實，都不是他的獨創，甚至和某些詩論家有較多重合之處。如公安派也強調情感的真實，對模擬、復古也表示強烈反對〔註84〕，而清代的袁枚也就這一點發表過類似看法〔註85〕。不同的是，袁枚雖

<hr>

點：《苕溪漁隱叢話》前集卷三十二，（九龍：中華書局香港分局，1976年），頁220。

〔註83〕　《謫星說詩》，收入《民國詩話叢編》冊二，頁611。

〔註84〕　袁宏道有言：「獨謬謂古人詩文各出己見，決不肯從人根轉，以故寧今寧俗，不肯拾人一字。」可見他所持的觀念也是古人的詩歌各有特點，不會相互模仿借用，所以他也不願意模仿古人。詳見明‧袁宏道著、錢伯城箋校：《袁宏道集箋校》，（上海：上海古籍出版，1979年），頁781～782。

〔註85〕　袁枚〈答沈大宗伯論詩書〉曾言：「然格律莫備於古，學者宗師，自有淵源。至於性情遭遇，人人有我在焉，不可貌古人而襲之，畏古人而拘之也。」他對於性情的看法也是從「我」出發，而選擇不去模仿古詩。但這裡還是強調了格律的重要性，和詩歌的傳承性。見郭紹虞主編：《中國歷代文論選》（上海：上海古籍出版社，2001年），頁864。

強調性情，卻仍不敢完全放下格律之規範，宗師之淵源〔註86〕，而錢振鍠則更為直接了當地強調創新的重要性，以及自成一家以與古人並肩的宏願。他的「語當紀實」也吸取了公安派後期流於俚俗的弊端，而特地加入「雅」的要求，避免因反對復古，而出現「寧今寧俗」的情況。且他所強調「雅」和前人爭相推崇的《詩經》之「雅正」並沒有什麼直接關係：畫絕世美人不畫醜婦，畫亭台樓閣不畫廁廁，錢振鍠的「雅」其實是與個人審美高度掛鉤的。

　　值得注意的是，錢振鍠這三個詩歌創作的理論原則其實是相互關聯的。他在《名山詩話》中曾點出這三者的關係：

> 有天在焉，古人安能限我？世人終身學不見道，宜其所得終身
> 在古人腳底下。所以然者，不任真也，任真則見天矣。〔註87〕

　　錢振鍠所追求的，其實就是擺脫前人的影響，走出自己的詩歌創作道路，從而達到與古人並駕齊驅的地步。所謂「創意造言，多不相師」，要創造，就不能被古人之作所限制，所以他反對復古。而要達到這一步，就要做到「任真」。所謂「任真」，重點就是一個「真」字，這和上文所提及的真情與紀實是相合的。

　　所以錢振鍠詩歌創作的理念，是出於對自創一家之詩的追求，以不效法前人為規避手段，以追索詩人自我內心的真情實感，描述當前物象之真實境況為實踐途徑。而這些思想，也可以看做是古典詩歌發展到清末民國時期，無論是創作還是批評都已經相對成熟的情況下，詩人出於對自我的高度期許，欲突破前人成就之束縛，從而提出的一種創作理念。

〔註86〕袁枚〈答沈大宗伯論詩書〉曾言：「然格律莫備於古，學者宗師，自有淵源。至於性情遭遇，人人有我在焉，不可貌古人而襲之，畏古人而拘之也。」他對於性情的看法也是從「我」出發，而選擇不去模仿古詩。但這裡還是強調了格律的重要性，和詩歌的傳承性。見郭紹虞主編：《中國歷代文論選》（上海：上海古籍出版社，2001年），頁864。

〔註87〕《名山詩話》，收入《民國詩話叢編》冊二，頁667。

第二節　詩歌創作的先決條件

創作的先決條件指的是在進行詩歌創作之前，創作者應該所掌握的技能或具備的條件。前代很多詩論家，都對此有所論述。如楊慎認為「讀書雖不為作詩設，然胸中有萬卷書，則筆下自無一點塵矣。」〔註88〕此言強調讀書學問的重要性；李東陽則言：「費侍郎廷言嘗問作詩，予曰：『試取所未見詩，即能識其時代格調，十不失一，乃為有得。』」〔註89〕，強調學識積累；又謝榛（1495～1575）在《四溟詩話》中說：「作詩勿自滿。若識者底詞，則易之。雖盛唐名家，亦有罅隙可議，所謂瑜不掩瑕是也。」〔註90〕不要自滿，是說作詩的態度問題；而王夫之（1619～1692）則言：「無論詩歌與長行文字，俱以意為主。意猶帥也。無帥之兵，謂之烏合。」〔註91〕提出意對詩歌的統帥作用。

而錢振鍠在《謫星說詩》和《錢振鍠詩話》也提到了意、讀書等，且都有其獨特的見解。本節將分為三部分進行論述：第一部分討論錢振鍠的「立意」觀，分析立意與情感之關係；第二部分論述錢振鍠對讀書的看法，以及其與詩歌創作的聯繫；第三部分則論述天資在錢振鍠創作理念中的重要地位。

一、寫詩立意為先

「意」在詩話或者其他詩評中，是被頻繁提到的一個字。作為詩歌創作理論的「意」有多種含義：李夢陽有言：「詩貴意，意貴遠不貴近，貴淡不貴濃。濃而近者易識，淡而遠者難知。」〔註92〕此「意」應

〔註88〕明・楊慎《升庵詩話》見丁福保輯：《歷代詩話續編》（北京：中華書局，1983年），頁995。

〔註89〕明・李東陽著、李慶立校釋：《懷麓堂詩話校釋》（北京：人民文學出版社，2009年），頁24。

〔註90〕見明・謝榛：《四溟詩話》卷二第二十九則（北京：中華書局，1985年），頁23。

〔註91〕見清・王夫之撰、戴鴻森點校：《薑齋詩話箋注》（上海：上海古籍出版社，2012年），頁45。

〔註92〕明・李東陽：《李東陽集》第二卷（長沙：嶽麓書社，1984年），頁524。

該指詩歌的意境；陳子龍言「要能使人欣然以慕，慨然以悲，惟其意存刻露，與古人溫厚之旨或殊，至其比興之志，豈有間然哉！」〔註93〕此處應該是指立意，也就是詩歌想表達的主要思想；而從《四庫總目提要》對查慎行的評價：「但遊善寫景，慎行善抒情。遊善隸事，慎行善運意，故長短互形，士禎所評良允。」〔註94〕可以看出，此「意」應該與詩人所抒發的情感相關。不同的詩論家，在提及「意」時，所指向的內涵是不同的。

　　在《謫星說詩》中，錢振鍠明確提出「作詩遲速，自無一定，大約意在筆先而已。」〔註95〕「意在筆先」之說起源於王羲之（303～361）〈題衛夫人筆陣圖後〉：「夫欲書者，先幹研墨，凝神靜思，預想字形大小，偃仰平直振動，令筋脈相連，意在筆前，然後作字。」〔註96〕指的是寫字之前，要先構思好大概佈局結構再下筆。而在詩歌之中，「意在筆先」可以理解為在寫詩之前，就已經構思好詩歌想要表達的主要內涵，也就是說錢振鍠所強調的「意」應該是指詩歌的立意。除作詩立意為先以外，對於詩歌之立意，錢振鍠有更詳細的解釋。茲分為以下兩點論述：

　　第一，錢振鍠認為「意」之好懷，對一首詩的寫作十分重要。

　　在《謫星說詩》中，有一則論及王維的〈息夫人〉：「莫以今時寵，難忘舊日恩。看花滿眼淚，不共楚王言。」〔註97〕。王士禎（1634～1711）認為這種對人物「不下判斷」的句子，是盛唐詩高妙的地方。對此，錢振鍠批判道：「不知詩先要意好，然後求高。若無好意而求高，

〔註93〕明・陳子龍《安雅堂稿・沈友聖詩稿序》卷三，（瀋陽：遼寧教育出版社，2003年），頁47。

〔註94〕清・紀昀等修纂：《四庫全書總目提要・集部》卷一百七十三（臺北：中華古籍出版社，2008年），頁3724。

〔註95〕《謫星說詩》，收入《民國詩話叢編》冊二，頁597。

〔註96〕晉・王羲之〈題衛夫人《筆陣圖》書後〉，見《歷代書法論文選》（上海：上海書畫出版社，1979年），頁126。

〔註97〕見陳伯海：《唐詩彙評》（上海：上海古籍出版社，2005年），頁519。

亦復何益!」〔註98〕,他認為高不高妙另說,此詩之立意不佳。那何
意方為「好意」呢?錢振鍠沒有給出直接說明,但我們可以通過另一則
相關的詩論對此進行分析。他說:

> 詠息夫人詩,杜牧之「至竟息亡緣底事?可憐金谷墜樓人。」
> 嚴而婉,風調亦佳。孫廷銓「無言空有恨,兒女粲成行」,固
> 是妙語。吾鄉吳瑟甫有詩云:「萬舞有干卿甚事?空教涕淚說
> 先王。」亦尖。〔註99〕

同樣是詠息夫人之事,錢振鍠對杜牧(803~852?)之詩的評價
是「嚴而婉,風調亦佳」,指出孫廷銓(1613~1674)之詩是「妙語」,
吳瑟甫(?~?)則為「亦尖」。這三人之作和王維之詩有何差別?
細究這四首詩,可知其立意之不同。杜牧以息夫人的無言和墜樓而死
的綠珠相比,以綠珠之死諷刺息夫人的懦弱;「兒女粲成行」,息夫人
被楚王擄走後還與他生了兩個孩子,孫廷銓之詩諷刺之意也是比較
明顯的;「萬舞有干卿甚事?空教涕淚說先王。」落花滿眼和息夫人
又有什麼關係呢?眼淚再多也無法改變委身另嫁之事實,吳瑟甫此
處亦直接尖銳地指出息夫人的懦弱和無為。這三位詩人的詩作對息
夫人再嫁之事都表達了諷刺或詰難,而王維之詩並無類似的傾向。
「看花滿眼淚,不共楚王言。」從字面看沒有對息夫人之事做出明確
的判斷,但是隱約透露出對息夫人的同情憐憫,意蘊深遠,王士禎認
為這種作詩手法十分高妙。但是錢振鍠卻欣賞杜牧、吳瑟甫等人的詩
作,認為王維此篇立意不佳。可知他所言的「好意」帶有較強的個人
偏好,並且與創作技法相比,詩歌立意之好壞是他評判詩歌優劣的更
為重要的標準。

第二,錢振鍠對「立意」提出具體的要求。他說:

> 1. 作詩必須「毋固」、「毋必」,而斷不可「毋意」、「毋我」。
>   不能「毋固」、「毋必」,便是黃山谷之惡相;不能有意、

〔註98〕 《謫星說詩》,收入《民國詩話叢編》冊二,頁608。
〔註99〕 《謫星說詩》,收入《民國詩話叢編》冊二,頁591。

有我，便是王李等之乞相。〔註100〕

2. 放翁詩：「詩到無人愛處工。」袁石公尺牘論詩云：「僕求
自得而已，他則何敢。」又云：「去唐愈遠，愈自得意。」
此語我欲言之久矣。〔註101〕

　　引文 1 將「毋意」、「毋我」與「毋固」、「毋必」進行對比，錢振
鍠認為「毋固」、「毋必」，乃是黃庭堅（1045～1105）詩歌的弊端。黃
庭堅認為作詩「無一字無來處」，對章法要求頗多，所以此處「固」和
「必」應該是對章法、句法、用字的嚴謹要求。而「毋意」、「毋我」則
指向他曾多加抨擊的前七子之流。所以此處的「意」是與「我」緊密相
連的，強調詩歌不應先考慮模仿前人的章法句法，而應注重自我情感
的流露。引文 2 中有言「去唐愈遠，愈自得意。」，錢振鍠認為唐詩雖
有值得欣賞之處，但不能被唐詩所局限。

二、讀詩不求甚解

　　「立身以立學為先，立學以讀書為先」，從古至今，讀書對文人學
子來說都頗為重要。讀書意味著學問的累積，在很多詩論家眼中，讀書
才能積累知識，豐富學識，才能寫出好詩。楊慎就指出大曆以後，部分
詩人對書籍學問的忽視，並對此進行批判：「則大曆而下，如許渾輩，
皆空吟不學……又曰：『尋常言語口頭話，便是詩家絕妙詞。』……噫！
此等空空，知萬卷為何物哉！」〔註102〕周立勳也認為「詩者，性情之
作，而有學問之事焉。及為歌詩，本諸性情，該以學問」〔註103〕，點
出詩歌雖然是性情之抒發，但是也應該以學問為依託。

　　首先，對於讀書與學問本身，錢振鍠是持肯定意見的。他說：

郝經父諱思溫，字和之，有句云：「日月倘隨天地在，詩書終

〔註100〕《謫星說詩》，收入《民國詩話叢編》冊二，頁 584。
〔註101〕《謫星說詩》，收入《民國詩話叢編》冊二，頁 586。
〔註102〕明・楊慎撰、王大厚箋證：《升庵詩話新箋證》，頁 688。
〔註103〕明・陳子龍著、施蟄存、馬祖熙標校：《陳子龍詩集》（上海：上海古
　　　　籍出版社，2006 年），頁 751。

療子孫貧。」壯哉！真第一等議論也。遺山《中州集》不載
此詩。〔註104〕

表聖詩：「只因末俗輕文字，遂致中原動鼓鼙。」是表聖時無
讀書人也。我輩若欲自拔于流俗，還是讀書。孟子曰：「君其
如彼何哉？強為善而已矣。」吾亦曰：「君其如彼何哉，強讀
書而已矣。」〔註105〕

從這兩則引文可以看出，錢振鍠認為讀書對自我、家庭都有很大
幫助。在科舉取士的年代，讀書是提升個體階層的重要途徑。錢振鍠認
為，若是想從流俗之中脫穎而出，只有讀書。並且，讀書不僅是為了自
己，也可以為社會國家奉獻自己的才華和力量，有穩定社會之效力。

但是，在詩歌領域，錢振鍠就對此有不一樣的看法。他說：

（嚴羽）又云：「詩有別材，非關書也；詩有別趣，非關理也。」
此語則深知甘苦，不可沒也。滄浪論詩可以入聽者，纔有此
語而已。〔註106〕

在整本《謫星說詩》中，錢振鍠有很多批判嚴羽之言，而「詩有
別材，非關書也」是少數幾句他認同之言。嚴羽此言乃是針對宋詩以文
字、才學、議論為詩的現象而發，他提出詩歌創作要有特殊的才能，而
不是對文章、義理的搬弄。從這一點來看，兩人是有相似之出的。錢振
鍠認為，讀書對作詩的意義在於：「以啟發我之才力心思而已。」〔註
107〕古今詩集的閱讀，對於詩人來說只是起到一個啟發作用，而非將之
抄入自己的詩歌中。

其次，對於怎樣讀詩，他也有自己的看法。他說：

「黃昏胡騎塵滿城，欲往城南望城北。」言無定向也。無甚
深意，不必深究。放翁以「望城北」為「忘城北」，謂其皇惑

〔註104〕《名山詩話》，收入《民國詩話叢編》冊二，頁623。
〔註105〕《名山詩話》，收入《民國詩話叢編》冊二，頁668。
〔註106〕《謫星說詩》，收入《民國詩話叢編》冊二，頁580。
〔註107〕《謫星說詩》，收入《民國詩話叢編》冊二，頁577。

避死之際，不能記南北也。語便沾滯。淵明自稱讀書「不求
甚解」，此乃開闢以來第一會讀書人，後世未有也。〔註108〕

他將陸游（1125～1210）對杜甫〈哀江頭〉的解釋作為反例，表
達對讀詩「不求甚解」的要求。但是他對陸游之言的理解有所偏差。其
原文乃是：「老杜〈哀江頭〉云：『黃昏胡騎塵滿城，欲往城南忘城北。』
言方惶惑避死之際，欲往城南，乃不能記孰為南北也。然荊公集句，兩
篇皆作『欲往城南望城北』……蓋所傳本偶不同，而意則一也。北人謂
向為望，謂欲往城南乃向城北，亦惶惑避死不能記南北之意。」〔註109〕
陸游之意乃是無論「忘城北」還是「望城北」，這句詩所表達的意思都
是倉皇之際不辨南北之意，而非如錢振鍠所言，是以「望城北」為「忘
城北」。錢振鍠認為此句是指胡人的鐵騎已經攻入城池，滿城皆是，百
姓四處逃竄，沒有固定的方向，是詩人對所見的描述，並無深意。錢振
鍠對此詩理解是否恰當暫且不論〔註110〕，他想表達的重點是讀書不應
該計較字句，深究字意。

此處，錢振鍠還指出陶淵明是開天闢地以來，第一個會讀書的人，
原因就是他讀書「不求甚解」。有關「不求甚解」之意，明代朱國楨（1558
～1632）《湧幢小品・己丑館選》曾解釋道：「讀書不求甚解，此語為
何？曰：靜中看書，大意了然。惟有一等人，穿鑿求解，反致背戾，可
笑。故曰：解是不解，不解是解。」〔註111〕清代方宗誠（1818～1888）
《陶詩真詮》也有言：「淵明……又曰：『好讀書，不求甚解』。蓋又嫌
漢儒章句訓詁之多穿鑿附會，失孔子之旨也。是真持平之論，真得讀書

〔註108〕《謫星說詩》，收入《民國詩話叢編》冊二，頁 587。

〔註109〕宋・陸游撰、楊立英校注：《老學庵筆記》（西安：三秦出版社，2003
年），頁 259。

〔註110〕除陸游外，前人對杜甫「欲往城南望城北」一句多有不同見解，可參
閱徐希平：《李杜詩學與民族文化》（臺北：秀威資訊科技，2018 年），
頁 34～35；莫礪鋒：〈關於〈哀江頭〉的歧解〉，《文史知識》，2011
年，第 8 期。

〔註111〕汪湧豪、駱玉明編：《中國詩學》（上海：東方出版中心，2008 年），
頁 415。

之法。」〔註112〕兩人所言，都表明「不求甚解」就是反對讀書之時，死摳字眼、穿鑿附會之意。

　　錢振鍠的意思與之類似：讀詩品句，不要去字斟句酌，深究詩歌用字是否有什麼特殊含義。也不要把自己的思想解釋強加到到前人作品之中，穿鑿求解。清代考據之風盛行，清代大儒鄭珍（1806～1864）就曾批判道：「此近世學者矜名考據，規規物事，陷溺滯重之弊。其失一也。」〔註113〕錢振鍠此言或為有感考據之弊而發。

　　最後，他還點出誦讀前人詩作的弊端。有時詩人並非有心去模擬或借用，只是因為「少時誦習已久，忘其為何人之詩」〔註114〕，然後偶然遇到相同之事，就信手寫下了類似的詩句。當然，錢振鍠也對此表示理解，認為這種情況在學詩時是無法避免的，與有意地抄襲截然不同。

三、天資至關重要

　　有關於詩歌創作的先決條件，錢振鍠最注重的還是詩人的天分。古人信奉勤能補拙，強調後天的學習和努力能彌補先天的不足，很多詩家都強調讀書學習的重要性〔註115〕。而從前文看來，錢振鍠認為讀書只是為了啟發自己天生的「才力」。明確地表示將「天資」視為詩歌創作必不可少之一部分的詩論家，並不多見。謝榛在《四溟詩話》中曾提及類似的說法：「詩造極處，悟而且精，李杜不可及也。」〔註116〕此處的悟應該指悟性，但每個人的悟性是由後天和先天因素共同決定的，所以無法肯定謝榛的「悟」一定是指「天資」。而在晚清民國時期的詩話中，也多是將「天資」與「學問」或「學力」並舉，如王逸塘（1877

〔註112〕　轉引自卞孝萱、黃清泉主編：《中國古代文學作品選》（武漢：華中師範大學出版社，1999 年），頁 727。
〔註113〕　黎庶昌：《檢發江蘇知縣鄭子尹先生行狀》，見清·鄭珍著、白敦仁箋註：《巢經巢詩鈔箋注》（巴蜀書社，1996 年），頁 1469。
〔註114〕　《謫星說詩》，收入《民國詩話叢編》冊二，頁 599。
〔註115〕　第二節第二部分開頭對於前代詩論家對讀書學問的重視，已有介紹，此處不再贅述。
〔註116〕　明·謝榛：《四溟詩話》（北京：中華書局，1985），頁 72。

～1948）《今傳是樓詩話》：「其天資高、學力厚、兼採眾長、不名一家者，團未可拘於宗派之說，從而擬議之。」﹝註117﹞沈其光（1888～1970）《瓶粟齋詩話》有「蘇林早列清班，天資學力，一時無兩。」﹝註118﹞之語；吳宓（1894～1978）《空軒詩話》亦載「君天資聰慧，學業精博，冠絕一時。」﹝註119﹞不僅如此，這些都是詩話作者在評論他人之時所用話語，而非論述天資在詩歌創作中的地位。可見，錢振鍠應是比較少見的強調天資之重要性的詩論家。有關他對天資的觀點，茲論述如下：

　　首先，錢振鍠明確表示了天資之重要。在上一節「反對復古」的部分，曾提到過「良知良能」，是指人具有的先天本能和先天智慧，其實就是天資。錢振鍠認為，天資是詩歌創作中的必要條件。他說：

> 與駿華弟書：足下近日作詩喜求奇。愚謂「奇」之一字，亦是有說。奇須從良知上出，從格物上出，方是真奇。若僅以牛鬼蛇神為奇，則李長吉、孟東野，有何足貴。良知之淺語則曰「自然」，格物之淺語則曰「摹神」。詩不自自然中出，摹神中來，不作可也。﹝註120﹞

　　「格物」是對事物生動地描摹，而「良知」就是人本來的天資。真正的奇詩，是詩人天資的自然流露，是對事物的傳神描摹。而不是僅僅把牛鬼蛇神這些奇異之事物寫入詩中，就能如孟郊、李賀一般寫出奇詩。

　　其次，在評價詩人的時候，他也會以此來評斷詩人詩作之優劣。比如：

> 遺山工力深，為後世摹古者所不及。惜天分不高，故新意絕少。其任意抄襲成句，尤為不自愛。﹝註121﹞

﹝註117﹞清末民初・王逸塘《今傳是樓詩話》，《民國詩話叢編》冊三，頁412。
﹝註118﹞清末民初・沈其光《瓶粟齋詩話》，《民國詩話叢編》冊五，頁632。
﹝註119﹞清末民初・吳宓《空軒詩話》，《民國詩話叢編》冊六，頁68。
﹝註120﹞《謫星說詩》，見《民國詩話叢編》冊二，頁605。
﹝註121﹞《謫星說詩》，見《民國詩話叢編》冊二，頁610。

　　在論及元好問（1190～1257）的詩作時，錢振鍠首先肯定了他的工力之深，超出後世很多詩人。然後點出他的詩歌新意很少，根本原因在於元好問的天分不高，所以沒有創新能力。

　　最後，錢振鍠還指出天資與人力的區別。他說：

　　　剪綵之花，非不美也；糖餌之味，非不甘也。然較之時花鮮

　　　果，則有異矣。此天資、人力之分也。〔註122〕

　　此處，錢振鍠用剪綵、糖餌與時花鮮果作比較，剪綵和糖餌都是人工製作的，而花朵水果是出於自然的。錢振鍠認為，詩歌若是經過人工的刻意雕琢，雖然也是有值得欣賞的地方，但和出自天然、未經雕飾的作品相比，還是有差距的。而造成這種差距的緣由，就是天資與人力的分別。此外，錢振鍠還指出，若天資不如他人，而有意學習或模仿他人的詩作，就會有「畫虎之誚」〔註123〕的結果。

　　總而言之，錢振鍠提出的三個創作之先決條件，可把天資視為前提，讀書則起到激發才力的作用，而立意則是在寫作之前就應該明確的詩歌主旨。天資是十分重要的，但是錢振鍠也沒有一味否定沒有天資或天資不顯之人的作品。天資不足，可能會導致沒有創新之作，做不出「奇」詩，但是不代表他不能寫出一般的佳作，後天的「人力」或「工力」還是能為詩歌創作增色添彩。

第三節　詩歌創作的實踐技巧

　　詩歌創作的實踐技巧討論的主要是在實際進行寫作時應該遵循的規則或方法。有關文學創作的技法，不少詩人都對此表示重視。明初詩人高啟曾言：「詩之要有三，曰格、曰意、曰趣而已。格以辨其體，意

〔註122〕張寅彭主編：《民國詩話叢編》（上海：上海書店出版社，2002 年），頁 589。

〔註123〕錢振鍠有言：「舒鐵雲詩，竭力求工求奇，不入自然。有意學隨園，才質不如，遂有畫虎之誚。」《謫星說詩》，收入《民國詩話叢編》冊二，頁 597。

以達其情，趣以臻其妙也。」〔註124〕他認為「格」是用以辨別一首詩之形式的手段，他的詩論也十分重視形式和技巧。李東陽亦十分注重文學的形式和技巧，他曾有言：「言之成章者為文，文之成聲者為詩。詩與文同謂之言，亦各有其體而不相亂。」〔註125〕在他看來，詩歌創作時需有和文章不一樣的規則或方法。

但是，英國藝術評論家里德（Herbert Read）曾說：「每件藝術品都遵循一定的形式法則或整體結構法則。但我不想過多強調這一因素，因為愈研究那些具有直接性和本能性魅力的藝術品結構，愈難以將其分解為簡明易懂的結構程式。」〔註126〕文學作品也是一樣，它要表達的情感和思想是非常豐富而複雜的，對固定結構程式的建立在最後可能淪為徒勞。其實從這個角度來說，錢振鍠對於創作實踐的觀念與里德（Herbert Read）是有相同之處的。他說：

> （嚴羽）又云：「詩法有五」、「詩品有九」、「大概有二」，都是呆漢語，詩之千奇百變，安可以呆體例例之。（嚴羽）
> 又云：「用功有三：曰起結、曰句法、曰字眼。」此三者是其致力處。然詩有渾然天成不假人為者，何必支支節節以為之。〔註127〕

對於嚴羽所提出的詩法，他直接認為這是「呆漢」之語。在錢振鍠看來，詩歌千奇百變，不能用體例規則來約束。能詩者，其法簡，不能詩者才多考校格調體制〔註128〕。而面對嚴羽重視的詩歌之起結、句

〔註124〕轉引自陳書錄《明代詩文的演變》，頁46。
〔註125〕轉引自廖可斌主編：《2006明代文學論集》（杭州：浙江大學出版社，2007年），頁128。
〔註126〕〔英〕赫伯特‧里德著、王柯平譯：《藝術的真諦》（瀋陽：遼寧人民出版社，1987年），頁6。
〔註127〕《謫星說詩》，收入《民國詩話叢編》，頁579。
〔註128〕錢振鍠有言：「天下事，能者其法簡，不能者其法必多。亂世多刑法，俗吏多儀節，假道學多規矩，不善書者多考校執筆磨墨，不能文者多考校反正曲折，不能詩者多考校格調體制。」見《謫星說詩》，收入《民國詩話叢編》，頁587。

法、字眼，錢振鍠也不以為然，認為這種零碎枝節的要求，會割裂詩歌的天然與完整性。當然這並不意味著錢振鍠對句法和字法等完全沒有要求。他曾言：

> 坡詩天分高，古無其比。然恃其才大，不自愛好，使事或蕪，
> 用韻時湊，觸手渣滓，實敗讀者之興。〔註 129〕

蘇軾（1037～1101）具有他認為創作必備的先決條件——天資，但是錢振鍠因其用典、用韻的隨意爛湊，而非常不喜。可見，對於句法、字法等，錢振鍠並非全無要求，只是他的要求和前人嚴格的規定有所不同，反而在一定程度上，表現出對前人創作方法和規則的解放。下文就從字法、句法、用事、詩韻這四個方面，具體分析其詩歌創作實踐技巧之觀點。

一、論字法

所謂字法主要是詩歌創作中「講究煉字，用字……的技法」〔註 130〕。詩歌是由字成句，由句成篇的，所以可以說字法是詩歌創作的一大基石。「吟安一個字，撚斷數莖鬚。」，歷代的詩家都十分重視字法。宋代的黃庭堅，是較早提出要對詩中之字進行反復錘煉之人。他曾強調過「置字」之法：「高子勉作詩，以杜子美為標準，用一事如軍中之令，置一字如關門之鍵。」〔註 131〕此處「置字」就是指在寫作時出於對所用之字的謹慎和斟酌。在句子的構思組織過程中，對關鍵字詞的選擇可以說是至關重要。對詩中之關鍵字的使用之抉擇，是詩人寫詩水準的體現。不僅如此，黃庭堅認為對於語詞的錘煉也十分值得詩家重視。他提出「點鐵成金」這一著名理論〔註 132〕，要將古人的語言轉

〔註 129〕《謫星說詩》，收入《民國詩話叢編》，頁 607。

〔註 130〕彭會資：《中國文論大辭典》（南寧：百花文藝出版社，1990 年），頁 218。

〔註 131〕宋·黃庭堅：《黃庭堅全集·跋高子勉詩》（成都：四川大學出版社，2001 年），頁 669。

〔註 132〕黃庭堅〈答洪駒父書〉有言：「自作語最難，老杜作詩，退之作文，無一字無來處……古之能為文章者，真能陶冶萬物，雖取古人之陳言

化入自己的詩句當中。此後的詩家對字法多表示重視，如毛先舒（1620～1688）提出詩不可率意用字〔註133〕，王夫之也指出對字的理解和掌握是寫詩的重要前提〔註134〕。至於錢振鍠的字法觀念，茲論述如下：

第一，他點出用字與體物的關係。他說：

> 字眼從體物出，自然不平庸。〔註135〕

將字眼與體物聯繫到一起。所謂體物就是指對事物的描摹，字眼從體物出，意思是詩中所用之字應該要有所依託，不能無病呻吟，如此才能不淪為平庸。他又說：

> 古時成作未多，字眼欲生湊，必須細細狀物得來，故每有渾奧之字，而不善者輒失之生滯。後人造字者少，故調直者多，而不善者便流為平庸。〔註136〕

此則引文提到了古代的作品，因成作較少，可供參考的不多，所以在斟酌字句的時候，都是從仔細體物而來。錢振鍠認為如此，才能創作出博大深奧的詩句。但是隨著文字系統的發展和成熟，詩歌言辭直率的變多，博大深奧的減少。所以若是不能認真體物，那麼所選之語詞就會顯得平庸。

第二，對於用字之法，錢振鍠還認為寫詩時不能刻意苦湊字眼。他有言：「退之〈南山〉詩字字苦湊，支離竭蹶，無一善狀，自在老杜〈北征〉之下……〈南山〉拙滯殊甚，所謂工巧者安在？」〔註137〕苦

　　　　入於翰墨，如靈丹一粒，點鐵成金也。」見宋・黃庭堅著、蔣方編選：《黃庭堅集》（南京：鳳凰出版社，2014），頁293。

〔註133〕毛先舒：「詩固不可率爾下字，然當使法格融渾，雖有字法，生於自然。」見清・毛先舒《詩辯坻》，收入郭紹虞編：《清詩話續編》卷一（上海：上海古籍出版社，1999年），頁12。

〔註134〕王夫之：《薑齋詩話》：「作詩亦須識字。如思、應、教、令、吹、燒之類，有平仄二聲，音別則義亦異。若粘與押韻，於此鶻突，則荒謬止堪嗤笑。」，見清・王夫之撰、戴鴻森點校：《薑齋詩話箋注》，頁84。

〔註135〕《謫星說詩》，見《民國詩話叢編》冊二，頁608。

〔註136〕《謫星說詩》，見《民國詩話叢編》冊二，頁602。

〔註137〕《謫星說詩》，見《民國詩話叢編》冊二，頁581。

湊字眼就會顯得詩句繁瑣而凌亂，笨拙而凝滯。

　　第三，在分析他人的詩歌用字之時，錢振鍠也認為不能斟酌太過。不少詩家認為應該注重古人所用的字眼，仔細分析，認真鑒賞，才能不負古人辛苦的創作。如楊慎就有言：「詩人之用字不苟如此，觀者不可草草。」〔註138〕但是，錢振鍠認為讀詩時，不能太過字斟句酌。他說：

> 山谷云：「杜詩、韓文，無一字無來歷。」欺人哉！陸放翁
> 云：「今人解杜詩，但尋出處，不知少陵之意，初不如是。
> 縱使字字尋得出處，去少陵之意益遠矣。蓋後人元不知杜詩
> 所以妙絕古今者在何處，但以一字亦有出處為工。……」此
> 段議論最通。陸機謂「怵他人之我先」，退之謂「惟古於詞
> 必己出」，李習之謂「創意造言，多不相師」，甯有以來歷為
> 奇者。〔註139〕

　　對於杜甫，後人在欣賞其作品之時，多有過分解讀的現象。如黃庭堅就認為，杜甫之詩，每一個字都有來歷。但是陸游就對此表示批判，認為這是不瞭解杜甫的表現。錢振鍠認為若是越致力於尋找每個字的出處，離杜甫詩歌的本意可能就越遠。更重要的是，詩歌並不是因為一個字有出處典故，才被視為好詩。此處，錢振鍠同意陸游之說，並舉出陸機、韓愈、李習之的說法，表明在詩歌創作時，寧願使用之字多是自己創新而來，也不要化用或學習他人字句。

二、論句法

　　傅根生在《唐詩語言藝術研究》論及「句法」這一中國傳統詩學的重要概念。他指出，在現有的各種論著中，對於詩歌「句法」含義的理解主要分為語法範疇、外在形式和寬泛意義這三種類型。〔註140〕「句法」作為古代詩論中一個焦點的問題，它既屬於創作的範疇，也屬於批

〔註138〕明・楊慎撰、王大厚箋證：《升庵詩話新箋證》，頁95。
〔註139〕《謫星說詩》，收入《民國詩話叢編》冊二，頁578。
〔註140〕詳見傅根生：《唐詩語言藝術研究》，南京：南京師範大學博士論文，
　　　　2018年，第三章第一節〈句法的概念和唐代的詩歌句法理論〉。

評的領域。它討論的不僅是如何進行句子的書寫，還包含了對前人詩句的藝術分析，比如錢振鍠就有：「鄭板橋『看月不妨人去盡』句，非絕頂性靈說不出。此公雖學淺，而詩氣極清。」〔註141〕之類的評語。本文整理了錢振鍠對句法創作和批評的言論，以便較為全面地分析他的句法觀念。茲分論如下：

首先，錢振鍠指出了煉句對詩歌的重要性。他說：

1. 歐陽公有云：「意好句必好。」是大不然。何人胸中無詩意？所以不皆能詩者，不能作句耳。且意好句不好，宋人往往而是。大抵學力不富，性情不曠，故句有晦澀之病。如此者雖有好意，不得云詩。呂南公云：「意有餘而文不足，如吃人之辨訟。」古來吃人辨訟亦多矣。〔註142〕

2. 永叔謂意好句必好，殊不盡然。詩之不工，正由句不好耳。文章家謂意有餘而文不足者，如吃人之辨訟。非意好句不好之說乎？〔註143〕

引文1討論「意」與「句」的問題。錢振鍠認為句子是一首詩的重要組成部分，只有「意」是無法寫出好詩的，需要用適當的句子將之體現出來。此處，錢振鍠還指出如果詩人的學力不足，性情不夠曠達，就會寫出晦澀的句子。而對煉句的忽略，正是導致宋詩不如唐詩「文從字順」的原因。引文2明確指出，一首詩的好壞就在於其句子的優劣。就算有絕佳的立意，如果沒有與之相配的詩句，是無法成就一首好詩的。

其次，錢振鍠認為詩家煉句，不論深奧奇古，都應該要做到一個字「穩」。他說：

穩者非他，立得直之謂也。〔註144〕

《說文解字》中「穩」的解釋是「蹂穀聚也。一曰安也。從禾，

〔註141〕《謫星說詩》，收入《民國詩話叢編》冊二，頁584。
〔註142〕《謫星說詩》，收入《民國詩話叢編》冊二，頁592。
〔註143〕《謫星說詩》，收入《民國詩話叢編》冊二，頁609。
〔註144〕《謫星說詩》，收入《民國詩話叢編》冊二，頁581。

隱省。古通用安隱。」穩和安定的意思是相通的。錢振鍠自己的解釋是「立得直」，僅憑這兩點還是無法得知「穩」的準確含義。我們可以從他對七古詩作的評價中，來推測一二。他評論道：

> 吳野人五律頗清警，七古好作六四句、八字句，支拙萬分。夫創調可也，創不通行之調，造立不直之句，不可也。試思太白七古，飛行絕跡，迴出常格之外，何嘗有不愜之調哉？〔註145〕

從引文可以看出，錢振鍠認為，吳野人的七古使用六四句或八字句就是「造立不直之句」的做法。但是，這並不意味著錢振鍠眼中的「穩」是要完全遵循詩體的基本格式要求。他欣賞的李白之七古，如〈將進酒〉、〈蜀道難〉等都不完全是七言句式。那兩者的區別為何？吳野人有七古〈傅谿孤子行，追輓徐鏡如處士〉：「恩不報，作人何為？呼天號泣，涕下霑衣。不如早就下泉，題書與弟，好視吾一雙黃口兒女；一慟便去下泉，噫歔欷！去不歸，祖母孫子長依依！」〔註146〕，就有錢振鍠所說的六四、八字句。其中「不如早就下泉，題書與弟，好視吾一雙黃口兒女」一句，乃是平平仄仄仄平，平平仄仄，仄仄平仄平平仄仄，有平仄不協，音調不暢之感。七古雖然未限定字數，但是四六言和八言仍較為少見。可能是這種句式會破壞七言古詩之氣勢或情感的流暢表達，所以錢振鍠才評價其詩「支拙萬分」。

反觀李白的〈將進酒〉：「君不見，黃河之水天上來，奔流到海不復回。君不見，高堂明鏡悲白髮，朝如青絲暮成雪。」也非七言齊句，但是句式錯落而有致，字音鏗鏘而和諧。兩組排比長句，如挾天風海雨向讀者迎面撲來，氣勢豪邁。由此看來，錢振鍠對煉句之穩的要求，乃是要寫出切合基本音律要求、與情感表達相襯的詩句。〔註147〕

〔註145〕《謫星說詩》，收入《民國詩話叢編》冊二，頁585。
〔註146〕清・吳嘉紀：《陋軒詩》，見《清代詩文集彙編》（上海：上海古籍出版社，2010年）卷六十三，頁411～611。
〔註147〕有關錢振鍠對七言古詩的看法，可見第四章第一節。

最後，錢振鍠指出「啞句」之陋。他有言：

> 七古不可作「仄仄平平平平仄」句。啞句最多，此為第一不
> 堪入聽者。如「長夜漫漫何時旦」一句，便是啞句之祖。後
> 世詩家如此頗多，不勝枚舉，可即此推之。《聲調譜》忌用句
> 法甚多，獨不見及此。〔註148〕

> 七古不可作「仄仄平平平平仄」句，有則啞。如「長夜漫漫
> 何時旦」便是啞。《聲調譜》忌用句法甚多，獨不見及此。唐
> 大家無啞句，張、王便多。〔註149〕

七古有長短篇，律化與非律化之分，平仄要求沒有律詩那麼嚴格。
〔註150〕而錢振鍠在詩話中兩次強調「仄仄平平平平仄」之句，並將其
指為啞句，應該是指平聲過多，且平仄不夠錯落和諧，讀起來聲音不夠
洪亮的緣故。陳衍在《石遺室詩話續編》中也指出類似的問題：「今人
工詩者不少，而七古音節不合者頗多。往往詞意雄俊，至三數句以後，
使人讀不下去。……漁洋七言古，詞意並不甚高妙，而讀來自覺可喜，
音節激揚故也。此事至顯而至要，人自不留意耳。」〔註151〕七言古詩
的音節十分重要，應以激昂為高，所以諸如「仄仄平平平平仄」之類的
啞句應該是不合宜的。

三、論用事

用事就是使用典故。典故一詞最早出自於《後漢書‧東平憲王蒼
傳》：「陛下至德廣施，慈愛骨肉，既賜奉朝請，貶尺天儀，而親屈至
尊，降禮下臣，每賜宴見，輒興席改容，中宮親拜，事過典故」〔註152〕
此處「典故」為典章制度，多用於朝堂之上。而在文學批評中較早使用

〔註148〕 《謫星說詩》，收入《民國詩話叢編》冊二，頁590。
〔註149〕 《名山詩話》，收入《民國詩話叢編》冊二，頁608。
〔註150〕 柏仰蘇：〈淺談七古格式及其他〉，《青海師範大學學報》（哲學社會科
學版），1985年第2期，頁56。
〔註151〕 清末民初‧陳衍：《石遺室詩話續編》卷三七九則，收入《民國詩話
叢編》冊一，頁583。
〔註152〕 南朝宋‧范曄撰：《後漢書》（長沙：嶽麓書社，2008年），頁520。

典故一詞的是楊萬里，他在《誠齋詩話》中言：「坡雖用孔融意，然亦用《禮記》故事，其稱王謂王三皆然，安知此典故不出堯。」〔註153〕，此言乃評論蘇軾所用的典故出處。用典最初被稱為「用事」或「事類」，如南朝梁鍾嶸（468？～518？）〈詩品序〉中言：「至乎吟詠性情，亦何貴於用事？……觀古今聖語，多非補假，皆由直尋。」〔註154〕南朝梁劉勰《文心雕龍・事類》有言：「事類者，蓋文章之外，據事以類義，援古以證今者。」〔註155〕進入現代以來，多稱「用典」，乃是修辭手法的一種。羅積勇《用典研究》中定義道：「為了一定的修辭目的，在自己的言語作品中明引或暗引古代故事、或有來歷的現成話，這種修辭手法就是用典。」〔註156〕可知，用典是在詩歌創作中所使用的一種手段，是對所創作的作品以外的某個特定故事或語言的再利用。而詩家用典的目的在於在有限的語句中，使用被作者轉換加工過的具有象徵意義的精煉詞語，以更好地傳達作者的思想情感，豐富作品的主旨內涵。所以，從根本上而言，它與字法不同，用典或用事是一種工具性的存在，是基於某種目的對另一個故事或語言的轉化和利用。

　　嚴羽在《滄浪詩話》中也曾討論過用事的問題，指出「用事不必拘來歷」，認為詩人所引用的故事或語言不應該受到拘束，錢振鍠非常認同此語〔註157〕。並且他在《謫星說詩》中有明確指出用事「不必拘來歷」的原因。他說：

　　　　作詩不宜將古人詩語作典用，用便是試帖派，非上乘也。且
　　　　古詩不必盡工，我用其不工語入詩，效尤又甚矣。〔註158〕

〔註153〕宋・楊萬里《誠齋詩話》，頁24。

〔註154〕南朝梁・鍾嶸著、周振甫譯註：《詩品譯註》（北京：中華書局，1998年），頁24。

〔註155〕南朝梁・劉勰著；王運熙、周鋒譯著：《文心雕龍譯注》（上海：上海古籍出版社，2016年），頁376。

〔註156〕羅積勇：《用典研究》（武漢：武漢大學出版社，2005年），頁2。

〔註157〕錢振鍠在《謫星說詩》有言：「（嚴羽）又云：『押韻不必有出處，用事不必拘來歷。』此語甚是。」，見《民國詩話叢編》冊二，頁580。

〔註158〕《謫星說詩》，見《民國詩話叢編》冊二，頁610。

　　試帖詩，也叫試律詩，起源於唐代，是用於考試的排律詩。在清代它是科舉考試中僅次於八股文的考試文體，一直沿用到光緒二十四年（1898）戊戌變法。〔註159〕清廷甚至規定，如果詩不佳者，科試不准錄送〔註160〕，所有有志於科舉的學子都要研習，可以說它是「清代科舉制度中最具持續性、廣泛性影響的考試文體」〔註161〕。在清代學者眼中，試帖詩和日常文人書寫的詩歌是不同的。試帖詩乃是命題作文，強調起承轉合、煉字酌句，要求嚴格。而一般的文人詩若是沿用此法，會被貶斥〔註162〕。所以此處所言「將古人詩語作典用」應該也是試帖詩的特點之一，錢振鍠認為不該用到非考試的詩歌創作中。並且，錢振鍠指出，古人的詩句並非全然都是上佳之作。引用不佳的古詩，錯得就更加離譜。

　　除了強調用事不拘來歷以外，錢振鍠還討論了典故的來源問題。他指出：

　　　凡用故事，除古書而外，當用正史，若唐宋以來小說，不用可也。譬之《聊齋志》、《子不語》，可當故事使乎？王安石謂坡詠雪「玉樓銀海」出道家，後人未見。然予以為徵典而及釋、道二藏，亦是一障。〔註163〕

　　這則引文著重討論除古詩之外，典故的來源。錢振鍠認為，在引用故事的時候，除古書以外，應當用正史而非小說。並且，對於用典涉

〔註159〕宋巧燕：〈論清代科舉加試試帖詩的影響〉，《三峽論壇》（三峽文學），2015年3月，頁49。
〔註160〕見蔣寅：〈科舉試詩對清代詩學的影響〉《中國社會科學》，2014年第10期，頁146。
〔註161〕宋巧燕：〈論清代科舉加試試帖詩的影響〉，頁49。
〔註162〕如林庚白批判陳寶琛之詩就有言：「未脫試帖氣，蓋字斟句酌，必求其工穩也。」見清末民初・林庚白：《孑樓詩詞話》，收入《民國詩話叢編》，頁128。陳衍也有言：「作七律，第三聯可脫開前半截，另出新意，不必死承前半首作下。專守起承轉合格調者，作試帖詩之餘毒也，陳太傅尚未免此，彼亦自知。」見清末民初・黃曾樾輯：《陳石遺先生談藝錄》，收入《民國詩話叢編》冊一，頁704。
〔註163〕《名山詩話》，收入《民國詩話叢編》冊二，頁624。

及佛家道教之語的做法，他也表示不滿。「唐宋名家多以釋老語入之，後世遂以為儒家語不宜入詩，而儒者遂有謂詩可不作者矣。……世人以儒家語入詩則難工，此儒未通於樂也。用儒之意，而以開元聲韻唱之，何不可乎？」〔註164〕指出儒家之語也完全可以化入詩歌中。

他還難得「認同」了明代七子之言。他說：

> 總之文章家當自尊貴，牛溲馬勃，到處留心，博則博矣，有
>
> 何價值乎？明七子謂才使唐以後便不古，語不無太高，而亦
>
> 未可廢也。〔註165〕

此言乍看之下，錢振鍠似乎讚同明七子的復古理念。但若認真分析上下文，則知錢振鍠想表達的是對唐及唐以前詩歌在用典方面的肯定。因為在他看來，那個時期的詩歌，在用典的選擇上是相對恰當的，不會將「牛溲馬勃」這種卑賤之語用到詩歌當中。

最後，錢振鍠總結了用典之法。他表示：「只可使典故供我嬉笑怒罵，不可使典故供我填砌擺設。」〔註166〕典故的使用是為了表達作者的喜怒哀樂，而非只是簡單地堆砌故事與詞藻。對於姜白石的「僻事實用，熟事虛用」，錢振鍠也表示讚同〔註167〕。他指出對於讀者不熟悉的故實，應該在詩中點明，否則意蘊難明，詩味或有不足；而對於已經廣為人知的典故，則不必點明，暗用即可，既顯得簡約，又含蓄豐厚。

四、論詩韻

何為「詩韻」？《辭源》釋為：「詩的韻調」，並引白居易詩句「交情鄭重金相似，詩韻清鏘玉不如」作證。《辭海》的解釋與《辭源》基本相同：「作詩及其它韻文據以押韻的書。宋以前韻書皆依《切韻》分韻目為二百零六部。平水人劉淵增修《禮部韻略》，始並同用之韻為一

〔註164〕《名山詩話》，收入《民國詩話叢編》冊二，頁661。

〔註165〕《名山詩話》，收入《民國詩話叢編》冊二，頁624。

〔註166〕《謫星說詩》，收入《民國詩話叢編》冊二，頁587。

〔註167〕錢振鍠有言：「姜白石《詩說》曰：『僻事實用，熟事虛用。』頗有見地。」見《名山詩話》，收入《民國詩話叢編》冊二，頁591。

百零七部。稍前，有金人王文郁《新刊韻略》，則分為一百零六部，即後世通行之『平水韻』。清《佩文詩韻》因之。」〔註168〕由此可基本知曉古典詩歌的詩韻之發展。關於錢振鍠的詩韻觀，茲分點論述如下：

第一，錢振鍠在《謫星說詩》中引用嚴羽的「押韻不必有出處」之語，並表示認同。在宋代，經歷六朝及隋唐詩歌韻部的發展、演變之後，「韻」的詩學內涵已經發展得比較成熟和完備。但是，宋代人對押韻，更多的向強、險、奇靠攏，使得很大一部分詩歌失去了一種自然之色。針對這種問題，嚴羽提出「押韻不必有出處」〔註169〕。而至清末，錢振鍠再提出此語，也許是看到當世之人對於詩韻的過度計較與依循。他指出：

> 亭林云：「以韻從我者，古人之詩也；以我從韻者，今人之詩
> 也。杜拾遺、韓吏部未免此病。」此語是千古通論、確論，
> 為限韻、疊韻者大加針砭。〔註170〕

錢振鍠引用顧炎武（1613～1682）之說，指出今人之詩多受到韻律的限制，正確做法應該如同古人一般，讓詩韻為自己所用。之所以如此要求，和他對詩、韻之關係的認識是分不開的。他解釋道：

> 先有詩，後有韻。《三百篇》、《十九首》，正不知韻在何處。
> 如有好句、美字，不當為韻縛也。……亭林韻學最精，而謂
> 古人重韻、無韻皆所不忌。余謂韻法不可過高，過高則野；
> 不可過近，過近則拘。彼墨守禮部韻而不敢改移尺寸者，正
> 當以亭林之說矯之。〔註171〕

> 顧景星《白茅堂文・湯次曾樂府和序》：……太白不工摭捻，
> 而〈清平〉一調遂叶〈霓裳三奏〉；子美未聽宮商，而〈贈花

〔註168〕彤星：〈詩韻的意義及用韻規律──駁「詩韻的典雅美」〉，《中華詩詞》
2006 年第 12 期，頁 47。
〔註169〕宋・嚴羽著、郭紹虞校釋：《滄浪詩話》（臺北：正生書局，1972 年），
頁 107～108。
〔註170〕《謫星說詩》，收入《民國詩話叢編》冊二，頁 594。
〔註171〕《謫星說詩》，收入《民國詩話叢編》冊二，頁 580。

卿〉一絕即入〈水調歌頭〉……賀之為詩，多不先立題目，
豈得先譜聲邪？以是知辭生於情，聲生於辭，初非以辭合聲，
而後謂之樂府也。〔註172〕

此兩則引文的重點其實是類似的，即「先有詩，後有韻」。從詩歌
的創作動機而言，錢振鍠認為「辭生於情，聲生於辭」。詩歌的創作來
源於情感的生發，因為有情感吐露的需求，才有了辭的產生，而聲音是
依託於辭而後存的。比如古往今來的詩人學者所推崇讚賞的《三百篇》、
《古詩十九首》，在錢振鍠看來，是沒有韻之要求的。而後的李白、杜
甫、李賀（790～816）等人，他們所寫的一些詩歌雖然也合於曲譜，但
並非是按照曲譜而寫就。

此處，錢振鍠又提到顧炎武（1613～1682）的韻學，認為那些寫
詩嚴守官方韻書《佩文詩韻》而不敢改動分毫之人，應該遵循顧炎武重
韻〔註173〕、無韻〔註174〕皆不忌之法。當然，錢振鍠還表示，詩歌用韻
也不能全無避忌，否則便會顯得詩歌粗野無序。

第二，錢振鍠指出另一個不恰當的用韻之法。他說道：

禮從宜，詩亦從宜。每見詩人用古韻法押入句尾，如「下」
字押入七麌，「林」字押入十三覃之類。句雖佳，其音不諧，
頗為掃興。每見詩人將慣用作仄聲者作平聲，慣用作平聲者
作仄聲，如「中興」之「中」、「離群」之「離」作去聲，「料
想」之「料」、「憂患」之「患」作平聲，將一副考據面孔隨
處擺布，最為無味。〔註175〕

這裡所說的「古韻法」指的應該是上古音。《韻補》中有記載：「下，
後五切，上下也。《毛詩下》十有七陸德明云：叶韻皆當讀如戶。」〔註176〕

〔註172〕《名山詩話》，收入《民國詩話叢編》冊二，頁644。
〔註173〕所謂「重韻」就是指一首詩中，用同一個字重複押韻。
〔註174〕所謂「無韻」就是不押韻。指詩文句子末一字不用韻母相同或相近的
　　　　字。
〔註175〕《謫星說詩》，收入《民國詩話叢編》冊二，頁587。
〔註176〕宋・吳棫《韻補》卷三，《欽定四庫全書》本，經部十・小學類，頁12。

指出「下」之叶韻應當讀「戶」，而「戶」與「𩆜」在上古音系中都屬於「魚」部，所以在上古的音韻體系中，將「下」字押入七𩆜是沒有問題的。但是在《佩文詩韻》中「下」是胡雅切，屬於禡韻，而非𩆜韻，兩者是不能互押的。與錢振鍠同時代的陳曾壽（1878～1949）就有一首七言律詩乃是將「下」押的𩆜韻〔註177〕，此詩讀起來就有錢振鍠說的「音不諧」之感。

至於「林」字，《經典釋文》中有言：「林，魯甘切。《史記‧匈奴傳》大會蹛林索隱。林，韋昭音，多藍反。案李牧傳大破匈奴滅襜襤。此字與韋昭音頗同，然林、襤聲相近或以林為襤也。」〔註178〕而「覃」是徒南反，兩者雖讀音不同，但在上古的音韻體系中都屬於侵部字，所以可以押韻。但是在《平水韻》（中古音）中，覃就屬於覃部，而林還是侵部，是不能互押的。明代的王慎中就有將覃部、侵部互押的詩作〔註179〕，其用的也是古韻法。

至於錢振鍠後面說的「作仄聲者作平聲」、「作平聲者作仄聲」，其實這也和古音的使用相關。比如他提到的「離群」之「離」。《經典釋文》中有：「離羣，力智反。鄭云，猶去也。」《禮‧月令》中也有「司天日月星辰之行，宿離不貸。《注》離，讀如儷偶之儷。」也就是在上古音中，離群之離音麗，仄聲，但是在清代則是屬於支部平聲，就是所謂的「作仄聲者作平聲」。

〔註177〕陳曾壽之〈子安同年見予舊京弔散原先生詩越夕夢與散原及予飲西湖上散原歡悅予憂悴作詩寄示因和〉：「人天苦樂已分途，邂逅何緣入夢俱。詩事久應亡日下，酒痕忍更說西湖。分明血淚同幽顯，冥漠神交定有無。歷劫前悰消不盡，累君存歿再嗚呼。」此詩中的「下」和「途」、「湖」、「無」、「呼」在上古音中都屬於「魚」部，而在清代都是屬於𩆜部。所以此詩乃是按照上古音韻系統而作。

〔註178〕唐‧陸德明：《經典釋文》卷一，《四部叢刊》經部，景上海涵芬樓藏通志堂刊本，頁115。

〔註179〕王慎中〈題桃花潭水別意卷〉：「水桃花千尺潭，水涵花色轉看深。爭如門下尋師者，臨別殷勤一片心。」中，「潭」屬於覃部字，而「深」、「心」則屬於侵部字，因為「潭」在上古屬於侵部字，所以詩人以此押韻。

　　從錢振鍠寫給夏成燾的書信中可進一步理解他反對用古音的原因：「天下上乘文字，未有不合於音律者，吾輩自得之。……彼談律者於天籟人籟都無所見，但依古人成作之平上去入呆呆填砌，以為合律，豈是通人！……以古樂論，古音樸質，原不及後世之音悅耳。以俗樂論，則何字何調不可唱？而吾輩轉不如不通之優伶乎？」〔註180〕錢振鍠此處點出古音與今音之區別，以此表明依照古人之平上去入的要求，去作詩填詞的鄙陋。錢振鍠在信中呼籲：「我輩但憂文字不逮古人，無憂其不合律也」〔註181〕，此處的合律應該是指合於古音的韻律要求，他所反對的還是今人押古韻來寫詩的做法。

　　從以上分析可知，錢振鍠抵制寫詩不使用字的當代之音，而非要用上古之音的做法。而他這番言論是有所指向的，一些同時代的詩人就是如此。如林庚白（1897～1941）曾有言：「今人用數韻，什九以坊間所刊行之《詩韻合璧》為準，於古體則韻相通，而於今體但墨守一韻，此大不通也。……質言之，則凡詞韻可通者，詩韻皆可通；古體可通者，今體皆可通。」〔註182〕，認為只要古韻可通，就可以用於今詩之中。對此，錢振鍠認為這是考據家在擺弄學術，十分無味。

　　第三、錢振鍠反對毛先舒對「叶韻」的看法。

　　南北朝時，學者因按當時語音讀《詩經》，韻多不和，便以為作品中某些字需改讀某音，稱為叶韻。毛先舒《聲韻叢說》有言：「叶之為言諧也，和也，初未可廢者也。然有法叶，有臆叶：法叶者，有本而合古者也；臆叶者，無本而隨聲者也。」〔註183〕對此，錢振鍠認為：

> 毛先舒論叶韻，有法叶、臆叶之別。我道既已叶矣，又奚論
> 其法、臆耶？況法叶多不合時宜，與其法叶，不如臆叶為
> 是。〔註184〕

〔註180〕錢振鍠：〈與夏臒禪書〉，見錢璱之編：《錢名山研究資料集》，頁128。
〔註181〕錢振鍠：〈與夏臒禪書〉，見錢璱之編：《錢名山研究資料集》，頁128。
〔註182〕清末民初‧林庚白：《麗白樓詩話》，收入《民國詩話叢編》，頁137。
〔註183〕清‧毛先舒《聲韻叢說》卷一，收入《學海類編》第62冊，頁85。
〔註184〕《謫星說詩》，收入《民國詩話叢編》冊二，頁587。

　　法叶就是根據上古音而改變詩歌中某字的音讀以形成押韻，而臆
叶則是其某字上古音也不合韻，就合韻的需要而改變字的音讀。錢振
鍠對這兩者方法都不認可，因為法叶已經不合於當世之字音，更何況
沒有上古音為依託的臆叶。此說從根本上還是基於他對詩歌應用當世
之字音的要求。

　　第四，錢振鍠分析了古之五聲，認為後人對其看法存在誤區。他說：

　　　戴東原《書劉鑑切韻指南後》有云：「……古之所謂五聲宮、
　　　商、角、徵、羽，非以定文字音讀也。凡一字則函五聲，誦
　　　歌者欲大不踰宮，細不過羽，使如後之人膠於一字，繆配宮
　　　商，將作詩者此字用宮，彼字用商，合宮商矣，有不失其性
　　　情、違其志意者乎？惟宮商非字之定音，而字字可宮可商，
　　　以為高下之節，抑揚之序，故作者寫其性情，而誦之者宛轉
　　　高下以成歌樂。」〔註185〕

　　他讚同戴東原之說，認為古之宮、商、角、徵、羽，不是字的音
讀，換言之，非平、上、去、入。每個字都有五個音調，所謂的誦讀時
「大不踰宮，細不過羽」，就是誦詩時的音調高低。而後代詩人糾結於
字的音讀，而限定某字讀宮，某字讀商，反而會影響詩歌想要表達的情
感和意志。也就是說，詩中的每一個字，既可以是宮調，也可以是商
調，是不固定的。這個音調它不是寫詩的依據，只是朗誦或演唱詩歌
時，根據需要而選擇的吟唱方式。

　　總體看來，錢振鍠詩歌創作的實踐技法雖然可以分為用字、用事、
用韻和句法四類，但是資料零散，多是對於前人某一論點或某一作品
的評論，分析論述並不是非常嚴密。

小結

　　本章探討了錢振鍠的詩歌創作理論，共分為理論原則、先決條件

〔註185〕《名山詩話》，收入《民國詩話叢編》冊二，頁643。

和實踐技巧三個部分。

第一，詩歌創作的理論原則

第一節首先從復古思想的濫觴——陳子昂談起，然後一路往下追述，分析宋、元復古思想的變化發展、明代復古派和清代複雜的宗唐、宗宋之變化。又著重分析了錢振鍠對復古思想的駁斥和緣由，從而得知他對詩歌言語獨創、自成一家的追求。第二三部分分別論述詩歌合於真情、語當紀實的要求，可知他反對詩歌一定要諷喻比興的做法，認為詩歌應該表達真情，而內容則要真實、不低俗。

第二，詩歌創作的先決條件

本節論述立意、讀書、天資的重要性。錢振鍠指出詩之「立意」應該由詩人的情感而觸發，自然而生；前人的詩集要讀，但不要字斟句酌地分析，甚至強加己意於原詩之中；天資是寫出奇詩的必要條件，天資若不夠，後天的人工再好，也寫不出奇詩，最多只能算是一般佳作。

第三，詩歌創作的實踐技巧

此節對字法、句法、用事和詩韻都有論述。錢振鍠認為，用字不能苦湊字眼，要對所歌詠的事物進行自然的描繪，不要字字都絞盡腦汁地化用古人詩句或故事；對於用典，錢振鍠雖然強調用事不應拘來歷，儒家之義也可入詩，但唯獨古人拙劣的詩作和小說不可。並且用典應為詩歌情感的表達服務，不可胡亂堆砌；關於用韻，他則強調不必過於斤斤計較，並指出應該根據現世的文字音讀來押韻，而非使用古韻；對於句法，錢振鍠的要求是「穩」，句子的書寫應該要注重平仄音節的變化和情感表達的和諧。

至此，對於錢振鍠的詩歌創作理論，已經基本整理、分析清楚，但是對於其理論在當時的意義尚未論述。或可聯繫當時詩界的思想背景，以便更好地理解錢振鍠詩歌創作論的特點和價值。以下就此點略作分析：

道光年間至 19 世紀末期，詩論家討論、評述的大多還是傳統詩學

的問題，但表現出在傳統詩學的範疇內尋找出路的意圖。比如，朱廷珍
（1841～1903）就認為詩法不堪作為學詩入門之向導，天理人情古今
相通，詩家可以從中把握歷代詩人的精深微妙，再加上深厚的學養，就
能自立於當時，不朽於後世。這是詩人在承接歷代名家詩歌傳統的同
時，力圖進行變化的表現；也有墨守陳言，堅持學古擬古的詩人，如王
闓運（1833～1916）宗尚漢魏六朝詩歌，提出「古人之詩，盡善盡美
矣，典型不遠，又何加焉」。在新舊思想文化紛爭日益激烈的背景下，
其固陋和保守的思想十分突出。還有雖然以學古為重，但是不讚成這
種亦步亦趨地模擬方式的，如陳衍（1856～1937），作為宗宋的「同光
體」的代表，他指出「好古非復古」〔註186〕。雖以好古自詡，但他讚
同李習之的「創意造言，皆不相師」，意圖在今與古、自創與擬古之間
建立一種平衡。

　　當然，這一階段，除傳統詩學的餘續以外，新的文學思想也迅速
萌發。如被譽為「詩界革命」的健將黃遵憲（1848～1905），他提出「別
創詩界」一說，並指出：「詩雖小道，然歐洲詩人出其鼓吹文明之筆，
竟有左右世界之力。」〔註187〕有著與傳統詩論迥別的超越性眼界。梁
啟超（1873～1929）也有類似的言論：「故今日不做詩則已；若作詩，
必為詩界之哥倫布、馬賽朗然後可。」〔註188〕意圖與傳統詩歌分道揚
鑣，嚮往全新的詩歌境界之出現。

　　錢振鍠就處在這樣新舊文學思想猛烈交織和衝突的文化背景之
下，而我們從他的創作論中，可以看出他對此的態度。他對復古思想近
乎徹底的反對，對詩歌情感之自然流露而勿關諷喻的要求，以及對詩

〔註186〕清末民初・陳衍：《石遺室詩話》卷三第五則，收入《民國詩話叢編》
　　　　冊一，頁48。
〔註187〕黃遵憲〈與丘菽園書〉，見郭紹虞主編：《中國歷代文論選》下（臺北：
　　　　木鐸出版社，1981年），頁346。
〔註188〕梁啟超《夏威夷遊記》，轉引自包莉秋著：《公利與審美的交光互影：
　　　　1895～1916中國文論研究》（成都：西南交通大學出版社，2012年），
　　　　頁39。

第四章　詩歌體制論

　　郤文倩在〈中國古代文體功能研究論綱〉一文中指出，要將文體看做是內涵豐富且不斷變動的歷史「活體」，每一種文體都有萌發的歷史土壤，生長在特定的歷史語境，具有特殊的功能來滿足某種需求，進而形成自身獨特的修辭方式，並最終以文字的形式穩定、塑形。〔註1〕所以，對文體的研究，在古代文學、歷史和思想研究中都有著重要的意義。而對詩歌這一文體的體制研究，可以探尋它的源流和嬗變，以顯示出一時代的歷史情境、文學發展與流行風潮。

　　文體的分類，需要考慮的因素很多。美國學者韋勒克和沃倫合著的《文學理論》一書中說：「我們認為文學類型應視為一種對文學作品的分類和編組，在理論上，這種編組是建立在兩個根據之上的：一個是外在形式（如特殊的格律或結構等），一個是內在形式（如態度、情調、目的以及較為粗糙的題材和讀者觀眾範圍等）。」〔註2〕韋勒克和沃倫所說的文學類型或許不能完全適用於中國的文體分類，但是他們提到了編組的根據，對於詩體也同樣適用。從前人的分類標準來看，詩歌有從語言形式上來分的，如《文心雕龍》將其分為三言、四言、五言、六

〔註1〕吳承學、何詩海編：《中國文體學與文體史研究》（南京：鳳凰出版社，2011年），頁13。

〔註2〕〔美〕雷・韋勒克、奧・沃倫著：《文學理論》（北京：三聯書店，1984年），頁263。

言等，從結構上又分為離合、回文、聯句等。不同的分類標準，會構成不同的分類結果。

胡師幼峰曾在《沈德潛詩論探研》討論過詩體的發展變化：「一種文體變態極妍，宜盛而衰；時代之嬗遞，環境之轉換，另一種新的文體也必然應運而生。雖然如此，並不意味著新體既生而舊體不必存。文人逞才競勝，或為今體，而仿古體，其由不得不變之勢也。」〔註3〕指出詩體的發展有一定的漸變過程。而古、近詩體的區分從唐代就已現端倪，馮班（1602～1671）有言：「《錢考功集》，凡古詩皆題曰往體；皮、陸《松陸唱和集》猶然」〔註4〕。唐代錢起（722？～785？）的詩歌，就已經分為五言古詩、七言古詩、五言律詩、七言律詩、絕句等類，可見當時已有古體、近體之分。隨著詩歌的發展，詩體的分類越來越明確。總而論之，古體詩歌指的就是唐律形成以前及之後模仿其音律不叶等特點的詩歌，而近體詩指的是沈宋確立詩律後，謹守律法之字數、句數、平仄、對仗等要求而創作的詩歌。

本文將依此對錢振鍠的詩體之論，分為古體詩與近體詩兩部分，並以五古、七古、五律、七律為主要分析對象，擇其要點論述，同時援引前人之見以闡釋發明。雖然他對於詩體的論述較少，並無體系可言，但還是存有一些自己的見解。故本文以《謫星說詩》和《名山詩話》為主，將其相關內容重新編排整組，希望可以清晰地展現出錢振鍠的詩體論。

第一節　論古體詩

歷代的詩論家都十分重視對詩歌文體的探析，如南北朝的劉勰（465？～520？），其《文心雕龍》中〈明詩〉一篇，就論及詩體源流和各詩體的特點；宋代嚴羽的《滄浪詩話》中〈詩體〉一篇對詩歌的流

〔註3〕胡師幼峰：《沈德潛詩論探研》（臺北：學海出版社，1986年），頁46。
〔註4〕清·馮班：《鈍吟雜錄》，收錄自倪文傑，韓永主編：《古今圖書集成精華》（北京：人民中國出版社，1998年），頁1646。

變、各代流行之體、古體近體詩都有略述；到了明代，詩論家對詩體的討論更有體系：胡應麟（1551～1602）《詩藪》一書就對古近體詩的創作原則，進行了確立和規範，並提出「體以代變」的觀點；許學夷（1563～1633）的《詩源辨體》以詩歌發展的「正變」為原則，由綱舉目、總分有序，注重比較，具有系統性；而清代對前代的詩體之論則多有批判和總結，對詩體的討論有更加精深之見。如馮班（1602～1671），其《鈍吟雜錄》中樂府諸篇，「折衷群言，歸於一是，果有別裁偽體者，將不河漢斯言也。」〔註5〕或可稱為「樂府研究史上第一篇系統的內容豐富的專題論文」〔註6〕。到了清末民初，各詩論家對於古典詩歌詩體中很多重要問題的討論，已經十分詳細。錢振鍠亦較少著墨於詩體的源流、演變，更多的是對於前人某些詩體觀點進行論辯，或是某一詩體之代表詩人進行評判。以下分五言古詩、七言古詩進行分析。

一、五言古詩

有關五言古詩的起源，不少詩論家對此進行過討論。有認為蘇武之詩乃是五言詩成熟體的代表：如唐釋皎然《詩式》有言：「其五言，周時已見濫觴，及乎成篇，則始於李陵、蘇武二子。」〔註7〕認為五言古詩由來已久，對蘇李之詩予以了肯定，認為二人之詩才是成熟的五言古體；鍾嶸在《詩品序》中亦表達類似的觀點〔註8〕；清代沈德潛（1673～1769）在《唐詩別裁集》也言「蘇李詩……是為五言之祖。」〔註9〕都認為蘇李之詩代表著五言古詩的成熟。當然，也有對此論持懷

〔註5〕雪北山樵：《花薰閣詩述》本卷首，王輝斌：〈馮班及其古今樂府論〉，《湖北文理學院學報》，2015年第7期，頁25。

〔註6〕蔣寅：《清代詩學史》（北京：中國社會科學出版社，2012年），頁204。

〔註7〕唐·釋皎然〈李少卿並古詩十九首〉，收入宋·陳應行《吟窗雜錄》（北京：中華書局，1997年），頁272。

〔註8〕鍾嶸有言：「夏歌曰：『郁陶乎予心』楚謠曰：『名餘曰正則』雖詩體未全，然是五言之濫觴也。逮漢李陵，始著五言之日矣。」

〔註9〕清·沈德潛撰《說詩晬語》卷二，溫故堂翻刻，香港中文大學圖書館藏，頁12。

疑態度的，如蘇東坡在〈答劉沔書〉中就反駁道：「李陵、蘇武贈別長安，而詩有江漢之語⋯⋯正齊梁間小兒所擬作，決非西漢文。」〔註10〕認為這些詩乃是齊梁時候的作品。

　　錢振鍠也持否定態度。他說：

> 蘇李五言，是尋常遊子詩耳，目為孤臣降將不得。「胡天八月
> 即飛雪」，十二月之嚴霜，尚足說乎？不但「俯觀江漢」之非
> 其所矣。〔註11〕

　　「寒冬十二月，晨起踐嚴霜。俯觀江漢流，仰視浮雲翔。」此詩乃是《文選》中七篇蘇武詩中的一篇，被視為五言詩的代表作。但是錢振鍠不僅諷刺了詩歌中對胡地寒冬的描寫，而且指出此詩並不是蘇李所作。這就從根本上動搖了五言古詩成熟於西漢時期的論斷〔註12〕。可惜，錢振鍠並沒有在詩話中論及五言古詩的具體源起〔註13〕，但是他否定蘇武之詩歌的真實性是毫無疑問的。

　　此外，錢振鍠明確指出：

> 漢詩氣寬，漢以後五言氣便局促。作五古直須氣寬。〔註14〕
>
> 五古須有寬裕不盡之氣。往往見近代名手作律、作七古俱
> 佳，而獨於五古則見支絀。漢人五言氣自寬，漢以後便局
> 促。〔註15〕

〔註10〕 蘇軾〈答沔都曹書〉見宋・蘇軾著、孔禮凡點校：《蘇軾文集》卷49，頁1429。

〔註11〕 《名山詩話》，收入《民國詩話叢編》冊二，頁662。

〔註12〕 蘇武（前140年～前60年），字子卿，西漢大臣；李陵（？～前74年），字少卿，漢族，隴西成紀（今甘肅天水市秦安縣）人。西漢名將，李廣之孫。

〔註13〕 除了蘇武詩之外，亦有人認為《古詩十九首》才代表著五言古詩的成熟。如劉勰《文心雕龍》評這十九首為：「結體散文，直而不野。婉轉附物，怊悵切情，實五言之冠冕。」王世貞《藝苑危言》云：「談理不如《三百篇》，而微詞婉旨，遂足並駕，是千古五言之祖。」認為《古詩十九首》代表著五言古詩的成熟。

〔註14〕 《謫星說詩》，收入《民國詩話叢編》冊二，頁607。

〔註15〕 《謫星說詩》，收入《民國詩話叢編》冊二，頁582。

　　此言重點有二：其一，五古一定要「氣寬」；其二，漢詩有「氣寬」
之特點，漢以後之五言古詩則顯得侷促。「氣寬」與「侷促」相對，氣
息寬厚，才不容易氣短，顯得侷促。五言古詩之氣寬，應該是指詩歌之
氣韻深厚，有不盡之意的意思。沈德潛對五古的看法或可幫助瞭解「氣
寬」之論，他有言：「蘇李五言言情款款，感寤具存，無急言詬論，而
意自長，神自遠，使聽者油油善入，不知其然而然也，是為五言之祖。」
〔註16〕儘管這些詩很有可能不是蘇李所作，但是其詩歌之特點亦可作
為五言古詩的代表。沈德潛指出，這些五言詩歌意長神遠，自然動人，
纏綿溫厚，錢振鍠「寬裕不盡之氣」與其言多有相合之處。

　　那麼，錢振鍠又為何說漢代五言氣寬，而漢以後五言古詩就變得
侷促了呢？有關漢代五言古詩的特點，前代已經有不少詩論家有所評
論。明代吳訥（1372～1457）《文章辨體序說》有言：「五言古詩，載於
《昭明文選》者，唯漢魏為盛。……究其所自，則皆宗乎《國風》與楚
人之辭者也。」〔註17〕清代沈德潛《古詩源》中評價蘇李五古詩有言：
「此別永無會期矣，欲云『弦望有時』，纏綿溫厚之情也。」〔註18〕許
學夷《詩源辯體》云：「漢、魏五言，源於國風，而本乎情，故多託物
興寄」〔註19〕方東樹在《昭昧詹言》曾說：「五言詩以漢魏為宗，用意
高古，氣體高渾，蓋去《三百篇》未遠」〔註20〕他們都指出漢代五言

〔註16〕　清・沈德潛：《唐詩別裁集》凡例（長沙：嶽麓出版社，1998 年），頁 4。

〔註17〕　此言五古以漢魏為尊，指出漢魏五古與《國風》楚辭騷體近似。明・
　　　　　吳訥《文章辨體序說》，收入《文體序說三種》（臺北：台大出版中心，
　　　　　2016 年），頁 36。

〔註18〕　清・沈德潛輯、孫通海點校：《古詩源》（瀋陽：遼寧教育出版社，1997
　　　　　年），頁 37。另胡師幼峰在《沈德潛詩論探研》指出，此言乃評價李
　　　　　陵〈與蘇武詩〉有國風之纏綿溫厚的特點，見胡師幼峰《沈德潛詩論
　　　　　探研》第三章，頁 53。

〔註19〕　明・許學夷《詩源辯體》卷三第二條，（北京：人民文學出版社，2001
　　　　　年），頁 44。

〔註20〕　方東樹論詩好以「氣」說，其言五言古詩應該氣體高渾，指的就是漢
　　　　　魏五言古詩在詩歌章法上的內在連環性。見方東樹著、汪紹楹校點：
　　　　　《昭昧詹言》（北京：人民文學出版社，1961 年），頁 51。有關方東樹

古詩之所以高絕的原因，是其詩歌氣韻與《國風》《楚辭》相近〔註21〕，渾然天成，有高古不盡之氣。可是，有一點是十分值得注意的，就是這些詩論家多是漢魏合論，認為漢、魏五古都與古詩較近。但是錢振鍠卻明確指出，漢以後五古皆流於侷促，那麼魏朝五古也應是如此。

有關漢代以後的五言古詩，雖然錢振鍠沒有給出明確的評論，但我們可從五言古詩的後續發展中，體察錢振鍠之意。

明代胡應麟之言或可作為其解：「統論五言之變，則質漓於魏，體俳於晉，調流於宋，格喪於齊。」〔註22〕明確點出，五言古詩之變自魏代就已經開始。又「漢人詩質中有文，文中有質，渾然天成，絕無痕跡，所以冠絕古今。魏人贍而不俳，華而不弱，然文與質離矣。」〔註23〕漓與厚相對，魏代五古文采雖佳，但卻失之淺薄。「魏之氣雄於漢，然不及漢者，以其氣也。」〔註24〕魏代之詩風格雄壯，但五古之氣應該委婉悠圓，寬裕不盡。由此可明，錢振鍠論五古之氣寬詩，將魏代剔除在外的因由。

至於魏代以後之五古，論者眾多。明吳訥《文章辨體序說》言：「至晉陸士衡兄弟、潘安仁、張茂先、左太沖、郭景純輩，前後繼出，然皆不出曹、劉之軌轍。……元嘉以後，三謝、顏、鮑又為之冠。其餘則傷鏤刻，遂乏渾厚之氣。永明而下，抑又甚焉。沈休文既拘聲韻，江文通又過模擬，而詩之變極矣。」〔註25〕指出晉朝陸士衡（261〜303）

詩論中「氣」的重要性，可參閱黃振新：〈「氣」：方東樹詩歌批評最重要的審美範疇〉，《喀什師範學院學報》，2013 年第 34 卷第 5 期。

〔註21〕 青木正兒亦有言：「漢朝初年的詩，好像又兩個系統：其一是從周樂下來的雅樂之詩，其一是楚聲之詩。」指出漢代詩歌對詩經、楚辭的承襲。見〔日〕青木正兒著、隋樹生譯：《中國文學概說》（重慶：重慶出版社，1982 年），頁 65。

〔註22〕 明・胡應麟《詩藪》內編卷二，頁 23。

〔註23〕 明・胡應麟《詩藪》內編卷二，頁 21。

〔註24〕 明・胡應麟《詩藪》內編卷二，頁 21。

〔註25〕 明・吳訥《文章辨體序說》，收入《文體序說三種》（臺北：台大出版中心，2016 年），頁 36。

等人，乃沿襲曹劉餘唾。到了元嘉時期，除謝靈運（385～433）、鮑照（416？～466）等人，其餘多注重詩歌之雕琢，缺乏渾厚之氣。永明年間，沈宋強調格律聲韻，其去古愈遠矣。「晉宋以後，漸漸的傾向修辭」〔註26〕，詩歌詞藻日漸華麗，與漢詩之古樸愈加偏離。到了唐代初年，詩人創作的五言古詩就已趨近律詩〔註27〕。要之，則「體盡排偶，語盡雕刻，於是形成五言詩之再變。」〔註28〕

　　漢代之詩「無意於工而無不工」〔註29〕，而漢代以後之詩，注重格律、強調押韻、雕飾文辭，有意為之，則會氣韻生斷而侷促，顯得造作，反而難有渾然天成之詩。施補華有言，「作五言古，寧拙毋巧，寧樸毋華，寧生毋熟」〔註30〕，若是專意求巧，那麼離古意渾圓、寬裕不盡的氣韻就會愈加遙遠，成為錢振鍠所言「侷促」的五言古詩。

　　對於唐代五言古詩，錢振鍠指出「五古有寬裕之氣者，雖唐人亦少」〔註31〕，在眾詩家中，他較為推崇的就是李白，杜甫則被其多加貶斥。他言：

　　　李五古，音調高古渾成；杜五古音繁促，不得作詩之法，其
　　　格遂下。總之詞句有自然、勉強之分而已。〔註32〕

　　將李白和杜甫的五言古詩相對比，指出李白五古音調高古自然，而杜甫五古則語音繁促勉強。〈北征〉是杜甫十分有名的五言古詩，但是錢振鍠卻認為：「《北征》詩竭韻支句甚多。……《北征》詩在杜集中

〔註26〕〔日〕青木正兒著、隋樹生譯：《中國文學概說》（重慶：重慶出版社，1982年），頁69。

〔註27〕沈德潛在《唐詩別裁集》中有言：「唐初五言古，近趨於律，風格未進。」見沈德潛《唐詩別裁集》卷一評張九齡，頁7。

〔註28〕胡師幼峰：〈吳喬論詩體之漸變——以古、律為例〉，《輔仁國文學報》，2012第34期，頁150。

〔註29〕明・胡應麟《詩藪》內編卷二，（北京：中華書局，1958年），頁21。

〔註30〕清・施補華《峴傭說詩》第68則，收入清・王夫之等撰、丁福保輯錄：《清詩話》（上海：上海古籍出版社，1999年），頁981。

〔註31〕《謫星說詩》，收入《民國詩話叢編》冊二，頁612。

〔註32〕《謫星說詩》，收入《民國詩話叢編》冊二，頁602。

本非佳作，乃山谷用詩中熟爛門面語稱之，亦無謂也。」〔註 33〕杜甫〈北征〉一詩，歷來讀者不絕如縷。〔註 34〕山谷稱讚〈北征〉之佳處在於此詩「與《國風》、《雅》、《頌》相表裏」〔註 35〕，運用賦比興等手法，充滿憂國憂民的情思。而錢振鍠所關注的重點在於此詩之「竭韻支句」，指出其用語繁雜，用韻過於雕琢，不如李白。錢振鍠認為「李天性爽朗，故言無支離。其格調去古不遠，故一切細事瑣言，即事即景，不入其筆端。」〔註 36〕其五言古詩，用語自然，格調高古，渾然天成，為錢振鍠所激賞。沈德潛亦指出李白雖然天資縱橫，但是〈古風〉二卷，卻「不矜才，不使氣」〔註 37〕，而杜甫五古則「才力標註，篇章恢張，縱橫揮霍」〔註 38〕，很明顯前者更符合錢振鍠對五言古詩氣格的界定。

此外，錢振鍠還借柳宗元之詩病，來討論五言古詩。他有言：

> 柳詩有支澀生硬之病，……竟陵評柳云：『非不似陶，只覺調外不見一段寬然有餘處。』此語不特為柳詩發，道盡不會做五古人病痛。〔註 39〕

此則引文中，錢振鍠援引竟陵派之說，將柳宗元之詩與陶詩進行

〔註 33〕 《謫星說詩》，收入《民國詩話叢編》冊二，頁 581。

〔註 34〕 如《石林詩話》：長篇最難。晉魏以前，詩無過十韻者。蓋常使人以意逆志，初不以敘事傾盡為工。至老杜《述懷》、《北征》諸篇，窮極筆力，如太史公紀傳，此固古今絕唱也。又《唐宋詩醇》：「以排天斡地之力，行屬詞比事之法，具備方物，橫絕太空，前無古人，後無來者，自有五言，不得不以此為大文字也。」又《峴傭說詩》：「《奉先詠懷》及《北征》是兩篇有韻古文，從文姬《悲憤》詩擴而大之者也。後人無此才氣，無此學問，無此境遇，無此襟抱，斷斷不能作。然細繹其中陽開陰合，波瀾頓挫。殊足增長筆力，百回讀之，隨有所得。」對杜甫〈北征〉一詩都給予了極高的評價。

〔註 35〕 《謫星說詩》，收入《民國詩話叢編》冊二，頁 581。

〔註 36〕 《謫星說詩》，收入《民國詩話叢編》冊二，頁 610。

〔註 37〕 詳見清·沈德潛《唐詩別裁集》卷二（上海：上海古籍出版社，1979年），頁 43。

〔註 38〕 清·沈德潛：《唐詩別裁集》凡例（長沙：嶽麓出版社，1998 年），頁 4。

〔註 39〕 《謫星說詩》，收入《民國詩話叢編》冊二，頁 593。

對比，指出兩人之詩有相似之處。蘇軾有言：「所貴於枯淡者，謂其外枯而中膏，似淡而實美，淵明、子厚之流是也。」〔註40〕指出兩人詩歌平淡而實美的共同特點。但是，引文還點出，柳宗元的詩歌比之陶詩少了一份「寬然有餘」之感。方回有言：「柳子厚學陶，其詩刻峭，束縛羈縶，形似之而精神非也。」〔註41〕明代李東陽認為：「陶詩質厚近古，愈讀而愈見其妙……柳子厚則過於精刻。」〔註42〕均指出柳宗元詩歌有刻峭、雕琢的特點。柳詩好選難字，押險韻〔註43〕，錢振鍠認為這會導致詩歌生硬而不自然，影響詩歌情感的順暢表達。錢振鍠此語不僅僅在說柳詩，同時也指出後世不會做五古之人的通病。他以為，語意自然而又氣韻渾圓不盡才是五古應該具備的特點，「不求高古，而自高古矣」〔註44〕，要是刻意雕琢，就會顯得詩作字句支拙，氣韻侷促。

二、七言古詩

　　一般認為，七言古詩起於漢武帝時期的〈柏梁詩〉〔註45〕。〈柏梁〉是聯句詩，幾乎都以七言為句。「五言從孕育、萌發，以至發展、興盛似未間斷；而七言，雖有〈柏梁〉這麼完整的長篇，然未有如五言般順利成長，僅在五言的涇流中時冒一尖。」〔註46〕胡應麟《詩藪》有言：「建

〔註40〕　蘇軾〈評韓柳詩〉，收入宋・蘇軾著；李之亮箋注：《蘇軾文集編年箋
　　　　　注》（成都：巴蜀書社，2011 年），頁 237。
〔註41〕　方回：《劉元輝詩摘評》，轉引自梁德林：〈論柳宗元詩歌的奇險風格〉，
　　　　　廣西師範學院學報，2014 年第 3 期，頁 36。
〔註42〕　李東陽：《懷麓堂詩話》轉引自梁德林：〈論柳宗元詩歌的奇險風格〉，
　　　　　廣西師範學院學報，2014 年第 3 期，頁 36。
〔註43〕　參考自梁德林：〈論柳宗元詩歌的奇險風格〉，廣西師範學院學報，2014
　　　　　年第 3 期，頁 37。
〔註44〕　轉引自潘善祺《詩體類說》，頁 31。
〔註45〕　如沈德潛有言：「〈大風〉、〈柏梁〉，七言權輿也」，見沈德潛《說詩晬
　　　　　語》卷上，頁 656。又如吳訥《文章辨體序說》有言：「世傳七言起於
　　　　　漢武〈柏梁臺〉體。」見吳訥等《文體序說三種》，頁 37。
〔註46〕　潘善祺《詩體類說》，頁 40。

安自曹氏外,殊寡七言」,「晉宋齊間,七言歌行寥寥無幾」,「元亮、延之,絕無七言,康樂僅一二首」,「齊一代,遂無七言。」到了唐初,承六朝遺風,詩體以五言為正,七言的創作依然不多。盛唐以後,詩家群出,各種題材、多種風格詩作百花齊放,七言詩才開始興盛起來。〔註47〕〔註48〕孟啟《本事詩・高逸》篇有記載李白之言或可解釋這一現象,他言:「(李)白才逸氣高,其論詩云:『梁陳以來,艷薄斯極。沈休文(沈約)又尚以聲律。將復古道,非我而誰歟?』故陳、李二集,律詩殊少。嘗言:『興寄深微,五言不如四言,七言又其靡也。』」〔註49〕在陳子昂、李白等人心中,五言不如四言,七言又不如五言。〔註50〕

　　而錢振鍠雖然沒有推舉五古而貶低七古之言,但是也分析了兩者之區別。他說:

> 放翁飆舉電發,運筆急疾,然宜於七古而不宜於五古。以五古
> 之氣宜緩宜寬,不比七古句長體博,無所往而不宜也。〔註51〕

　　有關於七古、五古的詩體特點,在錢振鍠之前就有不少詩論家有過討論。徐師曾《文體明辨》謂七言:「其為則也,聲長字縱,易以成文,故蘊氣雕辭,與五言略異。」清劉熙載(1813~1881)《藝概・詩概》有言「字少者含蓄,字多者發揚也。是則五言、七言,消息自有別矣。」〔註52〕指出和五言相比,七古因字數較多,所以更易發揚成文。

〔註47〕 參考自潘善祺《詩體類說》,頁40～43。

〔註48〕 吳喬《逃禪詩話》中曾論七言詩之八變,論述了七言古詩的源起、發展和變化,胡師幼峰:〈吳喬論詩體之漸變──以古、律為例〉以《逃禪詩話》為主,《圍爐詩話》之論為輔,細論了吳喬對七言古詩演變的看法,可參閱。此處錢振鍠所論重點在於五古、七古之區別,故對七言之發展,不予詳述。

〔註49〕 孟棨等著:《本事詩　本事詞》(上海:古典文學出版社,1957年),頁16。

〔註50〕 此說法參考吳宏一:〈談中國詩歌史上的「以復古為革新」──以陳子昂為討論重心〉,《北京大學學報》(哲學社會科學版),2007年第44卷第3期,頁7。

〔註51〕 《謫星說詩》,收入《民國詩話叢編》冊二,頁612。

〔註52〕 清・劉熙載《藝概》,收入郭紹虞編選:《清詩話續編》冊四(上海:

明吳訥則詳細分析七言古詩的特點：「大抵七言古詩貴乎句語渾雄，格調蒼古；若或窮鏤刻以為巧，務喝喊以為豪，或流乎萎弱，或過乎纖麗，則失之矣。」〔註53〕

而錢振鍠此處，以陸游詩歌為例，分析了七古、五古的不同之處。「陸游性格豪放、胸懷壯志、在詩歌風格上追求豪健雄渾而又鄙視纖巧細弱。」〔註54〕寫詩時，運筆猶如疾風閃電，聲勢猛烈，更加適合作七言古詩，而非五言。因為較之五言，七言古詩「其體，句數不一，短則六句，長則二十六句；其字數有全篇七言、五七言錯置之雜言，或以『君不見』帶出七言的十字句。體裁不一，富於變化。」〔註55〕七古錯綜開闊，更能發人才思，寫出氣勢縱橫之作。王逸塘《今傳是樓詩話》中也有言「五言著議論不得，用才氣馳騁不得。七言則須波瀾壯闊，頓挫激昂，大開大闔耳。」〔註56〕如陸游這般愛抒發豪壯激昂之情的詩人，顯然更適合選擇七古來表情達意。

值得注意的是，錢振鍠指出，雖然七古句式相對自由，但也不能隨便進行自我發揮。他有言：

> 吳野人五律頗清警，七古好作六四句、八字句，支拙萬分。夫創調可也，創不通行之調，造立不直之句，不可也。試思太白七古，飛行絕跡，迴出常格之外，何嘗有不愜之調哉？〔註57〕

此處指出吳嘉紀（1618～1684）七古好作六四言、八言，乃是自我之創調，但是創得不倫不類〔註58〕。七古有純七言句式的，也有三七、

　　　　　上海古籍出版社，1983 年），頁 2434。

〔註53〕　明・吳訥《文章辨體序說》，頁 37。

〔註54〕　黃連平：〈陸游詩歌藝術特色淺論〉，《深圳大學學報》（人文社會科學版），2005 年第 22 卷第 3 期，頁 97。

〔註55〕　胡師幼峰：〈吳喬論詩體之漸變──以古、律為例〉，頁 155。

〔註56〕　清末民初・王逸塘《今傳是樓詩話》，收入《民國詩話叢編》，頁 522。

〔註57〕　《謫星說詩》，收入《民國詩話叢編》冊二，頁 585。

〔註58〕　有關吳嘉紀之四六句、八句之古詩和李白的七言古詩之句法，本文在第三章創作論第三節第四點〈論句法〉中，有詳述，可參閱。

五七言為一句的雜言，六四言、八言在七言古體中卻是比較少見的。錢振鍠之所以說吳嘉紀的長調不通不直，許是因為六四言、八言的形式，其句式是散漫的，音調是不和諧的。如其「不如早就下泉，題書與弟，好視吾一雙黃口兒女」一句，乃是平平仄仄仄仄平，平平仄仄，仄仄平仄平平仄仄，其聲調不流暢連貫，也沒有開合振蕩的節奏感。而李白，其七古則以「層次不齊的句子，跳脫奔放的氣勢，化整為散，破偶為奇，在七言基礎上大量採用雜言，藉助長短句型的交錯組合，創作出感情激蕩的詩篇。」〔註59〕錢振鍠認為，李白雖然也採用了層次不齊的句式，格式超乎一般，但是句式錯落而有致，字音鏗鏘而和諧，他的字句格式，都能與情感相配合，整體的詩歌是和諧而統一的。所以李白創調，可也。

第二節　論近體詩

　　近體詩，又稱律詩或格律詩，與漢魏古詩相對，嚴格按照格律而寫成。明代徐師曾（1517～1580）有言：「按律詩者，梁陳以下聲律對偶之詩也……梁陳諸家，漸麗句，雖名古詩，實墮律體。唐興，沈（佺期）宋（之問）之流，研練精切，穩順聲勢，號為律詩，其後寖盛。雖不及古詩之高遠，然對偶音律，亦文章之不可缺。」〔註60〕指出經過了齊梁陳隋等諸多詩人的努力，和沈佺期、宋之問對其體式、聲律的嚴格界定〔註61〕，律詩定型，並逐漸走向興盛。「詩歌在聲律、音韻、對偶等形式之美的追求，是時勢所趨，是古詩『漸變』為律詩必然的現象。」〔註62〕其詩歌風格雖然不及古詩高遠，但亦是詩界不可或缺的文體。根據

〔註59〕彭友善：〈論李白樂府歌行「奇變」與「雄放」風格〉，《呼蘭師專學報》2003 年第 19 卷第 1 期，頁 27。

〔註60〕潘善祺撰：《詩體類說》，頁 124～125。

〔註61〕《新唐書‧宋之問傳》有言：「及之問、沈佺期，又加靡麗，回忌聲病，約句準篇，如錦繡成文。學者宗之，號為沈宋。」其中「回忌聲病，約句準篇」就是指對詩歌體式、聲韻的界定，到沈宋之詩，詩律開始定格。

〔註62〕胡師幼峰：〈吳喬論詩體之漸變──以古、律為例〉，《輔仁國文學報》，2012 第 34 期，頁 153。

詩行的多寡，近體詩可以分為三大類：律詩、絕句（又稱律絕）和排律（也叫長律）。由於詩句有五言、七言之別，所以每一大類又可因此分為幾種體式。錢振鍠對律詩的論述主要是針對五言律詩和七言律詩。

一、五言律詩

五律是近體律詩中成熟較早的詩體。明代王世貞（1526～1590）說：「五言至沈、宋，始可稱律。律為音律法律，天下無嚴於是者，知虛實平仄不得任情而度明矣。」〔註63〕指出律詩對平仄聲韻要求很是嚴格。

許是因為律詩對聲律、體式的要求比較嚴格，所以嚴羽有律詩難於古詩之語。

> （嚴羽）又云：「律詩難於古詩。」近人亦有此論。余謂諺有
>
> 云：「一法通，萬法通。」正不必分其難易。且近來能作律絕
>
> 而不能作古風者正多。〔註64〕

錢振鍠反對嚴羽所論，沈其光《瓶粟齋詩話》亦是如此：「隨園論律詩難於古體，余未敢苟同其說。蓋古體雖無聲律、對偶之拘，譬之李廣行軍，無部伍行陣，然非訓練有素，使人人知守紀律之嚴，鮮不償事。此似易而甚難。至於律詩，不過如程不識之刁斗森嚴，使士卒不敢犯而已，然似難而實易也。」〔註65〕不同的是，沈其光認為古體詩看起來容易實際上難，近體詩則是完全相反，而錢振鍠認為一法通，萬法通，根本無需在意兩者誰難誰易。

錢振鍠未就此言作進一步的解釋，或可推測，其言是指只要掌握作詩的基本功，那麼古詩、律詩都可為。如黃生（1622～1696）有言：「近體以琢對，故有句法。古體可以為所欲言，然亦未嘗無句法也。……不知古詩雖無平仄，未嘗無聲響，聲響不應，則宜平而仄，宜仄而平，

〔註63〕　明・王世貞著、陸潔棟，周明初批註：《藝苑卮言》（南京：鳳凰出版社，2009），頁52。

〔註64〕　《謫星說詩》，收入《民國詩話叢編》冊二，頁579。

〔註65〕　清末民初・沈其光《瓶粟齋詩話》，收入《民國詩話叢編》冊五，頁504。

誦之自覺不合調也。」〔註66〕可知，無論是近體古體，句法、聲韻都是在寫詩時應該關注的重點。黃生又言「今之為古詩者，以為不拘平仄，不用對偶，即古詩矣。……此未嘗著意揣摩故也。」〔註67〕同樣，那些以律體平仄、對偶嚴格難於掌握，視古詩較易的，也是沒有仔細揣摩，不知兩者所需能力是相通的。

此外，關於五言律詩的創作，錢振鍠主要評價了賈島之詩。他言：

> 閬仙五律清警拔俗，姚合猶不逮，然其句法亦有生硬處。蓋律詩意欲其生新，字面仍求平靜，不可著一點火氣，不可使一筆狠筆也。〔註68〕

錢振鍠取賈島的五言律詩作為分析對象，不是沒有緣由的。統觀賈島的詩集，其中五律是最多的，約佔一半〔註69〕。賈島自言：「詩緣見徹語長新」〔註70〕，韓愈也評價他「燕僧聳聽詞，袈裟喜翻新」。但是錢振鍠認為其詩歌並未做到「長新」，原因就是在於句法的生硬。

錢振鍠在此處有言，律詩應該要字面平靜，不可「一筆狠筆也」。什麼是「一筆狠筆也」呢？《貫華堂選批唐才子詩》評價賈島詩作時說：「先生作詩，不過仍是平常心思、平常格律，而讀之每每見其別有尖新者，只為其鍊句、煉字，真如五伐毛、三洗髓，不肯一筆猶乎前人也。」〔註71〕指出其尖新之處，在於煉句、練字，沒有一筆是似前人

〔註66〕 清‧黃生《詩塵》，見褚偉奇主編：《黃生全集》四（合肥：安徽大學出版社，2009年），頁343。

〔註67〕 清‧黃生《詩塵》，見《黃生全集》四，頁343。

〔註68〕 《謫星說詩》，收入《民國詩話叢編》冊二，頁584。

〔註69〕 根據《賈島詩全集》（海口：海南出版社，1992年）計算，其詩歌共413首，五律就有226首。且據聞一多所言，賈島一派人多作五律是有原因的：一，詩五律與五言八韻的試帖最近，二則為以景物來表現凜冽、峭硬的情調，五律也正是一種標準形式。詳見聞一多：《唐詩雜論》（南寧：廣西出版社，2017年），頁44～45。

〔註70〕 語出賈島〈贈翰林〉，見周賀等編：《唐詩百家全集‧賈島詩全集》（海口：海南出版社，1992年），頁54。

〔註71〕 轉引自實懷雋：《賈島詩歌研究》，吉林大學博士論文，2015年，頁118。

的。但是這種對字句的錘煉求新，也導致了其詩歌有生硬之感。就句法來說，五言律通常為上二下三句，而賈島在律詩句式上求新求變，多有一、一、三的句式，如其如《題青龍寺鏡公房》之頸聯：「樹老因寒折，泉深出井遲」即讀成「樹／老／因寒折，泉／深／出井遲」；《送陳判官赴綏德》之頸聯：「火燒岡斷葦，風卷雪平沙。」其意義節奏上下句都不一樣，讀成「火／燒／岡斷葦，風／卷雪／平沙。」〔註72〕這些詩讀起來多有拗峭之感，全無錢振鍠所言的「字面平靜」之意。素來喜歡「清水出芙蓉，天然去雕飾」〔註73〕之詩歌的錢振鍠，對這種句式不滿，斥其為生硬，無怪矣。

而有關「一筆狠筆也」的評論，或也可指賈島詩歌對於字句要反覆修改、過度斟酌，比如其「僧敲夜下門」一詩，就多次受到錢振鍠的批判。他說「閬仙『推敲』一事，須問其當時光景，是推便推，是敲便敲。奈何舍其真景而空摹一字，墮入做試帖行徑。一句如此，其他詩不真可知，此賈詩所以不入上乘也。」〔註74〕「予謂此事與韓賈『推敲』同是一妄。語當紀實，是推便推，是敲便敲，見得一江是一江，見得半江是半江，若不如此，何緣知敲字勝推字，半字勝一字。」〔註75〕錢振鍠認為，明明直寫其景其事即可，賈島卻偏偏要糾結這一字之差別，在一字之使用上反覆斟酌修改。

姜光斗〈論賈島五律詩〉論及賈島詩歌「一筆多意」的特點，或可作為錢振鍠「一筆狠筆也」之論的補充。姜光斗指出，賈島〈夜喜賀蘭三見訪〉「泉聒棲松鶴，風除翳月雲。」「泉聒」一聯「既寫出詩人居處的明淨美麗，又暗示詩人人格的清高脫俗，更巧妙地抒寫了友人賀

〔註72〕　整理自姜光斗：〈論賈島五律詩〉，《南通師範學院學報》（哲學社會科學版），1999 年第 15 卷第 2 期，頁 43。

〔註73〕　如在評價李白之詩歌詩，錢振鍠就有言：「太白詩：『清水出芙蓉，天然去雕飾。』此「春草池塘」心法也，一生得力在此。」十分認可此類清爽自然的詩句。見《名山詩話》，頁 663。

〔註74〕　《謫星說詩》，收入《民國詩話叢編》冊二，頁 609。

〔註75〕　《名山詩話》，收入《民國詩話叢編》冊二，頁 637。

蘭多次來訪時主人的喜悅心情，體現了賈島一筆多意的藝術技巧」；〈懷博陵故人〉「雪壓圍棋石，風吹飲酒樓」一聯，「懷念當年與博陵故人共游之樂趣，以寫景來代替敘事，一筆兩用。」〔註76〕錢振鍠或許以為，賈島之詩將過多的意象或情感雜揉入一句之中，而失去了詩歌平淡之真意。

二、七言律詩

在歷代詩學著作中，有關七言詩藝術特質的探討多先由五言談起。五言加上兩個字，又會引起怎樣的不同呢？清人方世舉的《蘭叢詩話》曾說：「唐之創律詩也，五言猶承梁格詩而整飭其音調。七言則沈、宋新裁，其體最時，其格最下，然卻最難，尺幅窄而束縛緊也。」〔註77〕指出七言律詩難於五言律詩，是最難工的律體。而王世貞也有類似說法：

> 弇州（王世貞）言五言律差易得雄渾，加以二字，便覺費力。
> 余謂生來五字是五字，生來七字是七字，用一「加」字，便見牽強。弇州七律，顧皆五律而加以二字者耶？〔註78〕

王世貞指出七言雖僅是在五言上加了兩字，卻變難許多。王世貞此語是想表達七律之難作〔註79〕，但是錢振鍠卻將其言理解成了：七言等於五言加兩個字，所以對此大為批判，這是從七言律詩的起源角度來看待王世貞之言。

七言律詩的形成是以格律的產生和七言詩的充分發展為前提的，從產生到定型經過較長的時期。學界多以為在齊梁時期就已經出現格

〔註76〕整理自姜光斗：〈論賈島五律詩〉，頁41～44。

〔註77〕轉引自吳宏一：〈談中國詩歌史上的「以復古為革新」——以陳子昂為討論重心〉，頁7。

〔註78〕《謫星說詩》，收入《民國詩話叢編》冊二，頁613。

〔註79〕王世貞言：「篇法有起有束，有喚有應，大抵一開則一闔，一揚則一抑……皆與境諧，神合氣守使之然。五言可耳，七言恐未易能也。」亦言七律之難。見明‧王世貞著、陸潔棟，周明初批註：《藝苑巵言》（南京：鳳凰出版社，2009），頁12。

律化的思想了，「這種思想不僅僅對五言詩產生了影響，而且還讓當時的文人在其他文體中加以實踐，其中就包括了七言詩。但是七律的發展較為五律滯後，其自身格律化的痕跡不明瞭，而五律卻是最早成熟的，所以不少詩論家都在五言律詩的發展中尋找七律的產生根源，用五言律詩的產生，部分代表了七言律的產生過程。」〔註80〕如清代張實居（1634？～1713？）曰：「七言律詩，五言八句之變也。」〔註81〕其實，七律的形成雖有受到五律的影響，但是其內部是有自己的孕育和變化的〔註82〕，而不是簡單的由五言加二字發展而來。錢振鍠正是認識到這一點，又誤解了王世貞之意，才會有斥責之言。

小結

　　總而言之，錢振鍠對於詩歌體制的觀點可主要分為古體詩和近體詩兩大部分。

第一，古體詩

　　首先，對於蘇李詩是否為五言古詩的成熟體，歷來說法各異。而錢振鍠則認為此詩很有可能是他人偽作，持反對意見；其次，分析漢代五言古詩氣韻渾古、寬裕不盡的詩體風格，並著重解釋了漢代五古氣寬，而漢代以後五古侷促的原因：漢代五古更靠近國風、楚騷之風格，所以高古自然，而魏代詩歌氣韻淺薄、詩風則過於雄渾，無漢代五古委婉渾圓，高古不盡之意。其後詩歌則注重字句雕琢，講求聲律，反易顯得支離侷促；最後，又對比李杜二人之五古，分析柳宗元詩歌的弊端，進一步解釋了漢後五古字句支拙，詩意侷促的特點。而論及七言古詩，則以豪健雄渾的陸游之詩為例，指出七古句長體博、富於變化，有波瀾

〔註80〕　李俊：《初盛唐七言律詩研究》，陝西師範大學碩士論文，2001年，頁2～3。

〔註81〕　見清・郎廷槐：《師友詩傳錄》，收入清・王夫之等撰、丁福保輯錄《清詩話》（北京：中華書局，1963年），頁133。

〔註82〕　有關七言律詩起源的分析，可參考李俊：《初盛唐七言律詩研究》第一章第二節。

壯闊，頓挫激昂之特點；又以吳嘉紀的自創句式與李白之詩對比，指出七古應該聲調和諧，句式錯落有致，與情感表達相統一。

第二，近體詩

本節主要討論五言律詩和七言律詩。五言律詩成熟較早，歷來詩論家多有律詩難於古詩的論調。錢振鍠以為二者無需分難易，掌握章法、字句、音律等基本能力之後，兩種詩體都可作。錢振鍠又分析賈島的五言律詩，認為其句法生硬。而其「一筆很筆」之論可解釋為拗峭的句法、過度斟酌用字、一筆多意這三點。至於七言律詩，主要是從王士禛七言等於五言加兩字的疑似言論為發端，指出七言律詩雖受到五言律詩格律化的影響，但是有其自己孕育和發展的脈絡。

有關近體詩，錢振鍠認為「律詩裁對太工則牽強，太不工亦是牽強，此自然之所以難也。」〔註83〕無論是五言還是七言，都要注重詩歌的自然表達，不要被格律束縛了手腳，也不能完全拋開格律去作詩。至於作詩時，古體和近體的選擇，應該由自己更偏好的風格來決定。「夫詩體古、近，各由於性之所便，斷無學一家似一家，舍一家再學一家之理。四靈、後村之似賈、姚，亦性相近也，非盡出於學也。捨賈、姚而學古，真能作古詩乎？譬之唱戲，唱生唱旦，亦各就其喉音之近而學之。」〔註84〕古體詩、近體詩各有其自己的特性，各詩家也有自己獨有的特色。模仿學習某詩人之詩，並不能掌握其詩之精髓。學完這一詩家再學另一個，也不能幫助詩人徹底學會創作近體或古體詩。錢振鍠認為應該就古近體詩不同的詩體風格，依據自己的性格特點和情感需求、用語習慣，來選擇性地學習和創作。

〔註83〕 《謫星說詩》，收入《民國詩話叢編》冊二，頁611。
〔註84〕 《謫星說詩》，收入《民國詩話叢編》冊二，頁582。

第五章　詩歌批評論

　　自宋代詩話出現至錢振鍠所處之清末民初時期，詩論家對於前人詩歌作品的評論已日趨豐富和成熟。德國哲學家羅曼・茵格爾頓指出：「同一文學作品會發生變異，而變異的歷史則構成藝術作品的生命。這種生命既是永恆的，又是歷史的。它的永恆性呈現為它具有某種不同的基本結構，而不會在歷史變遷中完全改變；它的歷史性表徵在作品結構所體現的意義在不同的歷史時代的讀者將其具體化時出現的差異上。這種永恆與歷史的統一形成作品的動態本質結構。」〔註1〕詩論家對詩人的批判會賦予作品新的生命，而後人對於這些批判進行總結分析，亦是如此。本章將整理分析錢振鍠《謫星說詩》和《名山詩話》中的詩論，分先秦兩漢魏晉南北朝、唐宋、明清及同代這三大部分進行論述〔註2〕，以求明晰他對歷代詩人之評價，彰顯其詩歌批評理念。

〔註1〕德・茵格爾頓：《文學的藝術作品》（西安：西北大學出版社，1973年），頁64。

〔註2〕對於金元時期詩家，錢振鍠也有所提及。其中提及一次的有張憲（？～1142）、方回（1227～1305）、戴表元（1244～1310）、吳澄（1249～1333）、楊維楨（1296～1370）、姚桐壽（？～？），或引用其言論而評價其他詩家，或僅僅收錄其某句詩，幾乎沒有分析論述。提及兩次的有王若虛（1174～1243），乃引用其詩文之論而評價其他詩人（詳見頁599、624），提及四次的趙孟頫（1254～1322）則多將言其軼事（詳見頁622、636、641）。僅有在論及元好問（1190～1257）時，對其詩歌予以評價，指出其詩歌工力深而新意少，可惜內容較少，僅短短兩則（詳見頁609、610）。總而言之，對於金元時期的詩家，錢振鍠論述較少，價值不高，故在後文不再論述。

第一節　先秦兩漢魏晉南北朝

相較於唐宋、明清時期，錢振鍠對先秦至南北朝這一階段詩歌的評論著墨較少。或是對某一詩家生平命運及其作品的剖析，或為對某一詩觀之評點。茲以時代為序，內容為類，進行詳細論述。

一、詩經

錢振鍠對《詩經》的評價不多，主要是駁斥鄭衛之風詩是淫奔者作和刺淫之說、雅鄭之聲有高卑之別的觀點。茲分別論述如下：

第一，反駁鄭衛風詩乃「淫奔者作」和其內容為「刺淫」的說法。

「淫奔」這類說法可以追溯到孔子。孔子在《論語》的〈衛靈公〉篇中有言「行夏之時，乘殷之輅，服周之冕，樂則《韶》舞。放鄭聲，遠佞人，鄭聲淫，佞人殆。」〔註3〕提出「鄭聲淫」的問題。後東漢班固（32～92）在《白虎通義》中進一步解釋其緣由，是因為鄭國人民，地處偏僻，男女混雜，以音傳達相悅之情，故被認為淫靡之聲。〔註4〕而「淫奔」之說，乃是由朱熹（1130～1200）提出的。他認為「鄭、衛皆淫奔之詩，〈風雨〉〈狡童〉皆是。」〔註5〕〈狡童〉：「彼狡童兮，不與我食兮。維子之故，使我不能息兮。」女方埋怨戀人無情，讓自己寢食難安。現在一般認為此詩表達青年男女的相悅相好，乃是人情的正常表露〔註6〕，但在朱熹看來這是「淫女見絕而戲其人之詞」〔註7〕。

而「刺淫」之說，則是後人認為鄭衛風詩之中，有些是諷刺淫亂

〔註3〕劉兆偉譯註：《論語》衛靈公第十五（北京：人民教育出版社，2015年），頁363。

〔註4〕班固有言：「孔子曰『鄭聲淫』，何？鄭國土地民人，山居谷浴，男女錯雜，為鄭聲以相誘悅，故邪僻，聲皆淫色之聲也。」見陳立：《白虎通義疏證》（北京：中華書局，1994年），頁96～97。

〔註5〕朱傑人等主編：《朱子全書》（修訂本）（上海：上海古籍出版社，2010年），頁2786。

〔註6〕徐志嘯撰：《詩經楚辭選評》（上海：上海古籍出版社，2002年），頁1。

〔註7〕轉引自褚斌傑：《詩經評選》（西安：三泰出版社，2008年），頁68。

醜惡的詩歌。如毛《序》載：「《鶉之奔奔》，刺衛宣姜也。衛人以為宣姜鶉鵲之不若也」〔註8〕。鄭《箋》載：「刺宣姜者，刺其與公子頑為淫亂行，不如禽鳥。」〔註9〕認為《鄘風‧鶉之奔奔》〔註10〕諷刺衛宣姜與公子頑的亂倫行為。

　　錢振鍠對這兩種說法都表示不滿，他指出：

　　　《鄭》、《衛》，古〈竹枝〉也。不過其地民風不淑，而其時
　　　詩人偶見之吟詠而已。謂為淫奔者作，非也。謂之刺淫，尤
　　　非。〔註11〕

　　他認為《鄭風》、《衛風》，就相當於古代的〈竹枝詞〉。竹枝詞，古稱「竹枝」、「竹枝曲」、「竹枝歌」、「巴渝曲」等，最晚應出現在中唐以前〔註12〕，源於巴蜀（今四川、重慶部分地區）或楚地（今湖南、湖北）〔註13〕民間的山野之歌，由唐迄清，經歷代文人模擬仿作，逐漸演變成為文人竹枝詞，是以吟詠風土人情和反映社會生活為主的風俗詩體。〔註14〕

　　錢振鍠將《鄭風》、《衛風》比作〈竹枝詞〉，他認為是當時的采詩者，偶然見到當地的開放民風，寫詩記錄下來。所以其作者並不是所謂

〔註8〕　漢‧毛亨傳、鄭玄箋、唐‧孔穎達等正義：《毛詩正義》卷三（上海：上海古籍出版社，1990年），頁113。

〔註9〕　漢‧毛亨傳、鄭玄箋、唐‧孔穎達等正義：《毛詩正義》卷三，頁113。

〔註10〕《鄘風》乃是鄘地的詩歌，而邶風、鄘風、衛風都是衛國的詩。《左傳‧襄公二十九年》吳公子季箚聽魯國的樂隊歌唱了「邶、鄘、衛」以後，評論時便將此三詩統稱之為「衛風」。

〔註11〕《謫星說詩》，收入《民國詩話叢編》冊二，頁582。

〔註12〕有關竹枝詞的起源時間有三種說法：六朝說、唐以前、隋以前，具體時間眾說紛紜，莫衷一是，此處參考孫傑《竹枝詞發展史》第一章第一節〈竹枝詞的起源時間及地域〉，取竹枝詞可能出現的最晚時間：中唐，具體論述詳見該論文，頁7～8。

〔註13〕有關〈竹枝詞〉的來源地，前人學者多有不同見解，有楚地、巴蜀兩種說法，具體可參閱孫傑《竹枝詞發展史》第一章第一節，頁8～19。

〔註14〕有關〈竹枝詞〉的起源時間，參考自柳倩月：〈從巴蜀山野之歌到中華風俗詩──竹枝詞發展規律考論〉，《淮陰師範學院學報》（哲學社會科學版），2020年1月，頁70。

的淫奔者，所寫的內容也並非如鄭《箋》等所言，是為了諷刺統治者之淫亂，僅僅是詩人對當地民風民俗的描述而已。

第二，是駁斥雅、鄭之聲有高雅卑下之別。

先秦時期，詩樂一體，詩歌多可用來歌唱，雅樂、鄭聲都是當地的樂歌。從維護周代雅樂的正統思想出發，孔子有言：「惡紫之奪朱也，惡鄭聲之亂雅樂也，惡利口之覆邦家也。」〔註15〕，指責鄭聲「表達情緒過分，不受約束，缺乏節制」〔註16〕。《禮記‧樂記》也認為它是亂世之音，鄭聲就因突破儒家雅樂的規範，而遭到許多儒家學者的貶低。漢代以後，鄭聲和鄭地之風詩開始區分開來〔註17〕。朱熹《詩集傳》云：「鄭衛之樂，皆為淫聲。然以《詩》考之，……《鄭詩》二十有一，而淫奔之詩已不翅七之五。」〔註18〕，指出鄭樂和鄭詩的區別。明代學者楊慎亦曾曰：「鄭聲淫者，鄭國作樂之聲過於淫，非謂鄭詩皆淫也。後世失之，解鄭風皆為淫詩，謬矣。」〔註19〕，他認為是鄭地之音樂淫靡，而不是《鄭風》之內容淫亂。但是錢振鍠卻進一步認為，鄭之聲樂，亦不是靡靡之音。他有言：

> 歐公謂退之〈聽穎師彈琴〉詩，不過琵琶耳。得此語，琴固益尊，而琵琶亦有價。東坡〈和蔡景繁海州石室〉有云：「我來取酒酹先生，後車仍載胡琴女。一聲冰鐵散巖谷，海為瀾翻松為舞。」世間樂器，最下胡琴。經坡詩如此一道，竟與師曠清角無異，然則樂之《雅》、《鄭》高卑，亦何常之有！〔註20〕

蘇軾將胡琴與古琴相提並論，錢振鍠亦認為下里巴人之樂與陽春白雪之音沒有高下之分，《雅》樂和《鄭》樂即是如此。孔子認為鄭聲

〔註15〕劉兆偉譯註：《論語》陽貨第十七，頁429。
〔註16〕楊潔：《詩經鄭、衛詩歌研究》，山東師範大學博士論文，2015年，頁148。
〔註17〕參考自楊潔：《詩經鄭、衛詩歌研究》，頁149。
〔註18〕宋‧朱熹：《詩集傳》（北京：中華書局，1958年），頁57。
〔註19〕明‧楊慎：《升庵全集》（四）卷四十四（上海：商務印書館，1937年），頁448。
〔註20〕《名山詩話》，收入《民國詩話叢編》冊二，頁658。

之亂雅樂，而錢振鍠此言則純粹從音樂的角度看待兩者，認為兩者沒有高低之別。歐陽修評〈聽穎師彈琴〉，提升琵琶的價值，東坡一首〈和蔡景繁海州石室〉，胡琴也可與師曠清角媲美。世間樂器、樂曲本無高低，只不過是不同的人喜愛或欣賞的角度不同罷了。

二、屈原（前340？～前278？）

　　錢振鍠論及屈原的篇目集中在《名山詩話》中，一共有30則。其中有12則討論屈原之死，其餘18則或討論其詩作中某字之義〔註21〕，或討論作品中某一人物之生平事跡〔註22〕，或簡略評論某句詩作〔註23〕，均為表達自己觀點，較為零散。故此處集中討論錢振鍠本人著意較多的部分：屈原之死。

　　錢振鍠論述屈原投身汨羅的諸多原因。值得注意的是，錢振鍠在具體分析其緣由時，多將其與陶淵明並論，以兩人面對人生逆境之不同以見屈原之品性。第一個原因乃是「緩急不同」。他言：

> 「雖體解吾猶未變兮，豈餘心之可懲。」使人起敬。陶詩：「深感父老言，稟氣寡所諧。紆轡誠可學，違己詎非迷。且共歡此飲，吾駕不可回。」緩急不同，所以屈死陶不死。〔註24〕

　　引文列舉屈原和陶淵明（365～427）的作品，來分析二人的不同。「雖體解吾猶未變兮，豈餘心之可懲。」出自屈原的〈離騷〉。此詩抨擊楚國腐朽的貴族顛倒是非、嫉妒賢人的黑暗行為，表達屈原誓死捍衛理想和國家的決心，充斥著他赤誠的愛國信念和救國無門的極端痛

〔註21〕　如「『雜申椒與菌桂兮，豈惟紉夫蕙茞？』『畦留夷與揭車兮，雜杜衡
　　　　　與芳芷。』『雜』字有多多益善之意，有兼收並畜之意，有和而不同之
　　　　　意。」此則討論「雜」字之義。見《名山詩話》卷二，頁633。

〔註22〕　如「禹疏九河，民聚瓦礫。而鯀則轉有『順欲成功』之說，天下事可
　　　　　以常理論哉？」等，則主要論述〈天問〉篇中鯀之功過事跡。詳見《名
　　　　　山詩話》卷二，第44、45、46則，頁625～626。

〔註23〕　如「『忽若去不信』有『處世若大夢』神理，自己亦不信也。〈國殤〉
　　　　　語多壯厲，知滅秦必楚也。」評語簡略，且全書他處並未提及〈國殤〉，
　　　　　故不詳論。見《名山詩話》卷二，頁627。

〔註24〕　《名山詩話》，收入《民國詩話叢編》冊二，頁625。

苦。在〈離騷〉中女嬃勸告屈原改變態度，隨這世俗俯仰〔註 25〕，但屈原不願意放棄，向古代君王陳詞，堅定自己的信念。可是在之後轟轟烈烈的求女之途中，屢次碰壁，意寓著他在楚國還是沒辦法實現自己的政治理想。萬般無奈下，他欲前往異國他鄉，但在離開之時，心中還是不捨，終究還是選擇留下。熱愛楚國卻不能為楚國盡心盡力，滿腔報國之念卻無法實現自己的理想，這種巨大的矛盾讓屈原走向以死殉志的結局〔註 26〕。

　　而陶淵明少年家貧，曾欲做官以奉養母親。做過參軍、彭澤令，任職時間都不長。「當時士大夫浮華奔競，廉恥掃地，是淵明最痛心的事，他縱然沒有力量移風易俗，起碼也不肯同流合污。」〔註 27〕引文中提到的〈飲酒〉詩，正是作於他辭官歸田之後。詩中寫道有朋友勸他不要過分孤介，與時事相違逆，應順應世俗。他雖然感念朋友之誼，但還是直言自己生性秉直，不能苟活。諂媚奉承也許不難，但會違背自己的本心，他表示既然已經選擇歸田不仕這條路，就不會再回頭。「這首詩就是陶淵明的『漁父辭』，只不過寫的親切自然，不似漁父與屈原對答之時那樣神情嚴峻，而態度的堅決是一致的。」〔註 28〕

　　錢振鍠認為造成兩人結局不同的原因，在於「緩急不同」。雖然對自我堅持如出一轍，但是陶淵明為的是不與那些諂媚的世俗之人同流合污，而屈原為的是實現自己改革楚國政治以救國的政治理想。前者可以選擇歸田而達其志節，後者不僅苦苦求索也無法實現自己的理想，

〔註 25〕　〈離騷〉:「女嬃之嬋媛兮，申申其詈予。曰:「鯀婞直以亡身兮，終然夭乎羽之野。汝何博謇而好修兮，紛獨有此姱節。薋菉葹以盈室兮，判獨離而不服。眾不可戶說兮，孰云察余之中情。世並舉而好朋兮，夫何煢獨而不予聽?」女嬃指出，鯀就是太過剛直才會被祝融殺死，告誡屈原不要太正直，注重修名。見譚國安:《屈原賦詳釋》(北京:海洋出版社，1990 年)，頁 24。

〔註 26〕　李金善編著:《屈原》(海口:海南出版社，1997 年)，頁 61。

〔註 27〕　清末民初‧梁啟超:《梁啟超評歷史人物合集‧漢宋卷》(武漢:華中科技大學出版社，2018 年)，頁 190。

〔註 28〕　譚國安:《屈原賦詳釋》(北京:海洋出版社，1990 年)，頁 129。

而且「寬則樂矣。靈均處山中而不樂，舍死何之乎？」〔註29〕即使屈原退而隱居山中，也難獲心之安然自得，所以只能以死殉節。

第二個造成屈、陶不同命運的原因是：淵明飲酒而放達，而屈原不飲而獨醒。

1. 「八表同昏，平路伊阻。」此何時也，尚有良朋可思，來則促席，不獲則抱恨。非淵明之儔乎？不比靈均之世，只是獨清獨醒，宜其死也。〔註30〕

2. 屈子之短在不飲酒。「獨醒」之說，以此心言也。此心不昧，沈湎何傷。淵明不死，屈子死，其故可知矣。〔註31〕

引文1中的「八表同昏，平路伊阻。」來自陶詩〈停雲〉。此詩陶淵明自序：「〈停雲〉，思親友也。」但後人多認為其意不止如此〔註32〕。此詩作於晉安帝元興三年，值陶淵明辭去劉裕參軍後不久，應是藉詩而懷抱別寄。「八表同昏，平路伊阻」，描述的是天空到處昏暗，道路阻塞難行，親友無法前來相聚。雖寫思念親友，但期待的其實是志同道合的知音。錢振鍠指出，儘管知音難覓，淵明仍心有期待，希望他們前來相聚暢飲。可見，至少在錢振鍠眼裡，「非淵明之儔乎？」，其道雖有險阻但並不孤單。

而屈原呢，卻孑然一身，「獨清獨醒」。「獨清獨醒」一說來自司馬遷的〈屈原列傳〉，屈原自言：「舉世皆濁而我獨清，眾人皆醉而我獨

〔註29〕《名山詩話》，收入《民國詩話叢編》冊二，頁626。
〔註30〕《名山詩話》，收入《民國詩話叢編》冊二，頁628。
〔註31〕《名山詩話》，收入《民國詩話叢編》冊二，頁627。
〔註32〕如劉履《選詩補註》卷五言：「此蓋元熙禪革之後，而靖節之親友，或有歷仕於宋者，故特思而賦詩，且以寓規諷之意焉。」認為這是在規勸那些在宋朝為官的親友；又，溫汝能纂集《陶詩彙評》卷一：「詩中感變懷人，撫今悼昔，一片熱腸流露言外。若僅以閒適賞之，失之遠矣。」指出此詩不能僅僅看成閒適之作，其中另有追念往昔之意；另張蔭嘉《古詩欣賞》卷十三：「後四『豈無』句筆勢一拓，跌出好友縈懷，而以睽違抱恨作。」認為表達了詩人志願無法實現的遺憾。整理自金融鼎編注：《陶淵明集注新修》，頁41。

醒」〔註33〕。楚懷王不知忠佞之分，權臣耽於私利，邪曲害公，惟屈原一人獨立於世，志潔行廉，濁於污泥之中而自皎然。他沒有如淵明一般有可期待的知音好友，沒有志同道合者與他一起實現這變革楚國的政治理想，所見眾人皆沉迷於浮華慾望，不願清醒，所以更易走向決絕之路。

引文2中提到「飲酒」。有關這一點，陶淵明〈五柳先生傳〉裡就有言：「性嗜酒……造飲輒盡，期在必醉，既醉而退，曾不吝情去留。」直言自己愛酒。〔註34〕沈約在《宋書・陶潛傳》裡也用生動地筆墨描繪出一個嗜酒愛酒的陶淵明〔註35〕。蕭統更是在〈陶淵明集序〉中說：「有疑陶淵明詩篇篇有酒，觀其意不在酒，亦寄酒為跡。」〔註36〕酒，對於陶淵明來說有莫大的意義，他曾自言：「酒能消百慮」。面對坎坷貧困，他能以酒來消愁〔註37〕。而屈原卻沒有選擇飲酒來忘卻煩惱，一

〔註33〕 李誠、熊良智主編：《楚辭評論集覽》（武漢：湖北教育出版社，2002年），頁3。

〔註34〕 後人多認為此傳名為寫「五柳先生」，實為作者自述，如沈約、蕭統及《晉書》之〈隱逸傳〉都認為此文是「自況」。

〔註35〕 其原文抄錄如下：「潛嘗往廬山，弘令潛故人龐通之齎酒具於半道栗裡要之。潛有腳疾，使一門生二兒舉籃舉。及至，欣然便共飲酌，俄頃弘至，亦無忤也。先是，顏延之為劉柳後軍功曹，在尋陽與潛情款。後為始安郡，經過潛，每往必酣飲致醉。弘欲要延之一坐，彌日不得。延之臨去，留二萬錢與潛，潛悉送酒家稍就取酒。嘗九月九日無酒，出宅邊菊叢中坐久之。逢弘送酒至，即便就酌，醉而後歸。潛不解音聲，而畜素琴一張。每有酒適，輒撫弄以寄其意。貴賤造之者，有酒輒設。潛若先醉，便語客：『我醉欲眠卿可去。』其真率如此。」其嗜酒而率真的酒徒形象躍然紙上。見沈約：《宋書》卷九十三，列傳第五十三（北京：中華書局，1974年），頁2288。

〔註36〕 蕭統〈陶淵明集序〉，見吳澤順編註：《陶淵明集》（長沙：嶽麓出版社，1996年），頁7。

〔註37〕 如其〈遊斜川〉「中觴縱遙情，忘彼千載憂」，酒可以讓他忘卻有關人生永久意義的憂愁；〈還舊居〉「撥置且莫念，一觴聊可揮」酒可以排遣物是人非的寂寥；〈責子〉「天運苟如此，且盡杯中物」，兒子天資不夠，也能喝酒以得寬慰。若要瞭解更多陶淵明詩歌與飲酒的關係，可參閱孫曉明：《陶淵明的文學世界》（上海：上海古籍出版社，2013年），頁50～71。

直保持清醒克制。錢振鍠對此歡息道：只要保持心的清醒，不被紛亂世俗所迷惑，那麼喝酒又有什麼妨害呢？屈原之所以走向懷石自沉，正是因為不願飲酒，不能從自我與世事的矛盾中短暫抽離。其心裡的愁緒無法得到紓解，一直堆積，終於將他壓垮。

　　錢振鍠推測的屈原第三個死因，或許與其同道或後輩凋零有關。

　　〈離騷〉：「余既滋蘭之九畹兮，又樹蕙之百畝。畦留夷與揭車兮，雜杜衡與芳芷。冀枝葉之峻茂兮，願竢時乎吾將刈。」靈均養育許多人材，以待他日之用，其志壯矣。後云：「蘭芷變而不芳兮，荃蕙化而為茅。」「覽椒蘭其若茲兮，又況揭車與江離。」說來使人敗興。嗚呼！屈子之所以死，意此亦其一端乎？〔註38〕

　　「余既滋蘭之九畹兮，又樹蕙之百畝。畦留夷與揭車兮，雜杜衡與芳芷。冀枝葉之峻茂兮，願竢時乎吾將刈。」寫屈原培植九畹蘭、百畝蕙、留夷、揭車、杜衡等，是在比喻他細心地為國家培養大批人才，希望他們長成後，可以為他所用。〔註39〕但是「蘭芷變而不芳兮，荃蕙化而為茅。」「覽椒蘭其若茲兮，又況揭車與江離。」曾經賦予滿心期待的蘭草，已經失去芬芳，荃蕙也成為荒蒿野艾。這些他培育的人才，不僅不能和自己一起致力於國事，反而成為妨害國家的政敵。〔註40〕究其原因，乃是他們不懂潔身自好，隨波逐流，意志不堅之故。屈原因此扼腕悲歎，因身無同道、後無繼者而感到絕望。故錢振鍠推測，這可能也是屈原死因之一。

　　錢振鍠對屈原之死的諸多關注，一方面自是感念其「爭光日月」的品格，另一方面可能也是聯想到自己的生平際遇。在辨析屈原與陶淵明的不同境況之時，他或許也在剖析自我。同樣是身處亂世，官場黑暗，無法實現自己的仕途抱負，他最終所選擇的道路與屈原不同，而與

〔註38〕《名山詩話》，收入《民國詩話叢編》冊二，頁 626。
〔註39〕參考自譚國安：《屈原賦詳釋》（北京：海洋出版社，1990 年），頁 16。
〔註40〕參考自譚國安：《屈原賦詳釋》（北京：海洋出版社，1990 年），頁 16。

陶淵明相似。錢振鍠沒有評判這兩種選擇是否有優劣高低之分，「屈辭鬱塞不易通也，太史公謂爭光日月矣。陶詩淡澀不易味也，後世以武鄉侯許之矣。嗚呼！後人不負古人也，賢者可以勉矣。」〔註41〕兩人之志節都為後世所欽佩，而錢振鍠辭官授書，好善尚義，一心為民，奉獻良多，可能也是想效法前人，將賢者作為自我勉力的目標。

三、陶淵明（365～427）

　　蔣寅在〈陶淵明隱逸的精神史意義〉一文中也有討論過屈原與陶淵明的差異：「陶淵明在精神上最近屈子，其人格之峻潔，絕不能苟且於世。只不過在個人與集體的一體化關係解除，導致自殺的心理障礙克服後，即便理想與現實的衝突達到不可調和的地步，他也不至於像屈原那樣要走向自我毀滅，還可以選擇逃離現實一途。」〔註42〕他認為兩者的不同在於陶淵明面對現實矛盾的衝突，選擇逃避。但是在錢振鍠眼裡，陶淵明卻是個與「逃避」無關的人品高潔之人。

　　錢振鍠之子錢仲易和錢悅詩的〈民族詩人──我的父親錢名山〉、友人鄭逸梅的〈民族詩人錢名山〉等文章中，都提及他對陶淵明的讚譽〔註43〕。他們追憶其詩論，都言錢振鍠認為「陶詩是好的，人品好，所以詩也好。」〔註44〕而從他的《謫星說詩》和《名山詩話》中，涉及

〔註41〕　《名山詩話》，收入《民國詩話叢編》冊二，頁627。

〔註42〕　蔣寅：〈陶淵明隱逸的精神史意義〉，《求是學刊》，2009年9月，頁90～91。

〔註43〕　錢振鍠對陶淵明及其詩歌之看法，受到常州前輩唐順之（號荊川，1507～1560）的影響。錢振鍠明確宣稱「直須自我胸中出，切忌隨人腳跟行」，這和荊川所謂「詩文一事，只是在寫胸臆，所謂開口見喉嚨者」「文章稍不自胸中流出，只是別人字句」可以說是一脈相承。而且在人生的追求上，他也和荊川一樣，曾有過很強烈的經世治國、為社稷黎民做一番功業的打算；又都因性情剛直，在官場中偶遇不順，便毅然歸山治學、教書；二人均受到陶彭澤一不為五斗米折腰思想的感染，以故在二人筆下，都一概地讚賞陶氏詩文，說陶「本色高，人品好，故詩也好」、「未嘗刻意較聲律、雕句文，信手寫出，便是宇宙間一等好詩」。見錢名山：《錢名山詩詞選》，頁105。

〔註44〕　這幾篇文中提及的錢振鍠對陶淵明之評價是相同的，詳見錢璱之編：

陶淵明的也多至 40 則〔註45〕，可見其對淵明的重視與推崇。其論主要
分為以下兩點：

第一，反對陶淵明之詩乃「隱逸之宗」的說法。

> 陶詩平淡而少激烈之音，〈述酒〉一篇亦復涵隱不露。鍾嶸
> 推為「隱逸之宗」，無怪也。意淵明文字必不止此，易代之
> 際，必多忌諱，其得存於今者，多微言乎？而後人乃於寥寥
> 希聲中尋出淵明志節，而以忠義歸之。此古人所以有待於後
> 人也。〔註46〕

陶淵明「隱逸」之名，其來有自。陶淵明之友顏延之（384～456）
有文〈陶徵士誄〉，述其「道不偶物，棄官從好」的隱逸生活，確認了
他的隱者身份。加上陶淵明本人的〈歸去來辭〉〈五柳先生傳〉等文，
在史學家眼中，其隱士身份被逐漸彰顯出來。在一些史傳文本，如《晉
書》、《南史》中，他都被歸入「隱逸」類。一直到鍾嶸在《詩品》中推
陶淵明為「古今隱逸詩人之宗」，是將陶淵明視為隱士，將其詩歌視為
描寫山水田園，表達隱居而自得之詩，肯定陶淵明的隱逸風格。

錢振鍠分析，因為陶淵明之詩歌多語造平淡，而表達其對國家忠誠
之意的詩歌又過於含隱，所以鍾嶸之類才認為其詩歌僅僅是隱逸之詩。
如其〈述酒〉詩，「多用隱語廋詞」，世人多以其不可解。但經後人反復
探隱，多認為此詩哀歎的是晉帝被鴆殺之事〔註47〕。此詩以「述酒」為
題，用隱晦曲折的語言反應此事，表達的是詩人對篡權醜行的極大憤慨。
魯迅（1881～1936）也有言：「《陶集》裡有〈述酒〉一篇，是說當時政

《錢名山研究資料集》，頁 22、69。

〔註45〕 這 40 則有一部分是與屈原合論的，上文已經有所論述，也有和後代
詩家對比的，將在後文有所提及，此處取專論陶淵明之言加以分析。

〔註46〕 《名山詩話》，收入《民國詩話叢編》冊二，頁 630～631。

〔註47〕 「晉元熙二年（420）六月，劉裕廢晉恭帝司馬德文為零陵王，自己稱
帝，改國號為宋。次年九月，以毒酒授張褘，使鴆王。褘自飲而卒。
繼又令士兵越牆進毒酒，王不肯飲，士兵以被褥悶殺之。」見金融鼎
編注：《陶淵明集注新修》（上海：東華理工大學出版社，2017 年），
頁 194。

治的。這樣看來，可見他對於世事也並沒有遺忘和冷淡。」〔註48〕

　　錢振鍠還提出另一個陶淵明被誤認為隱逸詩人的原因，就是忽略其詩中之「黃」：

> 魏叔子謂「文中要有黃」，此千古名言。《易》言：「天地之心，心即黃也。」《禮》言：「言有物，物即黃也。」《通書》：「文以載道，道即黃也。以鳥卵論，有黃則生生不窮。以文章論，有黃則可以使此心此理歷千古而不朽。」偉哉黃之說乎。以詩論，陶淵明詩之有黃者也，……彼以陶詩為隱逸之宗者，固未嘗以黃論也。〔註49〕

　　魏叔子，就是魏禧（1624～1680）〔註50〕，明末清初之人，與汪琬、方域齊名，號「國初三大家」。有詩文集流傳於世，其中與禮有關的文學作品尤其多。其文多表達孝義仁悌、忠君愛國之意〔註51〕。所以其言「文中要有黃」，也許與儒家禮義相關。《禮記》中載：「子曰：『言有物而行有格也』是以生則不可奪志，死則不可奪名。」〔註52〕又有「既言行不妄，死守善道，故生則不可奪志，死則不可奪名。」〔註53〕言行相合，其言中蘊含著人之道義。《通玄真經》有言：「老子曰：『有物混成，先天地生，……吾強為之名，字之曰道。』」……鳥卵不敗，獸胎不

〔註48〕 魯迅：《文學與出汗》（成都：四川人民出版社，2017 年），頁 275～275。

〔註49〕 《名山詩話》，收入《民國詩話叢編》冊二，頁 658。

〔註50〕 《清史稿·文苑列傳一》有〈魏禧傳〉：「魏禧，字冰叔，寧都人……明亡，號哭不食，剪髮為頭陀，隱居翠微峰。……禧束身砥行，才學尤高。門前有池，顏其居曰勺庭，學者稱勺庭先生。……康熙十八年，詔舉博學鴻儒，禧以疾辭。」從其傳中可知，魏禧是一個重視民族氣節之人。詳見清·趙爾巽等撰：《清史稿》（北京：中華書局，1977 年），頁 12215～12216。

〔註51〕 有關魏禧禮文學作品的具體內容和特點，可以參閱陳戍國、陳冠梅：《中國禮文學史》（長沙：湖南大學出版社，2015 年），頁 359～363。

〔註52〕 《重刊宋本十三經註疏·禮記註疏》清嘉慶二十年南昌府學刊本，頁 933。

〔註53〕 《重刊宋本十三經註疏·禮記註疏》清嘉慶二十年南昌府學刊本，頁 934。

殞，父無喪子之憂，兄無哭弟之哀，……含德之所致也。」〔註54〕鳥可以依靠孵化而保持種群的延續，而人可以依靠內心的德善來維護人類的長遠發展。《易經》坤卦中有「六五，黃裳，元吉」。象曰：「黃裳元吉，文在中也。」〔註55〕裳是指下身之衣，表示陰之順陽，不敢居上位，而黃色又是居中的顏色，所以不能以臣代君，以婦代夫，不能逾越君臣夫婦之綱常倫理，要有文采而守中，才能獲得吉祥。〔註56〕

　　綜合以上所論之「黃」，可知錢振鍠強調的陶淵明詩中有黃，其實就是詩中有儒家之道義，具體來說就是指其心有家國社稷，詩中有君臣之念。如其詩〈朝霞開宿霧，眾鳥相與飛〉乍看只是在描寫一個寧靜的鄉村早晨，其實是在諷刺那些安於改朝換代的群臣趨附的狀態。〔註57〕

　　錢振鍠反對鍾嶸「隱逸」之說，就是認為陶淵明並不是一個避世而居、全然不關心國事的隱者。陶詩平淡詩歌背後，其實另有所指。只是因為當時政局動亂，無法將真實情感直言於詩中而已，但後人可以從字裡行間探索出陶淵明忠義的志節。如宋胡仔（1110～1170）《苕溪漁隱叢話後集》有言：「鍾嶸品淵明詩為『古今隱逸詩人之宗也』，余謂：『陋哉斯言，豈足以盡之！』」又明黃文煥（1598～1667）《陶詩析義自序》：「鍾嶸品陶，徒曰：『隱逸之宗』，以陶逸蔽陶，陶又不得見也。析之以憂時念亂，思扶晉衰，思抗晉禪，經濟熱腸，語藏本末，湧若海立，屹若劍飛，斯陶之心瞻出矣。」陳衍《評議》則謂：「元亮以仲宣之筆力，寫嗣宗之懷抱。〈飲酒〉、〈擬古〉、〈讀山海經〉、〈詠貧士〉、〈詠荊軻〉諸作，中有不啻痛哭流涕者。」〔註58〕清代施補華（1835

〔註54〕　徐靈府《通玄真經》（北京：中華書局，1985 年），頁 1～3。

〔註55〕　傅佩榮譯釋：《易經》（北京：東方出版社，2012 年），頁 20。

〔註56〕　以上錢振鍠所引用《周易》、《通玄真經》魏叔子之言，都經其修改，非為原文。

〔註57〕　參考自魏銘編著：《陶淵明與田園詩》（長春：吉林出版社，2009 年），頁 58。

〔註58〕　轉引自范瑞麗：〈鍾嶸評陶淵明「古今隱逸詩人之宗也」辨析〉，《現代語文》，2012 年第 7 期，頁 7。

～1890）亦評其「陶公詩一往真氣，自胸中流出，字字雅淡，字字沉痛。」〔註59〕其詩看似平淡無激烈之語，但後人依舊能從字裡行間見高潔之人品，察忠義之行為。

> 陶詩淡澀不易味也，後世以武鄉侯許之矣。嗚呼！後人不負
> 古人也，賢者可以勉矣。〔註60〕

陶淵明雖然選擇隱居不仕，但是其濟世的志向並沒有被磨滅，只是因不願與當時腐敗官員同流合污，而選擇固窮守節。所以錢振鍠說，雖然陶淵明詩歌淡澀，但後人還是認為他是如諸葛亮（武鄉侯）一般，若遇明君必願意為之鞠躬盡瘁死而後已的忠義人物。

除反對「隱逸」之說以外，他還指出陶淵明詩歌「任真」的特點。

> 陶詩：「天豈去此哉，任真無所先。」此二語大之可以見道，
> 小之可以論文。上句即《中庸》第一句也。有天在焉，古人
> 安能限我？世人終身學不見道，宜其所得終身在古人腳底
> 下。所以然者，不任真也，任真則見天矣。淵明所以前無古
> 人者，只是一真字。〔註61〕

陶詩此句出自〈連雨獨飲〉〔註62〕，首句有言「運生會歸盡，終古謂之然。」討論的是有限之生命與無限之自然這一亙古話題。後「試酌百情遠，重觴忽忘天。」言人有百情，若能忘情忘我，就能達到與天地自然外物一體的「任真」之境。尾句「形骸久已化，心在復何言。」雖形體隨時光老去，其心若堅守「任真」之念，就無憂慮可言。不同於他人哀歎「生年不滿百」，陶淵明以理智、達觀的態度看待人生必有死

〔註59〕 清・施補華：《峴傭說詩》，收入清・王夫之等撰、丁福保輯錄：《清詩話》（上海：上海古籍出版社，1999年），頁977。

〔註60〕 《名山詩話》，收入《民國詩話叢編》冊二，頁627。

〔註61〕 《名山詩話》，收入《民國詩話叢編》冊二，頁667。

〔註62〕 全詩抄錄如下：「運生會歸盡，終古謂之然。世間有松喬，於今定何聞。故老贈余酒，乃言飲得仙。試酌百情遠，重觴忽忘天。天豈去此哉，任真無所先。雲鶴有奇翼，八表須臾還。自我抱茲獨，僶俛四十年。形骸久已化，心在復何言。」見孟二冬：《陶淵明集譯註及研究》（北京：昆侖出版社，2007年），頁71。

這一自然現象。全詩積蓄著陶淵明深沉的人生感慨，表明詩人對黑暗社會現實的厭倦，和要在清貧的田園生活中，始終獨守任真之心，不被世俗所累的決心。

《莊子・齊物論》郭象注：「任自然而忘是非者，其體中獨任天真而已，又何所有哉！」〔註63〕聯繫陶詩全篇來看，「任真」可解為正視自然、順應自然。「少無適俗韻，性本愛丘山」、「久在樊籠裡，復得返自然」，陶淵明把當時的社會看做是束縛人自然真性的樊籠，只有回到自然之中，他才覺得輕快自在。錢振鍠認為，陶淵明高出前人的地方，就是一「真」字，也就是其詩歌中這種對山水田園的自然生活之崇尚，對於人之本性自然抒發、不願被世俗所累的追求。

第二，指出陶淵明對於自身聲名的重視和愛惜。

1. 「老冉冉其將至，恐修名之不立。」陶詩：「身沒名亦盡，念之五情熱。」又云：「不賴固窮節，百世當誰傳。」〔註64〕

2. 太史公《伯夷傳》於「天道是耶非耶」之下，忽接「道不同不相為謀。如不可求，從吾所好」，分明是無欲而好仁之說。夫子謂伯夷求仁得仁，亦不外此……陶詩：「積善云有報，夷叔在西山。」末云：「不賴固窮節，百世當誰傳。」其意與史公正同。〔註65〕

3. 淵明詩云：「身沒名亦盡，念之五情熱。立善有遺愛，胡為不自竭。」又曰：「不賴固窮節。百世當誰傳。」非不欲立名者也。乃又云：「吁嗟身後名，於我若浮烟。」又曰：「去去百年外，身名同翳如。」又曰：「千載非所知，聊以永今朝。」豈其言之不由衷乎？非也。此正是淵明自信千古，故看得名為自家固有，而不甚足奇。譬之大

〔註63〕 轉引自孟二冬：《陶淵明集譯註及研究》（北京：昆侖出版社，2007年），頁71。
〔註64〕 《名山詩話》，收入《民國詩話叢編》冊二，頁626。
〔註65〕 《名山詩話》，收入《民國詩話叢編》冊二，頁627。

富貴人，看得錢財甚輕，不甚愛惜也。〔註66〕

4.「善惡苟不應，何事空立言。不賴固窮節，百世當誰傳。」
善惡雖不應，百世之傳未嘗不應也。孔子曰：「君子疾沒
世而名不稱焉。」沒世之前，全不計較。〔註67〕

以上四則引文，都頻繁提到陶淵明的一句詩：「不賴固窮節，百世
當誰傳。」此詩題名〈飲酒〉，乃是陶淵明喝酒之後，即興而作。《陶詩
彙評》中有言：「至其胸懷真曠，何嘗專寄沉湎，不過藉飲酒為名，以
反復自道其生平之慨。」〔註68〕指出，陶淵明詩藉飲酒之名，而抒發
自己的人生感慨。錢振鍠反復提及的這首詩，乃是二十篇〈飲酒〉詩中
的第二首〔註69〕，討論到善惡的問題。天道無親，常與善人。但「善
惡苟不應，何事空立言？」若沒有善惡報應的存在，我們是否可以忽視
善與惡的區別呢？陶淵明以榮啟期安貧樂道為例，指出貧窮乃是常事，
死亡則是終點，處常而得終，又何必去計較所謂的善惡之報應呢？君
子固窮，但在飢餓貧窮中，依然有道義的存在。何況「常人所謂的報應
僅實現於一己之身，而人的精神節操能夠流芳百世，從另一種意義而
言，這也算是報應吧。」〔註70〕陶淵明此詩想表達的就是人生之價值
不在富貴貧窮，堅守自我對於善惡的準則，即使一生貧困，人之精神亦
能流芳百世。

引文1提到的屈原〈離騷〉和陶淵明自己的〈影答形〉〔註71〕，

〔註66〕《名山詩話》，收入《民國詩話叢編》冊二，頁627～628。

〔註67〕《名山詩話》，收入《民國詩話叢編》冊二，頁629。

〔註68〕轉引自孫曉明：《陶淵明的文學世界》（上海：上海古籍出版社，2013
年），頁169。

〔註69〕全詩抄錄如下：「積善云有報，夷叔在西山。善惡苟不應，何事空立
言！九十行帶索，飢寒況當年。不賴固窮節，百世當誰傳。」見孟二
冬：《陶淵明集譯註及研究》（北京：昆侖出版社，2007年），頁127。

〔註70〕孫曉明：《陶淵明的文學世界》（上海：上海古籍出版社，2013年），
頁171。

〔註71〕其原詩為：「存生不可言，衛生每苦拙；誠願遊昆華，邈然茲道絕。與
子相遇來，未嘗異悲悅。憩蔭若暫乖，止日終不別。此同既難常，黯

都是在表達對於聲名的注重和愛惜；引文 2 中錢振鍠認為太史公對自己之道的堅守和陶淵明相似；引文 3 則將此句與〈影答形〉、〈怨詩楚調示龐主簿鄧治中〉等詩相比。錢振鍠指出雖然這些詩句在寫人百年之後，名聲不可知，是身外之物，不值得看重，但其實是反語。陶淵明對自我之修名定能流傳千古有著高度自信，所以才有上面的這些「不重視」之語，並不是真的不愛惜聲名。引文 4 則論及孔子對君子之名的看法，指出在生前無需在意聲名，若是守節之人，死後自有芳名流傳。這幾則詩話想傳達的都是陶淵明對內心操守的堅持，對自我品德的認同，即使長期身處貧苦也要維護自我之操守。在瀰漫著虛偽、放縱風氣的晉宋之際，他不以躬耕為恥，不以無財為病，品性高潔，所以其聲名可以歷百世而傳。

　　陶淵明高潔之品性讓人心折，錢振鍠讀其詩作，常感其志節，引以為鑒。錢振鍠曾言：「『蒼蒼谷中樹』一首中云：『行行停出門，還坐更自思。不怨道里長，但畏人我欺。萬一不合意，永為世笑嗤。』讀此彌使人自重。淵明愛惜清名，惟恐涴之。」〔註72〕錢振鍠亦愛惜聲名，多次拒絕敵偽政府的邀請，堅定自我之信念。「遙遙望白雲，懷古一何深」，千秋之後，有思陶者，錢振鍠也。

第二節　唐宋

一、唐代詩家

　　錢振鍠所論唐代詩人內容較多，且側重不一。所論較多者有李白、杜甫、韓愈、白居易、李商隱五人。錢謙益曾言：「唐之李、杜光焰萬丈，人皆知之。放而為昌黎，達而為樂天，麗而為義山。」認為李、杜

　　　　爾俱時滅。身沒名亦盡，念之五情熱。立善有遺愛，胡為不自竭？酒
　　　　云能消憂，方此詎不劣！」金融鼎編註：《陶淵明集註新修》（上海：
　　　　華東理工大學出版社，2017 年），頁 118。
〔註72〕《名山詩話》，收入《民國詩話叢編》冊二，頁 629。

以後的詩家，雖然各自施展才華，力闢殊途，卻終究難以超群。昌黎得其放，樂天得其達，義山得其麗，皆是李杜的分身。〔註73〕但是錢振鍠卻指出五位詩人各有其優缺點，並不以杜甫為尊。錢振鍠對這些詩家的具體觀點茲分論如下。

（一）李白（701～762）

韓愈（768～824）有言「李杜文章在，光芒萬丈長」，以不能與李白結識為人生憾事。白居易認為李白有「驚天動地文」，唐末殷文圭評其「詩中日月酒中仙」〔註74〕在唐代，李白之詩名就已頗受肯定，可謂「千古一詩人」〔註75〕。然而，在宋朝出現不少對李白的批評之聲。如蘇轍（1039～1112）《詩病五事》中批判道：「李白詩類其為人，駿發豪放，華而不實，好事喜名，不知義理之所在也。語用兵，則先登陷陣不以為難，語遊俠，則白晝殺人不以為非。此豈其誠能也哉！」〔註76〕對此錢振鍠極力為之辯駁，認為「太白一豪放不羈之詩人耳，本非道學中人，何必論其好義不好義。」〔註77〕又言「詩言志，志之所在，雖殺人陷陣，正不妨見之筆墨，固不必能行然後言也。」〔註78〕指出義理既非李白所長，有上陣殺敵之願也無需先行後言。

李白詩風多變，或清新閒雅，或高古深沉，或豪放飄逸〔註79〕，

〔註73〕 胡師幼峰：《清初虞山派詩論》（臺北：國立編譯館，1994年），頁100。

〔註74〕 殷文圭《經李翰林墓》，《全唐詩》卷七〇七（北京：中華書局，1980年），第21冊，頁8134。

〔註75〕 杜荀鶴《經青山吊李翰林》，《杜荀鶴文集》卷三，《中華再造善本》影印上海圖書館藏宋刻本。

〔註76〕 蘇轍《欒城集》第三集卷八（上海：上海古籍出版社，2009年），下冊，頁1552。

〔註77〕 《謫星說詩》，收入《民國詩話叢編》冊二，頁581。

〔註78〕 《謫星說詩》，收入《民國詩話叢編》冊二，頁581。

〔註79〕 參考自裴斐〈李白個性論〉：「李白作品風格不是只有一種，而是由多種，諸如前人所說雄渾、勁健、深沉、高古、清新、綺麗、閒雅等等，在李白都有，都可舉出作品加以論證。……凡是大家，都兼有多種風格，又可以歸納出一種能與別人相區別的主導風格。」見《中國李白研究——中國李白學會第二節年會紀事》，1990年，頁25。

不同的讀者，或自有其偏好。而錢振鍠最為激賞的，乃是李白詩歌「逸」、「仙」的那一面。他曾言：

> 太白雖草草落筆，終有倏忽出沒光景，所謂逸，所謂仙。伯敬云：「讀太白詩，當於雄快中察其靜遠精出處，有斤兩、有脈理。」此語為粗蠢人下一鍼砭，但必如伯敬之注詩，吾恐太白不願其如此操心也。又云：「今人把太白只當作粗人看。」此語亦確。每見近人以鄉村俚俗之詩為似太白，令人恨。伯敬先我言之，幸甚。〔註80〕

鍾惺（1574～1624）為竟陵派的代表人物，認為「詩至於厚無餘事矣……厚出於靈，而靈不能兼厚」〔註81〕，論詩「另立幽深孤峭之宗」〔註82〕，講求「查其幽情單緒」〔註83〕，此處鍾惺對李白詩歌的評價正是其詩論之體現。原文乃是：「古人雖氣極逸，才極雄，未有不具深心幽致而可入詩者。讀太白詩，當於雄快中察其靜遠精出處，有斤兩，有脈理。」〔註84〕指出李白之詩歌，雄快俊逸之中蘊含深厚悠遠的情思，脈絡細密、意境深遠。其註解太白之詩，批判李白不少詩作「情感過於直露、筆法過於恣肆，而致冗繁淺率」〔註85〕，而注重李白詩歌中符合雄中見厚，快中見深，有深厚意蘊、深遠情思的作品。如評李白〈贈新平少年〉一詩，指出其多匠心，看似不能推敲，卻讓推敲者也見而羞之。此詩風格雖豪雄，然情調卻甚為悲壯，情感較為內斂，

〔註80〕《謫星說詩》，收入《民國詩話叢編》冊二，頁 592。

〔註81〕竟陵派認為，好詩應該出於「靈」而達於「厚」。公安派師心求靈而淪為俚俗，與七子派師古求厚而流於模擬，此言乃是針對兩派弊端而發。見鍾惺：《隱秀軒集》（上海：上海古籍出版社，1992 年），頁 474。

〔註82〕清・錢謙益：《列朝詩集小傳》（臺北：文明書局，1991 年），頁 610。

〔註83〕明・鍾惺著、李先耕、崔重慶標校：《隱秀軒集》（上海：上海古籍出版社，1992 年），頁 236。

〔註84〕明・鍾惺、譚元春：《詩歸》，見四庫全書存目叢書（集部第 338 冊）（濟南：齊魯書社，1996 年），頁 260。

〔註85〕譽高槐、廖宏昌：〈從唐詩歸看晚明詩學論爭中的李白詩〉，《蘭州學刊》，2011 年第一期，頁 99。

屬雄快之中有精深之處者。〔註86〕

　　對不能將李白看做草率落筆之人的觀點，錢振鍠表示認同。他又引鍾惺之言：「今人只把太白作一粗人看矣，恐太白不粗於今之詩人也。」〔註87〕鍾惺所論今人之詩可能是針對當時公安派末流作詩流於俚俗而言。而錢振鍠認同此論，不僅是批判當時之詩人有同樣的問題，而且也指出李白詩集中有些作品雖率意，可並不粗俗。

　　但是，他反對以尋求詩歌脈絡和幽深情感的角度去看待李白所有詩歌，認為這是操心太過。錢振鍠指出鍾惺之弊端在於過於尋索李白詩歌之深厚意蘊、「幽細之語」〔註88〕，而無法欣賞那些率意清新的詩作。如「清水出芙蓉，天然去雕飾」之類的詩歌，錢振鍠就認為這種「春草池塘」的心法，是李白「一生得力」之處。〔註89〕後人評「池塘生春草」之語，有言「此語之工，正在無所用意，猝然與景相遇，藉以成章，不假繩削，故非常情」。錢振鍠十分欣賞李白這種用語簡潔明瞭，不假雕飾，自然又清新靈動的詩歌。這類詩歌並不暗藏所謂的「幽情單緒」，也與竟陵派推崇的求靈求厚有很大不同。郭紹虞亦有言：「鍾譚之病，只在為要求古人真詩之故，強欲於古人詩中看出其性靈而已。強於古人詩中求其性靈，於是不得不玩索於一字一句之間。」〔註90〕

　　總而言之，錢振鍠認為李白的部分詩歌看似淺率，但不粗俗，也

〔註86〕 參考自譽高槐、廖宏昌：〈從唐詩歸看晚明詩學論爭中的李白詩〉，頁100。

〔註87〕 明·鍾惺、譚元春：《詩歸》，見四庫全書存目叢書（集部第338冊），頁260。

〔註88〕 鍾惺在評價李白之〈尋陽紫極宮感秋作〉：「取太白詩，貴以幽細之語，補其輕快有餘之失〉，可見其推崇的是含蓄見解，情思深長的詩歌。見譽高槐、廖宏昌：〈從唐詩歸看晚明詩學論爭中的李白詩〉，頁100。

〔註89〕 「太白詩：『清水出芙蓉，天然去雕飾。』此『春草池塘』心法也，一生得力在此。」見《名山詩話》，收入《民國詩話叢編》冊二，頁663。

〔註90〕 郭紹虞：《中國文學批評史》（北京：商務印書館，2010年），頁297。

讚賞其雄快中蘊含深意之作。但是他亦指出對於李白的詩歌，不必篇篇都求索其是否含有幽深之情意。

　　在《謫星說詩》中，他又進一步論述有關「逸」之含義。他有言：

　　　李詩之逸，不在求仙、飲酒。……須知此處總有真精神、真道理在。才落腔套，便無是處。〔註91〕

　　李白詩歌中，多有描寫仙人、飲酒之作品。若僅僅以此來概括李白之詩歌，太過淺薄，其詩中是有精神、道理在的。乙太白之詩〈登高丘而望遠〉〔註92〕為例，後人多認為此詩與求仙相關。登高望遠，「六鰲骨已霜，三山流安在？扶桑半摧折。」那傳說中的東海六鰲已成白骨，海上的三神山亦不見蹤跡，東海中的神木扶桑早就被折斷。「銀臺金闕如夢中，秦皇漢武空相待」，《唐音癸籤》認為此詩「雖言遊仙，未嘗不與譏求仙者合也。」〔註93〕雖寫求仙之事，實在借秦皇漢武喻今之皇帝，批判唐玄宗沈溺佛道，妄圖長生。

　　錢振鍠亦認為此句「語意絕奇」，但其論點卻與《唐音癸籤》之意不同。他認為此句與「大程子謂堯舜事業，如太空中一點浮雲過去」〔註94〕意蘊相近。堯舜乃是上古的賢明君主，「垂衣裳而天下治」、「率天下以仁，而民從之」，其功績流傳千古，被譽為聖人。然而這樣的人也不過是「太空中一點浮雲過去」，更何況秦皇漢武呢？所以在錢振鍠看來，此詩非諷喻玄宗求仙而作，而是感念滄海桑田，歎時光之巨力，歲月之無情。

　　「才落腔套，便無是處。」若僅僅是寫飲酒求仙之事，是無法被譽為「仙逸」的。重點在於其詩中有「總有真精神、真道理」，且這種

〔註91〕《謫星說詩》，收入《民國詩話叢編》冊二，頁597。

〔註92〕原詩：「登高丘，望遠海。六鰲骨已霜，三山流安在？扶桑半摧折，白日沈光彩。銀台金闕如夢中，秦皇漢武空相待。精衛費木石，黿鼉無所憑。君不見驪山茂陵盡灰滅，牧羊之子來攀登。盜賊劫寶玉，精靈竟何能？窮兵黷武今如此，鼎湖飛龍安可乘？」，見孫建軍，陳彥田主編：《全唐詩選注》（北京：線裝書局，2002年），頁1300。

〔註93〕明·胡震亨：《唐音癸籤》（上海：古典文學出版社，1957年），頁190。

〔註94〕《名山詩話》，收入《民國詩話叢編》冊二，頁659。

真精神、真道理，應與詩歌之諷刺比興不同。「若太白狂醉花月，於天下有何關係？然所以為詩中之仙者，又何也？」〔註95〕錢振鍠論詩頗不喜講求詩之寄託諷喻的功用，認為詩之優劣，和是否有風雅寄興無關，在他看來符合人之真情的就是好詩〔註96〕。所以這裡的真精神、真道理，應該是指李白詩中有自我之精神、真情在。太白云：「黃河落天走東海，萬里寫入胸懷間。」錢振鍠曾言：「日誦此句，庶幾鄙吝不復生乎！」〔註97〕其詩中所蘊含的胸懷萬里之豁達情懷，或許才是錢振鍠所欣賞的「仙逸」之真精神、真道理。

（二）杜甫（712～770）

歷來批判杜詩之言不少〔註98〕，錢振鍠自己也言，「唐韋穀選詩，不選杜。宋歐陽修不喜杜。楊億以杜為『村夫子』。明祝允明則暢詆杜。王慎中、鄭繼之、郭子章亦駁杜。我朝王士禎亦不喜杜。此外議其一體一篇及抑揚之者，不一而足。」〔註99〕許是當時有人斥責其論杜之言，所以他抱怨「安可謂升庵之外，只振鍠一人？」〔註100〕，錢振鍠認為自己才是真知杜詩甘苦之人。

而有關錢振鍠對杜甫的評論，劉勇在〈錢振鍠詩學視野中的杜詩〉

〔註95〕 《謫星說詩》，收入《民國詩話叢編》冊二，頁581。

〔註96〕 有關錢振鍠推崇詩之真情、反對論詩注重諷喻寄託、興觀群怨之旨的分析，可詳見本文第三章創作論第一節第二點。

〔註97〕 《名山詩話》，收入《民國詩話叢編》冊二，頁658。

〔註98〕 如方元鯤《七律指南》評《諸將五首》其一「現愁汗馬西戎逼，曾閃朱旗北斗殷」云「殷字韻欠穩，此句究覺湊泊」，評其二「韓國本意築三城，擬絕天驕拔漢旌」云「漢旌不當雲拔」。《詠懷古蹟》五首僅錄二首，但評詠明妃「一去紫臺連朔漢，獨留青塚向黃昏」云「黃昏以虛對實，向字覺無著落。六句雖以月夜魂救轉，終然是趁韻之病」。就具體詩歌進行字句的批判。又如李攀龍《選唐詩序》則說：「七言律體諸家所難，王維、李頎頗臻其妙。即子美篇什雖眾，憒焉自放矣。」說杜甫七律比不上王維、李頎。摘引自蔣寅〈杜甫詩是偉大的詩人嗎——歷代貶杜論的譜系〉，頁48。

〔註99〕 《謫星說詩》，收入《民國詩話叢編》冊二，頁605。

〔註100〕 《謫星說詩》，收入《民國詩話叢編》冊二，頁605。

曾有所討論。此文從三句被錢振鍠提及討論的杜詩為主，分析其對杜甫詩歌的批評和讚賞之處，並總結道：「錢氏選擇將杜甫作為其評論的對象也不僅僅是出於其對杜甫的喜愛，更重要的原因在於錢氏希望通過對於杜甫的評論幫助世人重新認識杜詩，扭轉詩壇的不良之風，同時有益於世道人心。」〔註101〕而蔣寅在〈杜甫是偉大詩人嗎——歷代貶杜論的譜系〉在細數歷代貶杜之言論時，亦涉及錢振鍠之論，並認為其書中「充斥著少年才子目空一切、輕薄為文的狂言，對杜甫的鄙斥是其中尤甚的部分。」〔註102〕，以其所論過於狂妄。劉勇與蔣寅對錢振鍠論杜之言，觀點相差較大。

故本文將細細梳理錢氏所言，力圖全面清晰地呈現出他的杜詩之論。通過對《謫星說詩》和《名山詩話》的整理和分析，錢氏對杜甫的評論可以分為三部分：其一，乃是批判世人學杜、解杜之法；其二，反對杜詩「集大成者」之論，並指出杜詩之弊端；其三，分析他人尊杜抑李之原因，指出李杜各有長短。茲分點論述如下：

1. 批判前人學杜、解杜之法

錢振鍠以為，世人學杜和解杜之法，都有偏失。他曾言：

> 王介甫（王安石）嘗為蔡天啓言：「學詩未可遽學老杜，當先學義山。未有不能為義山而能為老杜者。」葉夢得謂「學老杜只義山一人。」老杜、義山各有面目，何得混而同之。而介甫語尤為庸下，學杜已可羞矣，而有所謂「未可遽學」者乎！〔註103〕

錢振鍠所引「學詩未可遽學老杜」之言，筆者遍尋王安石（1021～1086）文集與《蔡寬夫詩話》而不得，僅見於《玉谿生詩集箋注》

〔註101〕 劉勇：〈錢振鍠詩學視野中的杜詩〉，《名作欣賞》，2017 年 11 月，頁24。
〔註102〕 蔣寅：〈杜甫詩是偉大的詩人嗎——歷代貶杜論的譜系〉，《國學學刊》，2009 年 3 期，頁 50。
〔註103〕 《謫星說詩》，收入《民國詩話叢編》冊二，頁 577。

附錄之葉夢得（1077～1148）的《石林詩話》〔註104〕。《蔡寬夫詩話》〔註105〕中有指出王安石對李商隱（813～858）之〈杜工部蜀中離席〉、〈安定城樓〉〈戲贈張書記〉、〈夜飲〉頗為讚賞〔註106〕，這些詩歌大多表達憂國憂民之情和感時傷事之意，與杜甫之精神相似。《二馮才調集》解釋道：「王荊公言學杜當自義山入，余初心謂不然。後讀《山谷集》，粗硬槎牙，殊不耐看，始知荊公此言正以救江西派之病也。若從義山入，便都無此病。」〔註107〕指出先學義山，再學老杜，方能無黃庭堅詩歌粗硬之病。

但是錢振鍠卻反對此種學杜之法，原因有二，詳論如下。

其一，他認為杜甫與李商隱各有面目，不應混而論之。這背後其實隱藏著他對李商隱詩歌的看法。朱鶴齡（1601～1683）在〈李義山詩

〔註104〕 原文：「唐人學老杜，惟商隱一人而已，雖未盡造其妙，然精密華麗以自得其彷彿。……王荊公亦嘗為蔡天啟言：『學詩者未可遽學老杜，當先學商隱。未有不能為商隱，而能為老杜者。』」唐·李商隱著、清·馮浩箋註：《玉谿生詩集箋註》附錄二，（上海：上海古籍出版社，1979年），頁827。但據莫礪鋒《杜甫評傳》所考，今本《石林詩話》及葉氏其它筆記《石林燕語》、《避暑錄話》等均未見此條，故出處待考。見莫礪鋒《杜甫評傳》（南京：南京大學出版社，1993年），頁377。然《蔡寬夫詩話》中有「王荊公晚年亦喜稱義山詩，以為唐人知學老杜而得其藩籬，惟義山一人而已。」見孔凡禮、齊治平編：《古典文學研究資料彙編》（北京：中華書局，1962年），頁176。《馮定遠才調集評》亦有「王荊公學杜當自義山入」之語，則王安石對李商隱學杜之肯定應是不假。見唐·李商隱著、清·馮浩箋註：《玉谿生詩集箋註》附錄二，頁829。

〔註105〕 錢振鍠原文中之蔡天啟，應該就是《蔡寬夫詩話》的作者。而有關《蔡寬夫詩話》的作者，有多種說法，黎潔《蔡居厚詩學批判考論》（安徽大學碩士論文，2018年）指出應是蔡居厚，詳見第一章第一節〈蔡寬夫詩話作者考〉，頁6～10。

〔註106〕 原文：「（王安石）每誦其『雪嶺未歸天外使，松州猶駐殿前軍』，『永憶江湖歸白髮，欲回天地入扁舟』與『池光不受月，暮氣欲沈山』、『江海三年客，乾坤百戰場』之類，雖老杜無以過也。」見孔凡禮、齊治平編：《古典文學研究資料彙編》（北京：中華書局，1962年），頁176。

〔註107〕 唐·李商隱著、清·馮浩箋註：《玉谿生詩集箋註》附錄二，頁829。

集註序〉解釋王安石認為李商隱善學杜甫之原因：李商隱詩歌中那些晦澀難解之語，多是用來寄託君臣朋友之念，是「風人之緒音，屈、宋之遺響」，故和老杜相近。然而，錢振鍠卻認為「必謂義山情語皆有寄託，尤非知詩者」〔註108〕，他並不認為李商隱之詩歌有如此深沉之寄託〔註109〕，與杜甫詩歌之憂念國事、關注國運自是不同，更不用說經由義山而學杜甫了。

其二，錢振鍠認為學杜本是庸俗之輩所為，不值得提倡。這與和他反對復古的論詩宗旨是相符合的，並且他認為只有不能走出自我創作道路、形成一家風格的詩人，才會去模仿學習前人。所以即使杜甫之詩名再盛，他也認為不值得取法。

除反對學杜之外，對於字字尋其出處的解杜之法，錢振鍠也是極為反對的。他言：

> 山谷云：「杜詩、韓文，無一字無來歷。」欺人哉！陸放翁云：「今人解杜詩，但尋出處，不知少陵之意，初不如是。縱使字字尋得出處，去少陵之意益遠矣。蓋後人元不知杜詩所以妙絕古今者在何處，但以一字亦有出處為工。如《西崑酬唱集》，何嘗一字無出處，便以追配少陵，可乎？且今人作詩，亦未嘗無出處。渠自不知，若為之箋注，亦字字有出處，但不妨其為惡詩耳。」此段議論最通。陸機謂「怵他人之我先」，退之謂「惟古於詞必己出」，李習之謂「創意造言，多不相師」，寧有以來歷為奇者。寫現在之人情，記當前之物象，便是來歷。何必求之於古書而後為來歷哉？宋王楙引杜句與古略同者，以實其來歷之說，又謬也。詩家無心相類，亦自有；就使出自有心，正是杜老不貴處，何足法耶？〔註110〕

宋代黃庭堅等人認為杜詩精妙之處在於其詩無一字無來處。明代

〔註108〕《謫星說詩》，收入《民國詩話叢編》冊二，頁596。
〔註109〕有關李商隱詩歌之特點，詳見第三節對其詩之評論。
〔註110〕《謫星說詩》，收入《民國詩話叢編》冊二，頁578。

楊慎《升庵詩話》更是有言「予思之，杜詩無一字無來處，所以佳，此「逐」字無來處，所以不佳也。」〔註111〕以詩句有無來歷作為詩歌優劣的判斷標準。清代學者已經意識到這種註詩只重字句的片面性，開始反思以此思想來註解杜詩的偏頗。如錢謙益《註杜詩略例》就抨擊了宋人註杜的八種失誤，多與宋人解杜必尋出處有關。〔註112〕施閏章（1619～1683）《蠖齋詩話》指出：「註杜詩者，謂杜語必有出處，然添卻故事，減卻詩好處。」〔註113〕表達了對強求杜詩字句出處的不滿。清末民初的錢振鍠不僅對此種解杜之法表示批判，還指出凡是杜詩中有與古詩略同者，都是湊巧，詩人本身是無意引古句為典的。若是有心為之，則是詩人自己也不願稱道之處，後人再以此為標桿，是為愚蠢。此論不僅是批判苦求詩歌字句出處的解杜之法，更透露著錢振鍠作詩用字欲求創新的決心。

　　錢振鍠又以「此曲只應天上有，人間能得幾回聞」為例，表明對於杜詩中某些用語不必搜腸刮肚、牽合附會地探討其背後用意。他言：

> 「此曲只應天上有，人間能得幾回聞」。人謂花卿僭天子禮樂，此說非也。清廟、明堂之樂，原非悅耳，花卿必不用之。若唐天子所好之樂，只算世俗之樂，豈真天子禮樂乎？〈玉樹後庭花〉、〈霓裳羽衣曲〉可為天子禮樂乎？本詩只言絲管紛紛，還他絲管而已，「天上有」只是贊語，深求杜老此類，失之。〔註114〕

　　楊慎認為：「花卿在蜀頗僭用天子禮樂，子美作此譏之，而意在言外，最得詩人之旨。」〔註115〕沈德潛《說詩晬語》也言：「杜少陵刺花

〔註111〕明・楊慎著、王仲鏞編：《升庵詩話箋證》卷五，頁282。

〔註112〕錢謙益指出宋人註杜之八種失誤乃為：偽託古人、偽造古詩、附會前史、偽撰人名、改竄古書、顛倒事實、強釋文意、錯亂地理。

〔註113〕施閏章《蠖齋詩話》「註杜」條，轉引自孫薇：《清代杜詩學史》（濟南，齊魯書社，2004年），頁79。

〔註114〕《名山詩話》，收入《民國詩話叢編》冊二，頁659。

〔註115〕明・楊慎《升庵詩話》，見何文煥、丁福保：《歷代詩話統編》第3冊（北京：北京圖書館出版社，2003年），頁12。

卿定製僭竊，則想新曲於天上。」〔註116〕指出此詩在言花卿僭天子禮樂。而清代黃生則指出此乃杜甫在成都聽到流落民間的梨園弟子在演奏宮廷音樂，覺其精妙而已。〔註117〕錢振鍠也認為「天上有」只是稱讚之語，不必深究〔註118〕。此論批判對杜詩進行穿鑿附會、強作解釋的做法，錢振鍠認為如此解杜，只會遠離杜詩之真意。

　　清代學者在對前人解杜之法提出批判的同時，也提出了適當的解詩方法：如汪灝（1658～1722？）《知本堂讀杜》中有言：「必全首一氣讀之，一題數首一氣讀之，全部一氣讀之，乃可得作者之本旨。」〔註119〕，翁方綱也說：「手寫杜詩全本而咀詠之，束諸家評註不觀，乃漸有所得。」〔註120〕對此，錢振鍠表示讚同，他亦言：「論杜者不當以工不工較量也。欲求其好處，先看其全部，不可以一首求之；看其全首，不可以一字一句求之，否則所得皆糟粕耳。」〔註121〕反對從個別字句來註解杜詩，而認為應該從杜詩全篇著眼，來體察其精妙之處。

〔註116〕　清・沈德潛：《唐詩別裁集》（上海：上海古籍出版社，1979年），頁250。

〔註117〕　清代黃生在《杜詩說》中提出：「予謂當時梨園弟子，流落人間者不少，如《寄鄭（審）李（之芳）百韻詩》『南內開元曲，當時弟子傳。』自注云：『柏中丞筵，聞梨園弟子李仙奴歌。』所云『天上有』者，亦即此類。蓋讚其曲之妙，應是當時供奉所遺，非人間所得常聞耳。顧況《李供奉篌篌歌》云：『除卻天上化下來，若向人間實難得。』蓋以天樂比之，杜甫正與此類。」見清・黃生著、徐定祥點校：《杜詩說》（合肥：黃山書社，1994年），頁316。

〔註118〕　有關杜甫〈贈花卿〉一詩是純粹讚語，還是另有深意，學界多有爭論。蕭滌非《杜甫詩選註》、鄧魁英《杜甫選集》論及此詩，都讚成前者，而許世榮〈賦詩獨流涕　亂世想賢才──蜀亂與杜詩述評〉（《杜甫研究學刊》，1996年第4期，頁9～11）、張超〈杜甫《贈花卿》詩微言辯釋〉（《邯鄲學院學報》，2009年第19卷，第4期，頁85～89）均將此詩與〈戲作花卿歌〉一詩一起解釋，指出此詩對花敬定恃功驕恣的行為有諷刺之意。兩說皆有其可取之處，儘錄之以供參考。

〔註119〕　轉引自孫薇：《清代杜詩學史》（濟南，齊魯書社，2004年），頁83。

〔註120〕　轉引自孫薇：《杜詩學文獻研究論稿》（保定：河北大學出版社，2010年），頁170。

〔註121〕　《謫星說詩》，收入《民國詩話叢編》冊二，頁588。

2. 反對「杜詩為集大成者」之論，批判杜詩之弊病

　　楊勝寬在〈杜詩「集大成」義解〉中詳細爬梳歷來有關杜詩「集大成者」的評論，指出「集大成者」之意是指杜甫「兼擅眾體，奄有古今，將詩歌內容的豐富、深刻、獨到與詩歌形式的多樣、貼切、允當完美地結合起來」〔註122〕，並表明自蘇軾提出此論之後，「杜詩在中國古代詩歌發展史上居於集大成的地位，幾乎再沒有被從根本上撼動過。」〔註123〕與錢振鍠同時期的學者亦認同此論，如羅振玉（1866～1940）言：「（杜甫）集大成於群聖。」〔註124〕陳鐘凡（1888～1982）曰：「工部集古今之大成，七言大篇，尤為前所未有。」〔註125〕而錢振鍠卻明確反對「杜詩乃集大成者」之論，他說：

> 人以少陵詩為集大成，此真污衊少陵詩。夫人中之集大成者，聖人也；詩中之集大成者，不過襲眾人之餘唾耳。曾是少陵而出此！〔註126〕

　　自宋迄清，雖也有不少批判杜詩之言，但未出現如錢振鍠一般明確反對「杜詩乃集大成者」之人。對此劉勇〈錢振鍠詩學視野中的杜詩〉指出此言乃是離經叛道之語〔註127〕，蔣寅亦認為其說詩目空一切，盡做翻案文章〔註128〕。然而，筆者認為，此處錢振鍠所言非批判杜詩之語。他只是對「集大成者」之字意較為敏感，認為集大成就等於是搜羅眾人之言語於己詩之中，是拾人餘唾之意。「曾是少陵而出此」，錢振鍠亦認為杜甫並非沒有創建、只知拾人牙慧的詩人，故「集大成者」實為污衊杜甫之論。

　　而錢振鍠真正對杜甫批判之處，在於其詩之「滯」。錢振鍠論詩常

〔註122〕 詳見楊勝寬：〈杜詩「集大成」義解〉，《杜甫研究學刊》，2014 年第 3 期，頁 1～9。

〔註123〕 詳見楊勝寬：〈杜詩「集大成」義解〉，頁 7。

〔註124〕 羅振玉：〈杜詩授讀序〉，《同聲月刊》，1942 年第 2 卷第 6 號，頁 128。

〔註125〕 陳鐘凡：《中國韻文通論》（上海：中華書局，1931 年），頁 148。

〔註126〕 《謫星說詩》，收入《民國詩話叢編》冊二，頁 595。

〔註127〕 劉勇：〈錢振鍠詩學視野中的杜詩〉，頁 22。

〔註128〕 蔣寅：〈杜甫是偉大詩人嗎——歷代貶杜的譜系〉，頁 52。

多定論，而少解說。在評論杜詩之弊時，多僅以笨滯、破滯、滯等字形容，而無進一步的論述。劉勇在〈錢振鍠詩學視野中的杜詩〉將其分為笨滯、破滯、膚滯三類，可惜論述不多。其實這三類重點都在一個「滯」字，故此處不割裂而論。

本文只能從他唯一所舉的詩例來盡力分析，錢振鍠有言：

> 以杜為天才，實所不喻。如杜〈詠月〉「兔應疑鶴髮，蟾亦戀
> 貂裘。」此類滯語，亦天才耶？〔註129〕

錢振鍠並未解釋為何此句乃「滯語」。從詩歌內容看，「四更山吐月，殘夜水明樓。塵匣元開鏡，風簾自上鈎。兔應疑鶴髮，蟾亦戀貂裘。斟酌姮娥寡，天寒耐九秋。」疊用鏡、鈎、蟾、兔、姮娥此類指代月亮之語，有堆纍之感。錢振鍠又指出，「余之議杜，議其支離，不是非其忠君愛國。王元美云：『老杜不成語者多。』敬美云：『杜有拙句、纍句。』夫拙句、纍句、不成語，乃余之非杜者也。」〔註130〕在對比李杜之詩歌差異時，他認為「李多暢，杜多滯」〔註131〕「少陵云：『平生性癖耽佳句，語不驚人死不休。』矜張太過，一生受病在此。」〔註132〕過於追求詩之驚人，反而可能導致對字句的過渡雕琢，出現累字、拙句，語意凝滯不暢的弊端。

有關杜詩之拙詞累句，歷來也有不少人予以批判，如許學夷（1563～1633）在《詩源辯體》有言：「又篇中如『先帝侍女八千人，公孫劍器初第一』，『惜哉李蔡不復得，吾甥李潮下筆親』，『或從十五北防河，便至四十西營田』等句，即予所錄者，亦不免為累語。」〔註133〕柴紹炳（1616～1670）《杜工部七言律說》也言：「其他率爾成篇，漫然屬句，自信老筆，殊慚斐然。予嘗覽而摘之，中有極鄙淺者……有極輕遬者……有極濡滑者……有極粗硬者……有極酸腐者……有極沾滯

〔註129〕　《謫星說詩》，收入《民國詩話叢編》冊二，頁606。
〔註130〕　《謫星說詩》，收入《民國詩話叢編》冊二，頁605。
〔註131〕　《謫星說詩》，收入《民國詩話叢編》冊二，頁602。
〔註132〕　《名山詩話》，收入《民國詩話叢編》冊二，頁663
〔註133〕　明・許學夷《詩源辯體》卷十九，頁214。

者……凡此皆杜律之病,往往而是。」直接將杜詩之累句摘錄下來。〔註134〕可見有關杜詩之「滯」,非錢振鍠之獨言創見。

此外,錢振鍠還指出後人學習杜詩所帶來的弊端。他說:

1. 唐以來排律始盛,杜老長排亦多笨滯。近世詩人幾於人人集中必有百韻排律一首,多者至二百韻,究之支劣拙滯,不復成詩。〔註135〕

2. 宋支湊詩,不是至宋而始然,與八代、初唐、杜、韓集中拙詩相似。宋人多學少陵,故破滯處大相類。〔註136〕

引文1指出近世詩人集中多長篇排律,可能是學習杜詩之故,而染其拙劣繁冗之病。引文2則言宋代支湊詩,就是因為學杜甫的緣故。杜詩之弊,習染者可謂眾多,尤其是宋代,「不少人從封建道德規範出發,強解杜詩為詩中之經,以杜甫為不可企及的詩中之聖,這在一定程度上曲解與神化了杜甫及其詩作,為杜甫罩上了幾圈神聖的光環」〔註137〕對於宋人將杜甫之詩奉為圭臬而帶來的弊端,詩學評論者們多有論述,如許學夷就有言:「今人於工者既不能曉,於拙者又不敢言,烏在其能讀杜也?後梅聖俞、黃魯直太半學杜累句,可謂嗜痂之癖。」〔註138〕而錢振鍠此論,亦不出前人之車轍。

錢振鍠除了指出杜詩之拙詞累句之外,對於杜甫之七律也作出了批判。他說:

少陵五律字簡意曲,七律何其直也。〔註139〕

杜五律勝七律,七律竟無佳者。〔註140〕

〔註134〕摘錄自蔣寅〈杜甫詩是偉大的詩人嗎——歷代貶杜論的譜系〉。此篇中還羅列了不少評論杜甫拙詞累句的詩論,可參閱,此處不再贅述。

〔註135〕《謫星說詩》,收入《民國詩話叢編》冊二,頁589。

〔註136〕《謫星說詩》,收入《民國詩話叢編》冊二,頁600。

〔註137〕胡建次:〈中國古典詩學批評中的杜甫論〉,《南昌大學學報》,2000年第2期。

〔註138〕明‧許學夷:《詩源辯體》卷十九,頁213。

〔註139〕《名山詩話》,收入《民國詩話叢編》冊二,頁669。

〔註140〕《謫星說詩》,收入《民國詩話叢編》冊二,頁593。

　　錢振鍠此處將杜甫七律與「意曲」之五律相對比，指出其七律意直的缺點。清代吳喬也提到杜甫七律之直：「七律自沈、宋以至溫、李，皆在起承轉合規矩之中。唯少陵一氣直下，如古風然，乃是別調。」〔註141〕吳喬認為，杜甫七律，一氣而下，與古風不同。關於此點，葛曉音在〈論杜甫七律「變格」的原理和意義〉一文中也有所涉及。她指出明代後期的某些論著，從七律正變的角度對杜甫七律提出批判。王維、李頎之七律「其格調和平渾厚、氣象壯麗高華，極風雅之致」，可謂正宗。而杜甫之七律題材能擴大到廣酬事物之變的範圍，便不免粗豪，涉於倨誕、憤懟、俚鄙的作品就傷害了風雅平和的正調，被視為變格。〔註142〕魏耕原在〈杜甫白話七律的變格與發展〉中則進一步點出，杜甫白話七律的出現，是對盛唐七律高華典麗風格的變格。所謂的白話七律，乃是指杜詩中以日常生活為題材，採用白話語料與民歌句式，運用大量口語虛詞的作品。〔註143〕這些作品用詞簡樸，語意直白，或為錢振鍠所言「何其直」之七律。錢振鍠不僅不喜杜甫此類作品，更是直言杜甫七律無一首佳作。〈秋興〉八首乃是杜甫七律的代表，錢振鍠亦大力批判此詩。他有言：

　　〈秋興〉八首，俗人奉為山斗。鍾譚則屏之，隨園亦以為不佳。諸公皆謂杜老長處不在此，余謂杜老長處未必不在是。粗硬多疵，是杜詩本色。鍾譚與袁既以〈秋興〉為不佳，然此外杜老七言，未必皆過於〈秋興〉也。諸公畢竟言誅於盛名，不敢議耳。祝枝山詆杜詩，以村野為蒼古，椎魯為典雅，麤獷為豪雄。語雖未必盡然，然開辟以來，杜詩不可無此人一罵。〔註144〕

〔註141〕 清・吳喬：《答萬季野詩問》，清・王夫之等撰、丁福保輯錄：《清詩話》（上海：上海古籍出版社，1978 年），頁 28。

〔註142〕 參考自葛曉音：〈論杜甫七律「變格」的原理和意義〉，《北京大學學報》，2011 年第 48 卷第 6 期，頁 5～7。

〔註143〕 參考自魏耕原：〈杜甫白話七律的變格與發展〉，《安徽大學學報》，2016 年第 2 期，頁 46～52。

〔註144〕 《謫星說詩》，收入《民國詩話叢編》冊二，頁 593。

　　錢振鍠指出祝允明以杜詩村野、椎魯、粗豪之論，雖然未必全然正確，然其對杜詩的批判是有一定價值和意義的。史小軍、李振松之〈祝枝山論李杜〉一文中，論述了祝允明批判杜詩之原因，指出祝允明此論是為了批判前人一味尊杜的現象，認為宋詩之所以頹亡，正是因為宋人過於尊杜而沒有取法他人。〔註145〕錢振鍠言杜詩不可無祝允明一罵，而他對杜甫七律的全面否定，批判其「粗硬多疵」的弊端，雖有極端和片面之處〔註146〕，然亦有其價值。胡應麟（1551～1602）曾言杜甫七律有「太粗、太拙、太險、太易者」「變多正少，不善學者，頗失粗豪。」〔註147〕錢振鍠亦言「宋人大半學杜詩，多破壞不完，豈非杜老遺孽耶？」〔註148〕，故此處言「粗硬多疵」乃杜詩之本色，或為告誡那些被杜詩粗硬之弊所影響的不善學之人。

　　清代前中期，諸多詩論家將杜甫推向神壇，「將之不斷神化、聖化，造就藝術領域內獨尊杜甫的景況。杜甫成了一個完美無缺的樣板人物，其一飯不至忘君，更被認為是不容懷疑的事實。」〔註149〕雖有批判杜甫之言，如錢振鍠指出的鍾譚、袁枚等人，但他們都因杜甫之盛名而有所保留。

　　而錢振鍠所處之清末民初，宗唐、宗宋之爭依舊激烈。然當時詩壇，或推崇杜甫、標舉杜詩，或對杜甫之詩歌、詩法有所繼承，無論是

〔註145〕參考自史小軍、李振松：〈祝枝山論李杜〉，《人文雜誌》，2006 年第 2 期，頁 110。

〔註146〕杜甫之〈秋興〉八首稱譽者甚多，其詩歌亦不是只有「粗硬多疵」的特點。《懷麓堂詩話》就指出其詩歌風格多變：「杜詩清絕如……富貴如……高古如……華麗如……斬絕如……奇怪如……瀏亮如……委曲如……俊逸如……溫潤如……感慨如……激烈如……蕭散如……沉著如……精鍊如……慘戚如……忠厚如……神妙如……雄壯如……老辣如……執此以論，杜真可謂集詩家之大成者矣。」出自明‧李東陽著，李慶立校釋：《懷麓堂詩話校釋》，頁 299、300。

〔註147〕明‧胡應麟：《詩藪》（上海：上海古籍出版社，1979 年），頁 81～83。

〔註148〕《謫星說詩》，收入《民國詩話叢編》冊二，頁 605。

〔註149〕蓋佳擇：《清代〈秋興八首〉選錄與評點研究》，西北師範大學碩士論文，2015 年，頁 37。

宗唐還是宗宋之人，皆或多或少受到杜詩之影響。如南社領袖之一柳亞子（1887～1958）講究以詩記事、以詩記史，詩歌深受杜甫影響〔註150〕；清末李詳（1859～1931）反對宋詩，而以杜、韓為宗〔註151〕；同光體代表陳衍雖宗宋詩，也被杜詩無一字無來處之論所影響〔註152〕。所以錢振鍠才大發「狂語」，貶斥杜詩之弊，甚至全然否定杜甫之七律，否定杜甫之〈秋興〉八首。此論不僅是要將杜甫神壇上拉下來，讓世人意識到學杜之弊端，更是出於對宗唐、宗宋之復古思想的反撥。杜甫作為古典詩歌的代表人物，其詩被廣為傳習。所以錢振鍠之「狂語」，不僅僅是針對杜甫，更是針對所有學古、摹古之詩人。

3. 錢振鍠的李杜詩觀

李白、杜甫是中國詩史上最為傑出的詩人，自唐代以來，歷來詩論家多將李白、杜甫並論。或以李遜於杜，如白居易有言：「詩之豪者，世稱李杜。李之作，才矣奇矣，人不逮矣，索其風雅比興，十無一焉。杜詩最多，可傳者千餘篇，至於貫穿今古，覼縷格律，盡工盡善，又過於李。」〔註153〕或以李優於杜，如歐陽修（1007～1072）《李白杜甫優劣說》曰：「杜甫於白得其一節，而精強過之。至於天才自放，非甫可到也。」〔註154〕還有認為李杜各有妙處，不分優劣，如嚴羽《滄浪詩話》「李杜二公，正不當優劣：太白有一、二妙處，子美不能道；子美有一、二妙處，太白不能做。」〔註155〕其後論李杜者，大體沿襲這三

〔註150〕詳見袁新成：《柳亞子詩歌研究》第四章第二節〈沉鬱勃發 宗尚杜甫〉，山東大學碩士論文，2013 年，頁 66～67。

〔註151〕郭前孔：《清代晚期唐宋詩之爭流變史》，頁 238。

〔註152〕陳衍有言：「作文字先精微而後廣大，故能一字不苟，字字有來歷，非徒為大言以欺人。」轉引自郭前孔：《清代晚期唐宋詩之爭流變史》，頁 148。

〔註153〕清・董浩等編：《全唐文》（北京：中華書局，1983 年），頁 6649。

〔註154〕宋・歐陽修：《歐陽文忠公全集》卷一二九，轉引自趙耀鋒：《民國時期唐詩學研究》，頁 325。

〔註155〕宋・嚴羽著、朱剛批註：《滄浪詩話》（南京：鳳凰出版社，2009 年），頁 148。

種觀點。錢振鍠亦在其詩話中，將李杜合論。他有言：

1. 香山之詩，是也。其與元稹論文，不肯一句放過「諷刺」、「比興」字樣，則非也。斤斤然病「餘霞散成綺，澄江淨如練」為無所諷，……不云詩要有關係，不足以尊杜抑李。然《尚書》云：「詩言志」，孔子曰「辭達」。志字、達字，所包甚廣，豈必篇篇以「關係」為哉！袁中郎云：「自從杜老得詩名，憂君愛國成兒戲。」今人所謂「關係」，真兒戲也。……而其論文，則又專舉諷刺、比興以論李杜，真香山之蛇足也。〔註156〕

2. 李天性爽朗，故言無支離。其格調去古不遠，故一切細事瑣言，即事即景，不入其筆端。後人多合杜而不合李，其故亦半由此。以後人詩與杜近，與李則不近也。〔註157〕

首先，錢振鍠分析了詩論家尊杜抑李的原因。引文1指出元白論李杜，注重詩歌內容與諷刺比興之關係。胡適也評價道：「（白居易）他指出李白的詩，『索其風雅比興，十無一焉』；而杜甫的詩之中，有十之三四是實寫人生或諷刺時政的；如『朱門酒肉臭，路有凍死骨』一類的話，李白便不能說，這才是李杜優劣的真正區別。」〔註158〕對此，錢振鍠表示極為不滿，認為以風雅比興為標準，來評論杜甫、李白之優劣，實為不妥。玄修（？～？）亦反對以忠君愛國為標準評論李杜，其言：「論詩必責以篇篇憂國憂民，竊恐古今詩人，皆被淘汰。」〔註159〕錢振鍠還指出，詩言志，此志不應該限於諷刺比興；孔子曰辭達，亦非言詩歌只能表達憂君愛國之意。而白居易此種言論純粹是出於李杜思想性的比較，並沒有考慮到李杜詩歌各自的藝術成就〔註160〕。

〔註156〕《謫星說詩》，收入《民國詩話叢編》冊二，頁601。

〔註157〕《謫星說詩》，收入《民國詩話叢編》冊二，頁610。

〔註158〕胡適：《白話文學史》（上海：新月書店，1928年），頁436。

〔註159〕玄修：〈說李〉，《同聲月刊》，1941年第9號，頁10。

〔註160〕趙耀鋒：《民國時期唐詩學研究》，頁326。

　　引文 2 則提出另一條詩論家尊杜抑李的原因：李杜二人性格、詩風之不同，而導致後代詩家更加偏向於取法杜甫。在錢振鍠之前，就有詩論家持此觀點，如方東樹（1772～1851）在比較李白和杜甫時，就認為李白所說是「仙語」，不是凡人所能學，學詩可從學杜始，「自杜以後，便有門徑好認」。〔註 161〕賀裳（1604？～1661？）也有言：「太白胸懷高曠，有置身雲漢、糠秕六合意，不屑為體物之言，其言如風卷雲舒，無可蹤跡。子美思深力大，善於隨事體察，其言如水歸墟，靡坎不盈。兩公之才，非惟不能兼，實亦不可兼也。」〔註 162〕此處，錢振鍠也指出李白天性爽朗，詩歌風格亦俊逸豪放，若非生性似李白之人，恐怕難以掌握其詩歌之精髓。然杜甫則有即事即景、細事瑣言之言，多數詩人更容易與其產生共鳴，學習起來也較為簡單。所以後人作詩多學杜甫，而非李白。

　　錢振鍠雖指出詩論家尊杜抑李之緣由，且多批判杜詩之言，但他並不認為李優於杜。在其贈畫家鄭曼青的信中他有言：

　　　論意義，當然是杜勝於李，論風格，李有並剪哀梨之快。〔註 163〕

　　錢振鍠雖然反對以諷刺比興來評論李杜，但「忠君憂國，非余之非杜者也。」〔註 164〕他並不反對杜詩中憂國憂民之思，還指出其思想性確優於李白。但若以詩歌風格而論，錢振鍠則認為李白詩歌之流暢爽利，勝於杜甫。他還有言：

　　　李杜俱有膚處，然李膚而明，杜膚而滯。〔註 165〕

　　　然我則曰李多暢，杜多滯，不必多其說法也。〔註 166〕

〔註 161〕史元梁：《晚清杜甫批評專題研究》，贛南師範學院碩士論文，2011 年，頁 18。

〔註 162〕清・賀裳《載酒園詩話》卷二，評盛唐詩人「李白」條，頁 315、316。

〔註 163〕轉引自葉鵬飛〈錢振鍠其人其書〉，見錢璱之《錢名山研究資料集》，頁 158。

〔註 164〕《謫星說詩》，收入《民國詩話叢編》冊二，頁 605。

〔註 165〕《謫星說詩》，收入《民國詩話叢編》冊二，頁 602。

〔註 166〕《謫星說詩》，收入《民國詩話叢編》冊二，頁 605。

　　李杜詩歌具有膚淺之處，但是與杜詩之拙詞累句相比，李白之詩則更為明白曉暢。「要之，讀李詩者取其豪朗，去其膚淺，則善矣。」〔註167〕李詩之豪邁爽朗，錢振鍠可謂頗為欣賞。

　　要之，錢振鍠認為李杜詩歌各有其長，亦自有其短，孰優孰劣應從不同角度進行評判。此言較之李優於杜、杜優於李、李杜各有所長這三種觀點，顯然更為全面。在他之後的民國詩論中，也有持此論者。如汪靜之（1902～1996）說：「我們從純藝術的見地看來，李白的詩更其是詩的；從為人生為社會的見地看來，杜甫的詩有益社會人生，李白的詩不但沒有這些功效，甚至還有傷風化。」〔註168〕亦分別從藝術性、思想性方面來評論李杜詩歌。

（三）韓愈（768～824）

　　韓愈字退之，是唐代中葉偉大的文學家。他認為詩歌乃不平之鳴，在詩歌創作實踐上特別注重語言的運用。《欽定四庫全書總目・錢仲文集》論大曆詩風：「大曆以來，詩歌初變。開寶渾厚之氣，漸遠漸漓，風調相高，稍趨浮響。升降之關，十子實為職志。」〔註169〕大曆至元和時期，詩壇上習慣模擬效仿，詩風流於平庸圓熟，支離褊淺，失去盛唐風骨，不少詩作成為陳詞濫調，呈現出庸俗、軟弱的特點。韓愈針對此種詩壇現狀，提出詩歌語言需硬語生新、古奧奇異，主張「橫空盤硬語」，以創新替代陳言。其詩歌獨創風格，自成流派，起到了振興中唐詩壇的作用。〔註170〕趙翼（1727～1814）《甌北詩話》評價道：「至昌黎，李、杜已在前，縱極力變化，終不能再闢一徑。為少陵奇險處，尚有可推擴，故一眼覷定，欲從此闢山開道，自成一家。」〔註171〕葉燮

〔註167〕　《謫星說詩》，收入《民國詩話叢編》冊二，頁610。

〔註168〕　汪靜之：《李杜研究》，轉引自趙耀鋒：《民國時期唐詩學研究》，頁327。

〔註169〕　清・紀昀等著：《欽定四庫全書總目・錢仲文集》（北京：中華書局出版，1997年），頁2004。

〔註170〕　參考自卞孝萱等：《韓愈評傳》（南京：南京大學出版社，1998年），頁317。

〔註171〕　清・趙翼：《甌北詩話》，收入郭紹虞編：《清詩話續編》，頁1164。

（1627～1703）《原詩》言：「唐詩為八代以來一大變，韓愈為唐詩之一大變，其力大，其思雄，崛特為鼻祖。」﹝註172﹞施補華（1835～1890）也言：「中唐以後，漸近薄弱，得退之而中興。」﹝註173﹞三人均肯定韓詩的價值，指出其自成一家，大變中唐詩風。

　　然而，韓愈這種追求硬語生新的奇崛詩風，也因有矯枉過正之處，而被詩論家所批判。如錢振鍠雖也肯定韓愈有「大才」，但卻指出其詩「失之偏、失之剛」。﹝註174﹞有關錢振鍠對韓愈詩歌之偏、剛的觀點，茲分別論述如下：

　　首先，錢振鍠認為韓愈詩歌偏在「拙滯」。他言：

　　　退之〈南山〉詩字字苦湊，支離竭蹶，無一善狀，自在老杜
　　　〈北征〉之下。山谷曰：「若論工巧，則〈北征〉不及〈南山〉；
　　　若書一代之事，與〈國風〉、〈雅〉、〈頌〉相表裏，則〈北征〉
　　　不可無，〈南山〉不作可也。」余按此語亦殊憒憒。〈南山〉
　　　拙滯殊甚，所謂工巧者安在？﹝註175﹞

　　錢謙益認為「自唐以降，詩家之途轍，總萃於杜氏」，如「韓之〈南山〉……非杜乎？」﹝註176﹞將韓愈視為杜甫之餘緒，而韓愈之〈南山〉，乃是照杜甫〈北征〉詩體而作。吳喬（1611～1695）《圍爐詩話》有言：「〈北征〉，古無此體，後人亦不可作，讓子美一人為之可也。退之〈南山〉詩，已是後生不遜……〈南山〉欲敵子美，而覓題以為之者也。山谷之語只見一邊。」﹝註177﹞認為〈南山〉乃是韓愈為勝過杜甫而故意

〔註172〕清・葉燮：《原詩》，收入清・王夫之等撰、丁福保輯錄：《清詩話》
　　　　（上海：上海古籍出版社，1999 年），頁 570。
〔註173〕清・施補華：《峴傭說詩》，收入清・王夫之等撰、丁福保輯錄：《清
　　　　詩話》（上海：上海古籍出版社，1999 年），頁 982。
〔註174〕《謫星說詩》，收入《民國詩話叢編》冊二，580。
〔註175〕《謫星說詩》，收入《民國詩話叢編》冊二，頁 581。
〔註176〕轉引自胡師幼峰：《清初虞山派詩論》（臺北：國立編譯館，1994 年），
　　　　頁 99。
〔註177〕轉引自孫昌武選注：《韓愈選集》（上海：上海古籍出版社，2013 年），
　　　　頁 88。

為之，但卻不如杜甫。錢振鍠也認為韓愈之〈南山〉，遠在〈北征〉之下。韓愈〈南山詩〉〔註178〕，搜羅奇字，光怪陸離，愛押險韻，一韻到底，一連用「或」字的詩句有五十一個，疊字詩句十四個，錢振鍠認為只是在苦湊字句，無一善處，更無工巧可言。清人施補華也言「〈南山〉詩五十餘『或』字，與〈送孟東野序〉二十餘『鳴』字一例，大開後人惡習，學詩學文者宜戒。」〔註179〕一味追求奇險，苦湊字句，故錢振鍠言其有「拙滯」之弊。

其次，錢振鍠批判了韓愈聯句之偏失。他有言：

> 韓集聯句，真惡詩也。好詩要合於人心，去人太遠，則詩必惡矣。〔註180〕

> 〈石鼎聯句〉即作得極工，不過詠物詩耳。與興、觀、群、怨之旨無涉。故道士曰：「此皆不足與語，此寗為文耶？」此語無論出道士，出退之，要之不凡矣。韓集聯句，皆此類耳。彼亦自知不可以為文也。〔註181〕

〔註178〕 韓愈〈南山詩〉原文過長，此處僅截取部分，以大致呈現其詩歌特點：
「或連若相從，或蹙若相鬥。或妥若弭伏，或竦若驚雊。　或散若瓦解，或赴若輻湊。或翩若船遊，或決若馬驟。　或背若相惡，或向若相佑。或亂若抽筍，或嶅若注灸。　或錯若繪畫，或繚若篆籀。或羅若星離，或蓊若雲逗。　或浮若波濤，或碎若鋤耨。或如賁育倫，賭勝勇前購。　先強勢已出，後鈍嗔誼譳。或如帝王尊，叢集朝賤幼。雖親不褻狎，雖遠不悖謬。或如臨食案，餚核紛飣餖。　又如游九原，墳墓包槨柩。或累若盆甖，或揭若登豆。　或覆若曝鱉，或頹若寢獸。或蜿若藏龍，或翼若搏鷲。　或齊若友朋，或隨若先後。或迸若流落，或顧若宿留。　或戾若仇讎，或密若婚媾。或儼若峨冠，或翻若舞袖。或屹若戰陣，或圍若蒐狩。或靡然東注，或偃然北首。　或如火熹焰，或若氣饙餾。或行而不輟，或遺而不收。　或斜而不倚，或弛而不彀。或赤若禿鬝，或薰若柴槱。　或如龜拆兆，或若卦分繇。或前橫若剶，或後斷若姤。」出自孫昌武選注：《韓愈選集》，頁76～77。

〔註179〕 《峴傭說詩》第 76 則，收入清‧王夫之等撰、丁福保輯錄：《清詩話》，頁982。

〔註180〕 《謫星說詩》，收入《民國詩話叢編》冊二，頁607。

〔註181〕 《名山詩話》，收入《民國詩話叢編》冊二，頁663。

　　所謂聯句詩，乃是指多人一同賦詩，每人作幾句，再聯合而成的一種詩歌體裁。〔註182〕寇養厚〈論韓愈的聯句詩〉一文論及聯句的發展，指出聯句雖起源於虞廷〈賡歌〉，漢武〈柏梁〉，但發展至韓愈、孟郊（751～814）才蔚為大觀。〔註183〕韓愈的聯句詩多與孟郊等人合作，故多稱其為韓孟聯句。其聯句詩好用賦體的鋪陳手法，雖有宏壯博辯、氣勢雄豪的優點，但是以此手法寫作聯句詩，其弊病亦是顯而易見的。有些詩累贅堆砌，滿紙餖釘，牽強湊泊，讀來頗覺枝蔓冗長，沈悶板滯。如趙翼就批評說：「〈城南〉一首一千五六百字，自古聯句，未有如此之冗者。」〔註184〕錢振鍠也明確指出，韓愈之聯句乃是惡詩。不過，他認為韓愈聯句不佳的主要原因是「去人太遠」，也就是詩中沒有自己的真情實感。如他在詩話中提到的〈石鼎聯句〉，是由韓愈和一虛構人物及朋友所作〔註185〕。錢振鍠認為，此詩與興觀群怨無關，純粹是在詠物而已，全無自我之流露。〔註186〕

　　要之，錢振鍠所言韓詩之偏，可歸結為用語拙滯、聯句無真情這兩點。而他所言的「剛」，則是指其詩多有硬語的問題。

〔註182〕　參考自周文慧：《韓愈聯句詩研究》，中國社會科學院中國古代文學碩
　　　　　　士論文，2011 年，頁 1。

〔註183〕　寇養厚有言：「虞廷《賡歌》，漢武《柏梁》，實為唱和聯句之濫觴。
　　　　　　至南朝齊梁時，沈約首倡四聲八病之說，聯句詩之聲律體式始臻完善。
　　　　　　但在韓愈之前，聯句之作雖多，然文義斷續，筆力懸殊，名為聯句，
　　　　　　實仍各人之制，且又皆寥寥短篇，不及數韻，故影響甚微。至韓愈、
　　　　　　孟郊，天才傑出聯句詩始大盛，蔚然成一代之大觀。」見寇養厚：《古
　　　　　　代文史論集》（濟南：山東大學出版社，1999 年），頁 326。

〔註184〕　對於韓愈聯句詩的批判，參考自寇養厚：《古代文史論集》（濟南：山
　　　　　　東大學出版社，1999 年），頁 333。

〔註185〕　亦有此詩乃韓愈假託此虛構之人物和朋友口吻所作，詳細分析可見周
　　　　　　文慧：《韓愈聯句詩研究》，中國社會科學院中國古代文學碩士論文，
　　　　　　頁 21。

〔註186〕　周文慧在《韓愈聯句詩研究》提出不同意見，可作參照。她指出，此
　　　　　　詩乃韓愈假託聯句之名，為突破一般詩歌起承轉合之限制，發揮自己
　　　　　　奇險詩風之長處而作，想傳達的是經歷中年仕途困窘時的不滿怨恨，
　　　　　　是包含自我之真情的。詳細分析可見周文慧：《韓愈聯句詩研究》，中
　　　　　　國社會科學院中國古代文學碩士論文，頁 21。

退之硬語，前無古人，所謂「字向紙上皆軒昂」也。然詩之
高處又不在此。詩高亦要性情不凡耳，若專求語硬，則亦紙
上工夫。〔註187〕

「字向紙上皆軒昂」原是韓愈評對盧雲夫詩歌的評語，但用來形
容韓愈詩歌之風格也很合適〔註188〕，此言所強調的就是韓愈詩歌中的
「硬語」。那麼，韓愈詩歌之「硬語」具體表現在何處？施補華認為韓
愈〈次潼關先寄張十二閣老使君〉「是剛筆之最佳者。」〔註189〕此詩被
譽為韓愈「平聲第一首快詩」〔註190〕，「卷波瀾入小詩」〔註191〕，描
繪的是淮西大捷之後，作者隨軍凱旋而見之場景。「一、二句一路寫去，
三句直呼，四句直點」。〔註192〕全詩氣勢雄壯，剛直又跌宕，《唐詩別
裁集》評其「沒石飲羽之技，不必以尋常絕句法求之。」〔註193〕《唐
人萬首絕句選評》以其「頌而不諛，鋪而有骨，格高調高，中唐不可多
得，真大手筆也。」〔註194〕

韓詩之「硬語」確有值得稱道之處，但並不是無可指摘。如王夫
之批評其鑽營險韻、奇字以求巧，無涉心情興會〔註195〕。錢振鍠也
以其硬語為弊端，指出詩之高不在語硬，而在性情之不凡。如上文提
及的韓愈之詩雖有諸多妙處，但是其本身是應酬之作，與錢振鍠所崇

〔註187〕《名山詩話》，收入《民國詩話叢編》冊二，頁623。
〔註188〕卞孝萱等：《韓愈評傳》，頁428。
〔註189〕《峴傭說詩》第194則，收入清・王夫之等撰、丁福保輯錄：《清詩
話》，頁996。
〔註190〕蕭滌非等：《唐詩鑒賞辭典》（上海：上海辭書出版社，2006年），頁
808。
〔註191〕清・查慎行評點、張載華輯：《查初白詩評十二種》卷上，民國見上
海六藝書局石刻本，頁45。
〔註192〕蕭滌非等：《唐詩鑒賞辭典》，頁809。
〔註193〕陳伯海：《唐詩彙評》（上海：上海古籍出版社，2015年），頁1733。
〔註194〕陳伯海：《唐詩彙評》，頁1733。
〔註195〕其言曰：「若韓退之以險韻、奇字、古句、方言矜其餖輳之巧，巧誠
巧矣，而於心情興會，一無所涉，適可為酒令而已。」清・王夫之撰、
戴鴻森點校：《薑齋詩話箋注》（臺北：木鐸出版社，1982年4月），
卷二，第27則，頁40。

之不凡性情確有差距。

　　韓愈詩歌多有硬語，欲求生新，以變革大曆以來庸俗軟弱的詩壇風氣，不為無功。但是其詩歌過於關注用語之奇險，字字苦湊，聯句詩更是過於鋪陳，冗長沉悶。即使有些詩歌用語剛直，氣勢不凡，也不被錢振鍠所欣賞。錢振鍠認為詩歌最重要的是要表達詩人自我之情感，顯露出不凡之性情，故特意指出韓愈詩歌「偏」、「剛」之缺陷。

（四）白居易（772～846）

　　白居易，字樂天，晚號香山居士，主要生活在中唐貞元、元和年間。唐代有二千多位詩人，而白居易有詩文三千六百餘篇，數量浩繁為唐集之冠。元稹評其詩歌：「夫以諷喻之詩長於激，閒適之詩長於遣，感傷之詩長於切，五字律詩百言而上長於贍，五字、七字百言而下長於情，賦、贊、箴、戒之類長於當，碑記、敘、制誥長於實，啟、表、奏、狀長於直，書、檄、詞、策、剖判長於盡。」〔註196〕總之，各種題材，他都擅長。歷代詩話、詩評中對白居易的看法，除了「元輕白俗」、「老嫗都解」這一流傳甚廣的說法外，還有評價其新樂府、〈秦婦吟〉之類的諷喻詩，論及其對學道、學佛的觀點等等，毀譽皆有〔註197〕。而錢振鍠則認為樂天是全才、通才、大才，對其評價甚高。其對白居易的具體評價，茲分點論述如下：

　　第一，錢振鍠認為白居易之詩可與李杜相媲美，反對其詩歌淺俗之論。他說：

　　　白樂天，通才也，全才也，大才也。然不理於眾口，何耶？
　　　東坡云：「學杜不成，不失為工；無韓之才與陶之妙而學其詩，終為樂天爾。」噫！以樂天之才，退之無所用其才，淵明無所用其妙。可與樂天為敵者，李杜而已。東坡所云，何其悖也。王從之云：「樂天詩情致曲盡，入人肝脾，隨物賦形，所

〔註196〕楊宗瑩：《白居易研究》（臺北：文津出版社，1985年），頁2。
〔註197〕陳友琴編：《白居易詩評述彙編》（北京：中華書局，1963年），頁2～5。

在充滿，殆與元氣相侔。」真善言白詩者，他人未有也。樂
天好詩極多，而東坡獨取其「風吹古木晴天雨，月照平沙夏
夜霜」，語淺乎哉！〔註198〕

此處錢振鍠所引蘇軾評白居易之語實為有誤，此言乃是出自陳師
道（1053～1102）之口。陳師道在《後山詩話》中指出，學詩當以杜甫
為詩，因為有門徑可入，規矩可學。而韓愈才高，其詩不可解，陶淵明
之詩寫胸中之妙，亦不可學。白居易乃是不才之韓愈，不妙之淵明。
〔註199〕而錢振鍠指責此言為悖論。他讚同王若虛之語，認為白居易之
詩情致曲盡、隨物賦形，才過韓愈，妙勝淵明，僅有李白、杜甫可與之
相比。若僅以淺易視之，則為無識。如蘇軾所稱舉的「風吹古木晴天
雨，月照平沙夏夜霜」，錢振鍠就認為此句太過淺易，非白居易之佳作。
清代潘德輿（1785～1839）也言：「東坡謂白晚年極高妙。或問之，曰：
風吹古木晴天雨，月照平沙夏夜霜。余按：此二語殊平淺，非白詩之妙
者，不解東坡何以賞之？」〔註200〕對蘇軾此論頗為不解，亦認為白居
易高妙之處非此類平淺之詩。

此外，錢振鍠對當世將白居易與元稹（779～831）並稱，頗為不
解。他說：

樂天之詩，十倍微之，而白與元當時並相推重，殊不可解。
〔註201〕

元稹〈永福寺石壁法華經記〉有言：「又明年徙會稽，路出於杭，
杭民競相觀睹。刺史白怪問之，皆曰：非欲觀宰相，蓋欲觀曩所聞之元
白耳。」〔註202〕「曩所聞之元白」，在唐代就有人將元白並稱。蘇軾則

〔註198〕《謫星說詩》，收入《民國詩話叢編》冊二，頁582。

〔註199〕詳見陳伯海主編：《歷代唐詩論評選》（保定：河北大學出版社，2003
年），頁261。

〔註200〕潘德輿《養一齋詩話》，轉引自凌冰等著：《唐詩斷章絕唱》（北京：
知識產權出版社，2004年），頁198。

〔註201〕《謫星說詩》，收入《民國詩話叢編》冊二，頁584。

〔註202〕轉引自肖偉韜著：《白居易詩歌創作考論》（江西人民出版社，2014
年），頁84。

言「元輕白俗」，認為元稹輕佻，白居易淺俗。然而，錢振鍠則認為白居易詩歌遠勝元稹，且言：「香山善於說俗話，益覺其雅趣。」〔註203〕白居易的詩歌歷來被認為老嫗能解，但是這並不代表著其詩歌都是俚俗之語，錢振鍠認為其詩中亦蘊含著詩人自己的情思，非庸俗淺薄之作。白詩雖以平易著稱，但是他其詩中所用的民間語言，是經過加工和提煉的。他曾言「舊句時時改，無妨說性情。」對於詩作不憚一改再改，寫作態度可謂十分審慎。宋張鎡（1153～1221？）〈讀樂天詩〉評其「讀到香山老，方無斧鑿痕。目前能轉物，筆下盡逢源。學博才兼裕，心平氣自溫。隨人稱白俗，真是小兒言。」〔註204〕也反對盡以淺俗看待白居易之詩。

　　第二，錢振鍠列舉白居易詩作，盛讚其人品。

1. 樂天〈贈樊著作〉，述陽城、元稹、庾氏、孔戡四人賢行，下云：『凡此士與女，其道天下聞。常恐國史上，但記鳳與麟。賢者不為名，名彰教乃敦。每惜若人輩，身死名亦淪。君為著作郎，職廢志空存。雖有良史才，直筆無由申。何不自著書，實錄彼善人。編為一家言，以備史闕文。』劉知幾論史法，一曰好善，二曰惡不善。其識不世出。樂天詩亦得此義。古之惇史，亦是如此。〔註205〕

2. 少陵「新松恨不高千尺，惡竹應須斬萬竿」，下句令人不懂。鄙人見竹多矣，從未覺其有惡，不知少陵何故要下此毒手？讀樂天〈洗竹〉，極合我意，全錄於下：「布裘寒擁頸，氈履溫承足。獨立水池前，久看洗霜竹。先除老且病，次去纖而曲。翦棄猶可憐，琅玕十餘束。青青復籊籊，頗異凡草木。依然若有情，廻顧語僮僕。小者

〔註203〕《謫星說詩》，收入《民國詩話叢編》冊二，頁586。
〔註204〕參考自陳友琴等著：《白居易》（上海：上海古籍出版社，1998年），頁5。
〔註205〕《名山詩話》，收入《民國詩話叢編》冊二，頁637。

截魚竿,大者編茅屋。勿作彗與箕,而令糞土辱。」藹然
仁者之言,此君雖死不恨矣。〔註206〕

引文1引用白居易的〈贈樊著作〉,指出其雖為詩人,卻能意識到
記錄賢人之事的重要性,有編文以存賢者的良善和見識。錢振鍠認為
他是史學良才,為其見識和人品所傾倒;引文2則將杜甫詠竹之詩與
白居易的〈洗竹〉相對比。杜甫言「新松恨不高千尺,惡竹應須斬萬
竿」,視竹子為惡物,要將其砍去,錢振鍠頗為愛竹,對杜甫此言深感
不悅。而白居易的〈洗竹〉篇,則敘述竹子的多種用途,認為竹子無論
細弱還是粗壯,都有其用武之地。錢振鍠認為白居易此詩充滿對事物
的仁愛之心,透露出其無論身處何時何地,都能保持自我的崇高精神。

(五)李商隱(813～858)

李商隱是晚唐的重要詩人之一,其詩歌受到歷代詩論家重視。明
代以來,解註者紛起,湧現很多的選本和箋註本,如朱鶴齡之《李商隱
詩集箋註》、程夢星(1678～1747)《重訂李義山詩集箋註》、馮浩(1719
～1801)《玉谿生詩集箋注》等。貶損者認為其詩「詞藻綺麗,……乃
一錦工耳」〔註207〕,又以〈無題〉諸篇,是「杯酒狎邪之語」〔註208〕;
讚賞者則指出其詩蘊含深遠,有寄託之意。如何喬新(1427～1502)則
言:「唐李商隱賦〈無題〉五首,蓋托宮怨之情以寓思君之意,其引物
托興有《國風》《楚騷》之旨焉。」〔註209〕諸多評論,莫衷一是。

對於李商隱,錢振鍠的關注之重點在於其「情語」之特點。他有
言:

義山作情語,次回亦作情語;義山悼亡,次回亦悼亡;義山
有晦澀之病,次回亦有晦澀之病,何相似也。〔註210〕

〔註206〕《名山詩話》,收入《民國詩話叢編》冊二,頁657。
〔註207〕劉學鍇、余恕誠、黃世中編:《李商隱資料彙編》(北京:中華書局,
　　　　2001年),頁5。
〔註208〕宋・陸游《老學庵筆記》(北京:中華書局,1979年),頁108。
〔註209〕明・何喬新《椒邱文集》卷二十四,《四庫全書》,第1249冊,頁373。
〔註210〕《謫星說詩》,收入《民國詩話叢編》冊二,頁593。

> 王次回詩亦有佳處，惜多支澀。一首好詩有一句支澀，一句
> 好詩有一字支澀，便為掃興。義山好作情語，亦多晦澀語，
> 豈為此體者必流於晦澀耶？〔註211〕

　　這兩則引文都是在指出李商隱有關「情語」的詩歌多有晦澀難懂
的特點。李商隱詩歌表現愛情的不少，如〈柳枝五首〉就講述有緣無分
的淒美愛情，但詩意並不難解。要說晦澀之情語，最具代表性的還是其
〈無題〉詩，如梅成棟（1776～1844）在《精選七律耐吟集》就評其〈無
題〉詩「鏤心刻骨之詞，千秋情語，無出其右」〔註212〕。當然，〈無題〉
詩之晦澀難解歷來多有論述，與錢振鍠同時期的海納川（？～？）〔註
213〕在《冷禪室詩話》亦有言：「李義山以〈無題〉詩見長」，「詞句隱
深」〔註214〕。

　　與常人不同的是：錢振鍠對馮浩箋註李詩之法，尤為不滿。馮浩
的《玉谿生詩集箋注》可以說是清代李商隱詩集較為完備精審的箋注
本，陳衍《石遺室詩話》評價道：「桐鄉馮氏之注義山，考訂翔實，實
足知人論世，諸家無能及者」〔註215〕，盛讚其「知人論世」之註詩方
法。但是錢振鍠卻持有完全不同的觀點，他說：

> 桐鄉馮浩注義山詩，以其〈無題〉諸詩，皆謂其欲與令狐
> 氏修舊好。〈木蘭花〉一絕：「幾度木蘭舟上望，不知原是
> 此花身。」謂其比己之素在令狐門館。妄扯見証，諸如此
> 類，不一而足。最可笑者，義山〈藥轉〉一首，朱竹垞以為
> 如廁詩，馮浩更以為婦人私產詩。夫古人詩不可解，聽之
> 可也，豈可作如是解哉！乃注解未確，先譏義山之穢瀆筆

〔註211〕《謫星說詩》，收入《民國詩話叢編》冊二，頁593。
〔註212〕梅成棟《精選七律耐吟集》，轉引自陳伯海主編：《唐詩彙評》（上海：
　　　　上海古籍出版社，2015年），頁3695。
〔註213〕根據其與康有為等人都唱和之詩，可推測海納川也是清末民初之人。
　　　　參考自《民國詩話叢編》冊六，頁676。
〔註214〕清末明初・海納川：《冷禪室詩話》，收入《民國詩話叢編》冊二，頁
　　　　695。
〔註215〕清末民初・陳衍：《石遺室詩話》，收入《民國詩話叢編》冊一，頁46。

墨，亦所謂愚而自用。宋人稱義山詩為文中一厄，如此注
釋，又義山一厄也。雖然，亦由義山生平好作晦澀不可解
語，自貽伊戚耳。〔註216〕

　　朱鶴齡（1606～1683）箋註李商隱詩歌，將其詩歌與風人之旨相
聯，認為其詩別有寄託〔註217〕，後人以此為啟發，開始牽合李商隱
之生平經歷，而附會於其詩歌，以為得其真意。吳喬（1611～1695）
《西崑發微》就根據《舊唐書》之記載，將〈無題〉詩與令狐氏聯繫
起來〔註218〕。而被錢振鍠所批判的馮浩，更是如此：他把包括〈無
題〉在內許多作品都理解為李商隱欲與令狐氏重修舊好而作〔註
219〕。顏崑陽在《李商隱詩箋釋方法論》總結道：清代以前，詩論家
多視其詩為艷語。而將李商隱詩與比興托諷聯繫起來的箋釋方法，起
源於錢謙益。後朱鶴齡首揭「知人論世」之法，程夢星（1678～1747）
強調「以意逆志」，而馮浩則將「以意逆志」及「知人論世」二法交
互運用，將這一套箋釋方法發揮極致。〔註220〕此處，錢振鍠斥責此
種箋釋方法乃是「妄扯見証」，認為這樣註詩，可謂「義山一厄」也。
錢振鍠此論在清末民初是頗為少見的，從《民國詩話叢編》收錄的三

〔註216〕《謫星說詩》，收入《民國詩話叢編》冊二，頁596。
〔註217〕朱鶴齡有言：「義山之詩，乃風人之緒音，屈宋之遺響，蓋得子美之
　　　　深而變出之者也。」
〔註218〕如吳喬有言：「〈無題〉詩於六義為比，自有次第。〈阿侯〉，望綯之速化
　　　　也；〈紫府仙人〉，羨之也；〈老女〉，自傷也；〈心有靈犀〉，謂綯必相引
　　　　也；〈聞道閶門〉，幸綯之不念舊隙也；〈白道縈迴〉，訝綯舍我而攜人
　　　　也。然猶未怨。〈相見時難〉、〈來是空言〉，怨矣，而未絕望；〈鳳尾香
　　　　羅〉、〈重幃深下〉，絕望矣，而猶未怒。至〈九日〉而怒焉。〈無題〉自
　　　　此絕矣。」指出《西崑發微》所選取之〈無題〉詩，皆與令狐綯有關。
〔註219〕如馮浩認為〈一片〉乃是李商隱希望令狐「身居內職，日待龍光，而
　　　　肯垂念故知，急為援手，皆屢啟陳情之時。」評〈碧瓦〉：「此在令狐
　　　　子直家賦也。『鈿輈開道歸』則言令狐辟人開道而歸。」見唐·李商
　　　　隱著、清馮浩箋注：《玉谿生詩集箋注》（上海：上海古籍出版社，1979
　　　　年），頁411、380。
〔註220〕顏崑陽：《李商隱詩箋釋方法論——中國古典詮釋學例說》（臺北：里
　　　　仁書局，2011年），頁7～9。

十七種詩話來看，或有讚同馮浩之法，如前文所言陳衍，或有部分讚
同的，如劉衍文《雕蟲詩話》〔註221〕，暫未見如錢振鍠一般全然否
定者。

　　錢振鍠進一步指出，義山情語並非皆有寄託。他說：

　　　因闃闀語而蔑視義山，固非知詩者；必謂義山情語皆有寄託，
　　　尤非知詩者。〔註222〕

　　明代以來，因義山詩中之「閨闀語」而蔑視他的人，逐漸減少。
自錢謙益指出其詩有比興諷喻之旨，詩論家多認為其詩中必有所寄託。
與錢振鍠幾乎同時代的詩論家，也支持此種觀點，如南村（？～？）
《攄懷齋詩話》〔註223〕、吳宓《空軒詩話》〔註224〕、沈其光《瓶粟齊
詩話》〔註225〕之中都有類似言論。然而，錢振鍠卻表明，這些都不是

〔註221〕劉衍文《雕蟲詩話》有言：「李義山集卷二有〈深宮〉詩云：……解
　　　　者夥矣，而穿鑿為多。馮箋引徐武源語，近似矣，而又未為得也。徐
　　　　以『次聯一喻廢棄，一喻承恩。五根三句意，六根四句意』。但如何
　　　　可與結語之『豈知』與『只有』呼應接榫哉？鄙意倘能以笠翁之〈楚
　　　　宮詞〉對讀而詮釋之，則全詩精神貫注處，即顯豁昭著矣……以是而
　　　　知，皆以宮怨為題，以寓志士之難遇也。雖類美人香草之思，已非蛾
　　　　眉鳩媒之妒。義山詩首聯，寫宮人深夜寂寥不寐之思，亦是才士落寞
　　　　徘徊之痛。三句喻失寵者之狠遭摧殘，四句喻受恩者之微沾霜露。五
　　　　句自是對三句而言，六句亦確為四句而發。一言在外之悲淚漣漣，一
　　　　言在內之惕息惴惴。當知棄擲即落泥塗，而得御亦未必寵幸。緣君王
　　　　一心一意所嚮往者，竟在虛無縹緲之夢境中人也。」認為此詩確實以
　　　　「宮怨」寄託「才士之痛」，類「香草美人」之思。但指出馮浩引徐
　　　　逢源之語注解此詩，並不恰當。見劉衍文：《雕蟲詩話》，收入《民國
　　　　詩話叢編》冊六，頁469。
〔註222〕《謫星說詩》，收入《民國詩話叢編》冊二，頁596。
〔註223〕南村有言：「義山〈無題〉，韓偓〈香奩〉，其用意深婉，蓋別有所託，
　　　　非詠閨事也。」見清末民初・南村：《攄懷齋詩話》，收入《民國詩話
　　　　叢編》冊五，《民權素詩話》，頁230。
〔註224〕其言「細繹爾時國事，知義山〈無題〉、冬郎〈香奩〉之作，必皆有
　　　　所指矣。」見清末民初・吳宓：《空軒詩話》，收入《民國詩話叢編》
　　　　冊六，頁55。
〔註225〕他有言：「義山〈無題〉等作，必有所寄託而為，以不敢顯指，故隱
　　　　約其辭，大要不離屈宋『美人香草』之旨。其詠史詩亦然。讀義山詩，

真正瞭解李商隱詩歌之人。在他看來,「情語」或許就僅僅是情語,並非一定非要有所指歸。如李商隱的〈錦瑟〉,詩論家或言此詩乃是李商隱哀悼其妻子,或認為此詩在言黨爭,也有言此詩乃是描寫李商隱與某女子的愛情。但是如果單從詩句來看,「錦瑟無端五十弦」,我國古代的琴有五弦、七弦、十三弦,可這種瑟竟有五十根弦,比其他樂器都繁複,彈出來的聲音就更加悲哀。無緣無故它為什麼有五十弦呢?此句傳達出來的是那最繁複、最悲哀、使人不能忍受的感情。每一根弦,每經觸碰傳來的每一個聲音,都帶來對過去年華的追思。「莊生曉夢迷蝴蝶,望帝春心托杜鵑」,人生一切美好的東西,都是那麼短暫,卻又是那麼無可奈何。〔註226〕拋開那些寄託比興之說,只從詩句體會,其字句中的悵惘哀傷、纏綿悱惻就能深深地打動讀者。僅把李商隱之情語當做情語,或許更易感受到其詩歌中的惆悵悲哀,更能貼近其中潛藏的那感發讀者的力量。

二、宋代詩家

(一)蘇軾(1037～1101)

蘇軾是錢振鍠在北宋時期最為讚賞的詩人。其子錢仲易等在〈民族詩人——我的父親錢名山〉一文中,論及其詩觀,就明確有言其「北宋僅取東坡」〔註227〕。在其詩話中,不僅有對東坡的溢美之詞,也指出其詩歌不少缺陷之處。

首先,錢振鍠將蘇軾之詩與黃庭堅之詩相比。他有言:

> 林艾軒謂蘇詩如丈夫見客,大踏步便出;黃山谷如女子見
> 客,便有許多粧裹。我道蘇、黃二人皆屬無鹽、嫫母。但

正當以意逆志可也。」見清末民初‧沈其光:《瓶粟齋詩話》,收入《民國詩話叢編》冊五,頁603。
〔註226〕此處對李商隱〈無題〉詩的鑒賞,參考自葉嘉瑩:《葉嘉瑩說中晚唐詩》(北京:中華書局,2008年),頁148～160。
〔註227〕錢璱之編:《錢名山研究資料集》,頁22。

　　黃則自掩其醜，而益見其醜；蘇則不自掩其醜，而仍不得

　　云不醜耳。〔註228〕

　　這則引文中，錢振鍠將蘇軾與黃庭堅對比，指出二人不同：一為詩歌風格不同，蘇軾之詩似爽朗男子，而黃庭堅則為精裝打扮之女子。其二指出兩人詩歌之漏，蘇自知其醜，而不掩飾，而黃則用妝裡掩飾其醜，則愈顯其醜。

　　蘇軾作詩力求直抒胸臆，無所顧忌，「言發於心而衝於口，吐之則逆人，茹之則逆予，以謂逆人也，故卒吐之。」〔註229〕遇到不平或醜惡之事，便如鯁在喉，不吐不快。蘇軾為人豪放不拘，其詩隨性而出，不假修飾。所以錢振鍠將其詩歌比作男子，不喜掩飾。然而黃庭堅作詩講求「脫胎換骨」、「點鐵成金」，要師古人之辭、之意；又注重道德修養，愛以儒家的倫理觀念來充實詩文之內涵，崇尚含蓄蘊藉之詩〔註230〕。和蘇軾直抒胸臆不同，黃庭堅認為一位真正的詩人，即使窮困潦倒、懷才不遇，也不應該牢騷太甚，抨擊時政，不能「犯世故之鋒」。〔註231〕所以錢振鍠認為其詩似女子一般，見客前要有諸多裝飾，力求端莊典雅之姿。這種對溫柔敦厚之詩歌思想的強調，和作詩有所謂「固」「必」之章法、字句的嚴謹要求，被錢振鍠視為山谷惡相。〔註232〕

　　相比黃庭堅，錢振鍠更為欣賞蘇軾之詩歌，亦是有其根由的。他說：

〔註228〕《謫星說詩》，收入《民國詩話叢編》冊二，頁583。

〔註229〕參考自周裕鍇：〈蘇軾黃庭堅詩歌理論之比較〉，《文學評論》1983年8月，頁90。

〔註230〕參考自周裕鍇：〈蘇軾黃庭堅詩歌理論之比較〉，《文學評論》，1983年8月，頁95。

〔註231〕參考自黃君主編：《黃庭堅研究論文選》（南昌：江西教育出版社，2005年），頁56～58。

〔註232〕錢振鍠有言：「作詩必須『毋固』、『毋必』，而斷不可『毋意』、『毋我』。下能『毋固』、『毋必』，便是黃山谷之惡相」。有關此句之分析，可見本文創作論第二節第一點〈寫詩立意為先〉。

> 凡敘事、說理、寫情狀，不過如其事理情狀而止。如鏡照
> 形，如其形而現。如調樂器，如其聲而發。更不必多添一
> 毫做造。能如是，便沛然充滿，無所不至。凡天下古今之
> 事理情狀，皆吾之文章詩詞也。不必求奇巧精工，待其奇
> 巧精工之自來。古惟蘇家父子能見到此境，後則陸放翁。
> 「文章本天成，妙手偶得之。粹然無瑕疵，豈復須人為。」
> 可謂見之真矣。〔註233〕

　　從此則引文可以看出，錢振鍠認為詩歌應該有為而作，欣賞的乃
是順合自然之詩歌，講求文章天成，反對過度斧鑿。如此，顯然蘇軾更
符合錢振鍠之詩歌理念。

　　其次，錢振鍠雖欣賞蘇軾之詩，但對於其詩之缺陷，也多有批判。
他言：

> 東坡詩氣機鬆靈，運筆擺脫，直是不凡。然恃其才大，不自
> 愛好，使事太蕪，用韻太湊，觸手渣滓，實敗觀者之興。山
> 谷謂世有文章名一世，而詩不逮古人者，蘇之謂也。……坡
> 尺牘自誇書畫之妙，而云詩則不佳。又謂不如子由遠甚。然
> 則坡詩不工，坡自知之矣。〔註234〕

　　錢振鍠指出東坡詩歌「氣機松靈，運筆擺脫」，肯定其詩風豪邁不
凡。但是，錢振鍠亦點出其詩歌中，有令人讀之敗興之處：用韻和用
事。有關蘇軾詩歌的用韻，其弟子李之儀就已經有「幾多強韻押無遺」
之論。莫礪鋒在〈蘇軾詩歌的用韻〉一文中，認為「強韻」是指蘇軾詩
歌好押險韻、所押之韻腳中常有難押韻之字。〔註235〕而其使事則繁密
冗雜，有矜才炫學的現象。施補華亦曾言「（東坡）其運用典故亦有隨
便拉雜，不甚貼切者，學者宜知其病。」〔註236〕指出其「堆砌典故，

〔註233〕《名山詩話》，收入《民國詩話叢編》冊二，頁611。
〔註234〕《謫星說詩》，收入《民國詩話叢編》冊二，頁581。
〔註235〕莫礪鋒：〈蘇軾詩歌的用韻〉，《江淮論壇》，2019年1月，頁5。
〔註236〕施補華：《峴傭說詩》，收入清·王夫之等撰、丁福保輯錄：《清詩話》，
　　　　 頁990。

湊韻湊篇者最下」〔註237〕。錢振鍠曾言「東坡是貪多之李太白」，應該也是指其詩風豪邁似李白，但用韻、用事太過之意。

　　除此之外，對於蘇軾詩歌中常出現的和韻詩，錢振鍠也表示批判。和韻多用於唱和詩之中，清代吳喬曾解釋道：「意如答問而不同韻，謂之和詩；同其韻而不同其字者，謂之和韻。」〔註238〕清代賀裳則說：「次韻（和韻一種）始於元、白作俑，極於蘇、黃助瀾，遂成藝林業海。」〔註239〕論述其發展過程，並指出蘇軾和韻詩的重要性。蘇軾詩歌中用和韻者，多達三分之一，有七百多首〔註240〕。施補華批判其「五古好和韻疊韻。欲以此見長，正以此見拙。」〔註241〕王若虛（1174～1243）《滹南詩話》也有譏諷東坡和韻之論，對此錢振鍠表示認同〔註242〕，並指出

〔註237〕施補華：《峴傭說詩》，收入清·王夫之等撰、丁福保輯錄：《清詩話》，頁994。

〔註238〕清·吳喬：〈答萬季野詩問〉，見程千帆（主編）《詩問四種》（濟南：齊魯書社，1985年），頁181。

〔註239〕清·賀裳：《載酒園詩話》，收入郭紹虞《清詩話續編》（上海古籍出版社，1983年），頁282。

〔註240〕內山精也：〈蘇軾次韻詞考——以詩詞所呈現的次韻之異同為中心〉：「蘇軾可以編年的古今體詩有2385首，其中，可以確認使用次韻的作品785首，約占三分之一，無論在數量上還是在頻率上，都壓倒同時代的其他詩人。」《中國韻文學刊》第4期（2004年），頁39。錢振鍠有言：「按山谷穿鑿如此，而為江西祖師，自誤誤人不淺矣。此詩學之所由衰也。遺山云：『蘇門若有忠臣在，不放坡詩百態新』。予則云：『若使蘇門行檟楚，不教山谷亂談詩』」見《名山詩話》，頁648。

〔註241〕施補華：《峴傭說詩》，收入清·王夫之等撰、丁福保輯錄：《清詩話》，頁983。

〔註242〕錢振鍠有言：「金王若虛《滹南詩話》在古人詩話中，最通快。如深服樂天，不喜山谷，譏東坡和韻，以「池塘生春草」為非佳句，甚合余意。其短處惟膽怯，不敢少議少陵耳。」見《謫星說詩》，收入《民國詩話叢編》冊二，頁610。而王若虛譏蘇軾和韻之言，原文為：「次韻實作者之大病也。詩道自宋人已自衰弊，而又專以此相尚。才識如東坡，亦不免波蕩而從之，集中次韻者幾三之一，雖窮極技巧，傾動一時，而害於天全者多矣。使蘇公而無此，其去古人何遠哉！」見吳文治主編：《遼金元詩話全編》（南京：鳳凰出版社，2006年），頁199。

「以東坡之達而不能藏其和韻之醜」〔註243〕。他又引朱熹之言，說「東坡乃篇篇句句依韻而和之，失其自然之趣矣。」〔註244〕可謂對蘇軾的和韻詩頗為不喜。〔註245〕

（二）陸游（1125～1210）

錢振鍠論詩，於北宋僅取蘇軾，於南宋則極為推崇陸游。「東坡是貪多之李太白，放翁是愛好之杜少陵。」〔註246〕若欣賞蘇軾是因其詩歌放達自然，那麼對陸游的偏嗜則更多的是感其人品氣節，慕其詩才文章。他有言：

> 朱柏廬贊陸放翁詩有云：「讀《劍南詩選》畢，忠君愛國憂世恤民之念，每飯不忘，雖老愈篤。放翁真人豪，亦文豪也。讀之殆不忍釋卷。」……其詩云：『我生學語即耽書，萬卷縱橫眼欲枯。莫道終身作魚蠹，邇來書外有工夫。』看是何等力量，宜乎不獨詩才擅絕。」又云：「一切塵塗趣味，分毫不入其靈府，是放翁人品文章之本。」……案：朱子極傾倒放翁詩。能知放翁者，朱子以後，柏廬一人而已。〔註247〕

此處，錢振鍠借明末清初理學家朱用純（1627～1698）之言，盛讚陸游忠君愛國的偉大情懷，感歎其書讀萬卷的才氣。陸游亦是他眼中，繼蘇軾之後，能領略「文章本天成」之真意的詩人〔註248〕。此

〔註243〕《謫星說詩》，收入《民國詩話叢編》冊二，頁611。
〔註244〕《名山詩話》，收入《民國詩話叢編》冊二，頁620。
〔註245〕莫礪鋒〈蘇軾詩歌的用韻〉一文不僅詳細論述了蘇軾和韻詩的風格特點，還指出衡量一種創作傾向的是非功過，最重要的因素便是作品的質量，而不是創作過程的難易程度。只要我們承認蘇軾的次韻（和韻）詩中存在許多名篇的基本事實，就不能否認他在次韻詩創作中投入的巨大努力並非虛耗心血。持論與錢振鍠不同，可參考。詳見莫礪鋒〈蘇軾詩歌的用韻〉，頁11。
〔註246〕《名山詩話》，收入《民國詩話叢編》冊二，頁664。
〔註247〕《名山詩話》，收入《民國詩話叢編》冊二，頁648。
〔註248〕錢振鍠言「不必求奇巧精工，待其奇巧精工之自來。古惟蘇家父子能見到此境，後則陸放翁。」見《謫星說詩》，頁611。

外，該則引文中還提及朱熹對陸游之評價。朱熹有言：「一讀放翁詩就精神爽。在近代，唯此人有詩人的風致。」〔註249〕「放翁老筆愈健，在今當推為第一流。」〔註250〕朱熹對陸游之推崇，錢振鍠亦十分認同〔註251〕。

此外，在錢氏詩話中，對陸游七古、五古、律絕都有所論述。他說：

> 放翁七古，英姿颯爽，抖擻而來，其句法老健，皆經削鍊。格在東川、嘉州之間，於杜韓亦有似處，而脩潔勝之。中唐以後無與比者。其詩云：「放翁老死何足言，廣陵散絕還堪惜。」誠自知之明也。……世人以瑣碎狀物之詩目為「放翁體」，乃專指其律絕言之耳，非放翁之全也。〔註252〕

陸游詩歌多達近萬首，五古、七古、五律、七律等諸詩體皆備。此則引文指出世人忽視放翁七言古詩之妙處，而多關注其律詩。如清人陳訏（1639～1732）《宋十五家詩選》曰：「放翁一生精力，盡於七律」；沈德潛《說詩晬語》言：「放翁七言律，對仗之工整，使事熨帖，當時無與倫比」等，皆極力稱許其七言律詩。而錢振鍠認為其七古句法老健，與杜甫、韓愈有相似之處，且更為齊整簡潔。

錢鍾書先生在《宋詩選注》中提及陸游的作品主要是分為兩種，「一方面是悲憤激昂，要為國家報仇雪恥，恢復喪失的疆土，解放淪陷的人民；另一方面是閒適細膩，咀嚼出日常生活的深永的滋味，熨帖出當前景物的曲折的情狀。」〔註253〕若將兩位錢氏所論結合在一起來看，

〔註249〕轉引自佐藤仁著、冉毅譯：〈朱熹和陸游〉，《中國文學研究》，1999 年第 2 期，頁 83。

〔註250〕朱熹《朱子文集》卷六四〈答鞏仲至〉，轉引自徐剛：〈朱熹與陸游的比較研究〉，《朱子學刊》，1994 年第 1 輯，頁 39。

〔註251〕錢振鍠言「朱子論鞏仲至詩曰……於放翁極許其老健，以為近代惟見此人。凡其品題之聯，直無錯誤。」見《名山詩話》，收入《民國詩話叢編》冊二，頁 620。

〔註252〕《謫星說詩》，收入《民國詩話叢編》冊二，頁 612。

〔註253〕轉引自蔣凡，白振奎編選：《陸游集》（南京：鳳凰出版社，2014 年），頁 62。

可知錢振鍠所言「瑣碎狀物之詩」應指向後者。

　　蔣寅在〈陸游詩歌在明末清初的流行〉一文中指出，錢謙益注《初學》《有學》二集，推動了當時之人對宋詩的關注。而其當時所讀，多集中於陸游那些描繪日常情狀之詩歌。〔註254〕然而賀裳卻分析道：「余讀前輩遺言，尤薄宋人，然宋人之詩實亦數變，非可一概視之。至如近人之稱許宋詩，不過喜其尖新僞淺，乃南宋中陸務觀一家，亦未能深窺宋人本末也。」〔註255〕指出當時之人對宋詩特別是陸游的推崇，僅是因為其詩歌尖新僞淺，易懂易學而已，並沒有真正瞭解宋詩。

　　至錢振鍠所處之時代，陸詩選本迭出。朝廷所編《御選唐宋詩醇》多選陸游詩歌中憂深思遠、含蓄寄興之作，而民間以朱陵（？～？）《劍南詩選》為代表的文人選本則「略其感激豪宕，沈鬱深婉之作」，「取其留連光景，可以剽竊移掇」〔註256〕的作品。在清代末期，人們似乎更加傾向於欣賞那些留連光景之作〔註257〕。錢振鍠所言「世人以瑣碎狀物之詩目為『放翁體』，乃專指其律絕言之耳，非放翁之全也。」可能就是針對這種現象。錢振鍠指出：

> 放翁飆舉電發，運筆急疾，然宜於七古而不宜於五古。以五古
> 之氣宜緩宜寬，不比七古句長體博，無所往而不宜也。〔註258〕

　　相比陸游留連光景、多寫瑣碎之物的律詩絕句，錢振鍠更為欣賞的，乃是陸游句法老健、飆爽自然的七言古體詩歌。七古長短句不拘，平仄、音律相對自由，相較於五古來說，更加適合豪壯激昂情感之抒發。

〔註254〕蔣寅：〈陸游詩歌在明末清初的流行〉，《中國韻文學刊》，2006 年第 20 卷第 1 期，頁 17。

〔註255〕清・賀裳：《載酒園詩話》，收入郭紹虞《清詩話續編》，頁 399。

〔註256〕清・紀昀等修纂：《四庫全書總目提要・劍南詩稿提要》卷一百六十，頁 3366。

〔註257〕有關明末至清末時期，陸詩選本和相關詩論，可參閱張毅：《陸游詩傳播、閱讀專題研究》，復旦大學博士論文，2008 年，頁 27～31。

〔註258〕《謫星說詩》，收入《民國詩話叢編》冊二，頁 612。

（三）嚴羽（1192？～1245？）

在錢振鍠的詩話中，其對嚴羽的批判可謂十分猛烈。不同於評判他人言論之零散，其詩話中對嚴羽有連續十幾則的批判，對《滄浪詩話》之〈詩辨〉、〈詩法〉、〈詩評〉都有涉及。茲分點論述如下：

第一，錢振鍠反對嚴羽榮古虐今之詩學思想。他言：

> 滄浪借禪家之說以立《詩辨》，於禪則分第一義、第二義、正法眼藏、小乘禪、聞辟支果、野狐外道；於詩則分漢、魏、晉、宋、齊、梁、盛唐、晚唐，其說巧矣。雖然佛門廣大，何所不容，禽獸魚鱉，皆有佛性，但能成佛，何必究其所自來。須知極樂世界，原無界限，何容平地起土，堆空門作重檻哉？歷代以來，詩雖千變，但求其合於人情，快於己意，便是好詩。格調體製，何足深論。滄浪分界時代，彼則第一義，此則第二義。索性能指出各家優劣，亦復何辨。無奈只據一種榮古虐今之見，猶自以為新奇，此真不可教誨也。又云：「入門不正，則愈騖愈遠。」夫詩豈有一定門戶？《風》《雅》《頌》、漢魏、初、盛，門戶亦各不同，何必強分其正不正。……種種埋沒性靈之語，實無是處也。〔註259〕

此則引文分析的是嚴羽以禪喻詩之事。《滄浪詩話》中，嚴羽指出「禪家者流，乘有大小，宗有南北，道有正邪」，詩歌亦有時代優劣、流派門戶之分，而以漢魏盛唐為尚。〔註260〕對於這一點，錢謙益批判道：「謂學漢、魏、盛唐為臨濟宗，大曆以下為曹洞宗；不知臨濟、曹洞初無勝劣也。」〔註261〕指出佛宗不論優劣。錢振鍠亦借禪學反對嚴羽此言，他指出佛門廣大，包容甚廣，天地萬物皆有佛性，反而不會有高下、正變。嚴羽以佛語來評價詩歌，陳衍認為其乃「以淺人作深語，

〔註259〕《謫星說詩》，收入《民國詩話叢編》冊二，頁578。

〔註260〕宋・嚴羽著、朱剛批註：《滄浪詩話》（南京：鳳凰出版社，2009年），頁133。

〔註261〕錢謙益：〈唐詩英華序〉，見錢曾、錢仲聯：《牧齋有學集》（上海：上海古籍出版社，1990年），頁707。

艱深文固陋」，錢振鍠亦認為其言離開了詩歌本身，說得過於迷離恍惚。
〔註262〕錢振鍠認為，詩歌雖然變化多端，但只要合於人性己意即可，
不必以時代劃分，亦不用刻意以古為宗。錢謙益由宗唐至宗唐宋元之
轉變是受到唐宋派及公安派之影響〔註263〕，錢振鍠曾以為公安諸人所
言矯枉過正，然「今見此老論詩，乃知其非過也。」〔註264〕

第二，錢振鍠反對嚴羽之〈詩法〉。他說：

> （嚴羽）又云：「詩之是非不必爭，試以己詩置古人詩中，識
> 者不能辨，其真古人矣。」夫我詩有我在，何必與古人爭似。
> 如其言，何不直抄古詩之為愈乎？又自稱論詩如析骨還父，
> 析肉還母。夫人有父母，詩無父母也。詩之父母在性靈，性
> 靈仍在我。此等穢鄙之言，余直欲掩耳而走。〔註265〕

嚴羽此處所言與其復古思想是互為表裡的，他認為作詩若能達到
己詩和古人不分彼此，方為到家。然錢振鍠認為此法和直接抄寫古詩
並無不同。嚴羽論詩要如哪吒一般「析骨還父，析肉還母」，溯其源流，
辨其正變。而錢振鍠認為，詩歌抒寫的乃是自我之性靈，無論是作詩還
是品論他人詩歌之時，將詩與前人附會牽合，都實屬不智。

> （嚴羽）又云：「詩法有五」、「詩品有九」、「大概有二」，都
> 是呆漢語，詩之千奇百變，安可以呆體例例之。又云：「用功
> 有三：曰起結、曰句法、曰字眼。」此三者是其致力處。然
> 詩有渾然天成不假人為者，何必支支節節以為之。又云「詩
> 之極致曰入神」，「入神」二字誠為非易，然以彼支支節節為
> 之，入魔則有之矣，入神則未也。〔註266〕

此處，錢振鍠反駁的是嚴羽所論具體作詩之法。他反對過於雕琢

〔註262〕轉引自錢璱之編：《錢名山研究資料集》，頁116。
〔註263〕有關錢謙益詩觀的轉變，可參閱胡師幼峰的《清初虞山派詩論》第三
章第一節〈詩觀的形成〉（臺北：國立編譯館，1984年），頁26～56。
〔註264〕《謫星說詩》，收入《民國詩話叢編》冊二，頁578。
〔註265〕《謫星說詩》，收入《民國詩話叢編》冊二，頁579。
〔註266〕《謫星說詩》，收入《民國詩話叢編》冊二，頁579。

字句、注重句法。〔註267〕錢振鍠還分析了嚴羽的「入神」之語。嚴羽言：「詩之極致有一，一曰入神。詩而入神，至矣，盡矣，蔑以加矣！惟李杜得之，他人得之寡也。」〔註268〕《詩說雜記》言「百事皆以入神為極致」，錢鍾書《談藝錄》解「入神」為「各品之恰到好處」〔註269〕。錢振鍠以為，嚴羽提出九品、五法、三功等，就已經將詩歌割裂開來，以此法作詩，不能入神，只能入魔罷了。郭紹虞在《滄浪詩話校釋》中亦讚同錢振鍠此論，認為「殊中其病痛」〔註270〕。

第三，乃是反對嚴羽的唐宋詩觀。錢振鍠有言：

> 滄浪云：「近代以文字為詩，以才學為詩，以議論為詩。夫豈不工，終非古人之詩也。」余謂唐之韓、白，何嘗不以文字、才學、議論為詩。然則宋詩所以出唐人下者，在於詩之不工，不在文字、才學、議論矣。又云：「不必見其詩，望其題引而知為唐人、今人。」唐人題引有何難肖，何必滄浪始能之。且六朝人瑣碎不整題甚多，唐元白皮陸題引瑣碎，尤不一而足，得謂之非唐人乎？〔註271〕

錢振鍠在詩話中，並未就嚴羽所論之唐宋詩人，進行分別論述，只就其所言宋代以文字、才學、議論為詩之弊病，予以反駁。在錢氏看來，宋詩不如唐詩之處，與其以文字、才學等為詩的特點毫無關係。唐代韓愈、白居易詩中亦有注重文字才學，以詩為論的現象。錢振鍠此處僅言宋詩不如唐詩之處，在於不工，但不工在何處，並未予以分析。此論想反對的，重點還是嚴羽對於唐詩的過度推崇和對宋詩的偏頗之言。

總而言之，錢振鍠對於嚴羽《滄浪詩話》的評價，還是主要集中在對其論詩崇古，特別是崇唐思想的批判。當然，其詩話中還有一些評價頗有詭辯之感。如：

〔註267〕有關錢振鍠字句章法的觀點，在創作論中已經談及，此處不再贅述。
〔註268〕宋·嚴羽著、朱剛批註：《滄浪詩話》，頁133。
〔註269〕轉引自張健：《滄浪詩話研究》（臺北：台大文學院，1966年），頁35。
〔註270〕轉引自錢璱之編：《錢名山研究資料集》，頁116。
〔註271〕《謫星說詩》，收入《民國詩話叢編》冊二，頁579。

（嚴羽）又云：「讀〈騷〉之久，方識真味。須歌之抑揚，涕
洟滿襟，然後識〈騷〉。」此語真可供人嘔吐。試思對書哭泣，
是何景象？無所感觸而強作解人，豈非裝哭！〔註272〕

滄浪謂東野詩讀之使人不歡。余謂不歡何病？滄浪不云讀
〈騷〉須涕洟滿襟乎？曷為於〈騷〉則尊之，於孟則抑之
也？〔註273〕

（嚴羽）又云：「唐人好詩，多是征戍、遷謫、行旅、離別之
作。」若然，則後世無征役，便無好詩耶？〔註274〕

錢振鍠因嚴羽讀〈騷〉而泣，讀孟浩然之詩而覺不歡，就做如此
評論，實有些欠圓妥。嚴羽言唐人好詩多是征戍、遷謫、行旅、離別之
作，錢振鍠卻顛倒因果，認為其言只有征戍、遷謫、行旅、離別之作才
是好詩。種種言論，略有偏頗。郭紹虞也指出此類言論過於苛刻。〔註
275〕更有甚者，錢氏指摘嚴羽道：「滄浪論詩，純是傍人籬壁，拾人涕
唾，而猶自誇如此耶？吳景仙言亦自有理，駁之尤悖。」〔註276〕嚴羽
之叔吳景仙（？～？）疑其詩論，嚴羽與之辯駁。而錢振鍠直言嚴羽
《滄浪詩話》乃是拾人餘唾，對嚴羽的自辯之言也表示不滿。這樣全然
否定，又無實據，有草草定論之嫌。

第三節　明清及同代

一、明代詩派

（一）復古派

楊慎在《升庵詩話》中曾詳論復古派崛起之原因：「弘治間，文明
中天，古學煥日：藝苑則李懷麓、張滄洲為赤幟，而和之者多失於流

〔註272〕《謫星說詩》，收入《民國詩話叢編》冊二，頁580。
〔註273〕《謫星說詩》，收入《民國詩話叢編》冊二，頁607。
〔註274〕《謫星說詩》，收入《民國詩話叢編》冊二，頁580。
〔註275〕錢璱之編：《錢名山研究資料集》，頁119。
〔註276〕《謫星說詩》，收入《民國詩話叢編》冊二，頁580。

易；山林則陳白沙、莊定山稱白眉，而識者皆以為傍門。至李何二子一出，變而學杜，壯乎偉矣。」〔註277〕可知，明代中葉，以前後七子為代表的復古派，為當時文壇演繹理學、粗鄙流率的陳莊體和「雕浮靡麗」的茶陵派所激〔註278〕，欲以古學來復興文壇。他們認為，陳莊體的失誤在於以宋代邵雍（1012～1077）等為取法對象，而茶陵派的失誤則在於「出入宋、元」〔註279〕，所以他們將復興古學的學習對象嚴格地界定在漢魏、盛唐。「今之論者，文必曰先秦、兩漢，詩必曰漢魏、盛唐，斯固然矣」〔註280〕，一時間，宗漢崇唐的風潮在文壇流行不息。

　　從第三章創作論之理論原則可知，錢振鍠是堅定反對復古詩論之人。他對於前後七子復古思想的批判是十分嚴厲的。如：

　　　　李空同主摹倣，何大復主創造。論其孰是？自然以何為是。

　　　　惜乎何亦未必能造創也。〔註281〕

　　李夢陽、何景明（1483～1521）可以說是復古派的代表人物，而錢振鍠對他們極盡嘲諷之能事。《明史·何景明傳》有言「夢陽主摹仿，景明主創造」，雖然同屬復古派，但是何景明思想與李夢陽是不同的。對於「刻意古範」〔註282〕、「尺寸古法」〔註283〕的李夢陽，何景明表示不滿，想要自創新言，「領會神情，臨景結構」〔註284〕、「達岸而捨

〔註277〕明·楊慎撰、王大厚箋證：《升庵詩話新箋證》（北京：中華書局，2008
　　　　年），頁179。

〔註278〕有關前七子崇唐宗漢之誘因，可參閱陳書錄：《明代詩文的演變》（揚
　　　　中：江蘇教育出版社，1996年）第二章第三節，頁189～195。

〔註279〕陳書錄：《明代詩文的演變》，頁197。

〔註280〕陳書錄：《明代詩文的演變》，頁193。

〔註281〕《謫星說詩》，收入《民國詩話叢編》冊二，頁594。

〔註282〕何景明〈與李空同論詩書〉：「追昔為詩，空同子可以古範，鑄形宿模，
　　　　而獨守尺寸」見孫克強主編：《中國歷代分體文論選》（北京：北京交
　　　　通大學出版社，2006年），頁144。

〔註283〕李夢陽〈駁何氏論文書〉：「若以我之情，述今之事，尺寸古法，周襲
　　　　其辭，……此奚不可也？」見孫克強主編：《中國歷代分體文論選》
　　　　（北京：北京交通大學出版社，2006年），頁519。

〔註284〕何景明〈與李空同論詩書〉，見孫克強主編：《中國歷代分體文論選》
　　　　（北京：北京交通大學出版社，2006年），頁145。

筏」〔註285〕。但是錢振鍠卻指出，何景明並沒有達成創造之目標。因為何景明主張的是「擬議以成其變化」，沒有超出宗漢崇唐的框架，其根本走的還是復古道路。

除批判前後七子的復古思想以外，錢振鍠著重論述了李夢陽的詩歌特點。他指出李夢陽之詩「情寡而詞多」：

> 空同〈自序〉述王叔武語，略云：「孔子曰：『禮失而求之野』。今真詩乃在民間，而文人學子顧往往為韻言，謂之詩」云云。既又自云：「予之詩，非真也。王子所謂文人學子之韻言耳。出之情寡而工之詞多者也。」空同之自許遜矣，亦可以平攻擊者之心而息其喙矣。〔註286〕

引文所述，乃是李夢陽自評之語，而錢振鍠頗為認同，以其有自知之明。李夢陽一方面提出「情之自鳴」之說〔註287〕，另一方面卻又強調「祖格本法」。若復臻古雅，注重漢唐格調，那麼很有可能會和自我情感之觸發相違背。李夢陽自己詩歌都少有能很好地調和兩者的作品〔註288〕，這種矛盾的結果或可導致他自己所言「出之情寡而工之詞多者也」的情況。

雖然錢振鍠十分反對前後七子的復古思想，但是對於他們寫的較好的作品，也不吝嗇稱許。如言「李滄溟有句云：「山路入鳴蟬。」是化工之筆。」〔註289〕「弇州題〈孫太初〉詩：『生不必父與祖，死不必孫與子。』二語真奇絕。」〔註290〕等，不會因為詩歌理念不合

〔註285〕何景明〈與李空同論詩書〉，見孫克強主編：《中國歷代分體文論選》（北京：北京交通大學出版社，2006 年），頁 145。
〔註286〕《名山詩話》，收入《民國詩話叢編》冊二，頁 620。
〔註287〕李夢陽〈鳴春集序〉，《李空同集》卷五十，《明代論著叢刊》本（臺北：偉文圖書出版社，1976 年），頁 1453。
〔註288〕有關李夢陽「情之自鳴」和「祖格本法」理念之矛盾及創作的看法，可參閱閱陳書錄：《明代詩文的演變》（揚中：江蘇教育出版社，1996 年）第三章，頁 209～219。
〔註289〕《謫星說詩》，收入《民國詩話叢編》冊二，頁 589。
〔註290〕《謫星說詩》，收入《民國詩話叢編》冊二，頁 587。

而忽視他人之佳作。

（二）公安派

　　自李夢陽、何景明倡言復古，明代詩風為之一變，世人爭相摹古。然而「迨其末流，漸成偽禮，塗澤字句，鉤棘篇章，萬喙一音，陳因生厭。於是公安三袁，又乘其弊而排抵之。……致天下耳目於一新，又復靡然而從之。」〔註291〕以袁宏道（1568～1610）兄弟為代表的公安派詆復古為贗古，提出「獨抒性靈，不拘隔套」〔註292〕的詩學主張。所謂性靈，就是情真，這和錢振鍠的詩歌理念頗有相合之處。

　　　　袁石公尺牘論詩云：「僕求自得而已，他則何敢。」又云：「去
　　　　唐愈遠，愈自得意。」此語我欲言之久矣。〔註293〕

　　袁宏道對於崇唐的復古思潮之反對，對自我性靈之抒發，都是錢振鍠在其詩話中不斷強調的。所以對於袁宏道，他十分有好感。他有言：

　　　　袁中郎神骨迥出塵俗，運筆尤如斬釘截鐵，明之詩人未有及
　　　　也。俗子詆中郎淺俗，不論其全體之骨髓，而舉一二端之皮
　　　　毛，是未讀中郎詩者也。〔註294〕

　　《明史》譏諷公安「戲謔嘲笑，間雜俚語」〔註295〕，《四庫全書總目提要》亦有「學七子者不過贗古，學三袁者乃至矜其小慧，破律而壞度，名為救七子之弊而弊又甚焉。」〔註296〕但是，袁宏道自己就有強調「然詩文之工，決非以草率得者，望兄勿以信手為近道也。」〔註297〕推崇於性靈真情之時，亦不忘提醒自己勿草率為文。對此錢振鍠認為，這

〔註291〕清・張廷玉等撰；楊家駱主編：《明史・列傳第二百八十五》，頁 7307。
〔註292〕明・袁宏道：《袁中郎全集》（臺北：偉文圖書出版社，1976 年），頁 177。
〔註293〕《謫星說詩》，收入《民國詩話叢編》冊二，頁 586。
〔註294〕《謫星說詩》，收入《民國詩話叢編》冊二，頁 588。
〔註295〕清・張廷玉等撰；楊家駱主編：《明史・列傳第二百八十五》，頁 7307。
〔註296〕清・紀昀等修纂：《四庫全書總目提要・集部》，卷一百七十九，頁 3952。
〔註297〕明・袁宏道著、錢伯城箋校：《袁宏道集箋校》，（上海：上海古籍出
　　　　版社，1979 年），頁 1259。

些批判公安派淺俗之人，都沒有認真全面地誦讀袁宏道之詩。在錢振鍠看來，袁宏道詩歌迥然不同凡俗〔註298〕，明代沒有超過其詩之人，可謂評價極高。

（三）竟陵派

公安派末流將尋常口頭俚俗之語，引入詩中以為絕妙，終引起詩壇不滿。竟陵譚元春（1586～1637）與鍾惺（1574～1625）起而反對，主張幽深孤峭的詩歌風格。

錢振鍠詩話中對竟陵派所論不多，盡是提及其對李白詩歌的評論。摘錄如下：

1. 伯敬云：「讀太白詩，當於雄快中察其靜遠精出處，有斤兩、有脈理。」此語為粗蠢人下一礛砭，但必如伯敬之注詩，吾恐太白不願其如此操心也。又云：「今人把太白只當作粗人看。」此語亦確。每見近人以鄉村俚俗之詩為似太白，令人恨。伯敬先我言之，幸甚。〔註299〕

2. 〈黃鶴樓〉詩亦殊尋常……譚友夏亦云：「太白廢筆，虛心可敬。後人猶云作〈黃鶴樓〉詩，恥心蕩然。」語真乖謬！太白廢筆，亦偶然敗興時所為也。〈鳳凰台〉詩俗以為擬〈黃鶴樓〉，此語不知太白曾親口告人否，附會可笑。〔註300〕

引文1中，錢振鍠認同鍾惺（字伯敬）以李白之詩有肌理脈絡，勿把李白視為粗人之論〔註301〕。但是他反對竟陵派過於講求詩歌之幽情單緒的理念，認為這種做法是操心太過。引文2中提到譚元春認為李白不作〈黃鶴樓〉，乃是自以為不敵，故虛心離開。但在錢振鍠眼中，

〔註298〕錢振鍠在詩話中並未詳論袁宏道之詩歌特點。有關袁宏道詩歌藝術特色的分析，可參閱梁靜：《袁宏道詩歌語言結構研究》，復旦大學博士論文，2009年，劉芹：《袁宏道的詩論與詩歌創作》，北京語言大學碩士論文，2007年。

〔註299〕《謫星說詩》，收入《民國詩話叢編》冊二，頁592。

〔註300〕《謫星說詩》，收入《民國詩話叢編》冊二，頁593。

〔註301〕鍾惺對李白的看法，在本章第二節第一點已有所論述，此處不再贅言。

李白斷不是會因前有他人之作，而灰心離開之人。錢振鍠認為，李白就算離開也必定是因為作詩之興致敗壞而已。要之，錢振鍠對竟陵派關注較少，並未提及其詩派中人的詩歌特色，僅引用其詩論來闡釋李白的性格特點和詩歌風格。

二、清代詩家

　　錢振鍠在《謫星說詩》和《名山詩話》中共論及清代詩人不多，且許多詩人都是寥寥幾筆帶過，沒有較大的分析價值。故此處只取其論述較多的王士禛、袁枚二人進行詳細分析。

（一）王士禛（1834～1711）

　　王士禛，號阮亭，世稱王漁洋，乃是清初傑出的詩人和文學家。錢振鍠對於其論述可主要分為三點：詩論、詩歌、人品。茲分點論述如下：

　　第一，錢振鍠不滿王士禛之詩論。他言：

> 右丞〈息夫人〉詩：「看花滿眼淚，不共楚王言。」何足為異？
> 而一時作者皆閣筆，不可解。阮亭謂其不著判斷語，此盛唐
> 所以為高。此真勢利之語。詠息夫人詩，杜牧之「至竟息亡
> 緣底事？可憐金谷墜樓人。」嚴而婉，風調亦佳。孫廷銓「無
> 言空有恨，兒女粲成行」，固是妙語。吾鄉吳瑟甫有詩云：「萬
> 舞有干卿甚事？空教涕淚說先王。」亦尖。〔註302〕

> 右丞〈息夫人〉詩：「看花滿眼淚，不共楚王言。」阮亭謂其
> 不著判斷語，此盛唐所以為高。不知詩先要意好，然後求高。
> 若無好意而求高，亦復何益！此正是阮亭之病。〔註303〕

　　以上兩則引文討論的都是王士禛對於王維（世稱王右丞）〈息夫人〉的評點。王士禛認為，此詩極佳，讚其為「不著判斷語」，是盛唐詩歌之高明所在。但是錢振鍠在這兩則引文中，都對此說法表示批判。

〔註302〕《謫星說詩》，收入《民國詩話叢編》冊二，頁591。
〔註303〕《謫星說詩》，收入《民國詩話叢編》冊二，頁608。

他指出杜牧之〈題桃花夫人廟〉、孫廷銓之〈息夫人〉，其鄉人吳瑟甫詠息夫人之詩，各有其妙處，為何僅以王維之詩為高？錢振鍠認為詩歌要先意好，再求其高妙。在錢振鍠看來，王維此詩立意不高，並無出類拔萃之處。且他將王士禛稱許王維之論，看成是勢力之語，認為王維是盛唐詩人，而其他詩人不是，所以王維才會被王士禛讚賞。

其實，王士禛論詩雖確有詩宗盛唐之言，但此言應與詩歌朝代無關。王士禛論詩標舉神韻，講究「意尚含蓄」，不喜「意之無餘而言之太盡」〔註304〕之語。而〈息夫人〉此詩體現出怨婦之情，又不露出寧王之本意，篇章雖短，但是言外有味，自是王士禛所欣賞之詩歌風格，實與「勢力」無關。

第二，錢振鍠評點王士禛之詩歌。他有言：

> 王阮亭謂詩有神韻，天然不可湊泊者，自稱其〈登燕子磯〉
> 「吳楚青蒼分極浦，江山平遠入新秋」句與焉。如此庸爛調，
> 而猶自以為神韻。此老一生用心於此，可嗤也。其詩題云：
> 〈登燕子磯絕頂〉，夫燕子磯高不過數十丈，算不得山，無所
> 謂絕頂。如此驚張，竭景畢露。沈歸愚所謂登陟培塿，便擬
> 嵩華者也。〔註305〕

錢振鍠以王士禛高自稱許的〈登燕子磯〉為例，直言此詩實乃庸爛。他認為王士禛既標舉神韻，其詩應該清夐深遠、含蓄蘊藉，言有盡而意無窮〔註306〕。然而〈登燕子磯〉〔註307〕卻有湊詞之嫌。燕子磯在南京觀音山下，頗為低矮尚且算不得山，焉能有其詩中吳楚蒼茫、分界極浦之狀況景象。錢振鍠認為其登如此低矮之燕子磯，而自言「曠攔千

〔註304〕朱彝尊：〈橡村詩序〉，《曝書亭集》卷三十九，（臺北：台灣商務，1965年），頁658。

〔註305〕《謫星說詩》，收入《民國詩話叢編》冊二，頁587。

〔註306〕有關王士禛的神韻之說，可參閱孫紀文著：《王士禛詩學研究》（銀川：寧夏人民出版社，2008年），頁85～105。

〔註307〕王士禛〈登燕子磯〉：「岷濤萬里望中收，振策危磯最上頭。吳楚青蒼分極浦，江山平遠入新秋。永嘉南渡人皆盡，建業西風水自流。灑酒重悲天塹險，浴鳧飛燕滿汀洲。」

里，江山、雲物、沙鳥，歷歷獻奇，爭媚於眼睫之前」，以此景「憑弔興亡，不能一瞬」〔註308〕，頗為做作。

第三，錢振鍠對王士禛之人品提出質疑。他有言：

> 阮亭不喜杜，每舉楊大年「村夫子」之目以語客。然自家不敢著之書，而見之於秋谷《談龍錄》。余因思古來明眼人亦自有，特敢於明目張膽與古人作難者，則少耳。然如阮亭，既不喜杜，而自作詩話，復極其推尊，殊非直道而行之意。余詩話所議古人，多違眾論。……匿其平日之言而稱其詩，與匿怨而友其人，何異？充此推之，待人安得有真性情，立朝安得有真氣骨？冬夜偶閱《談龍錄》，因論阮亭。放筆及此，多言哉！秋谷謂阮翁詩中無人，如此言，則並言中亦無人矣。〔註309〕

王士禛乃是趙執信（號秋谷，1662～1744）的「妻黨舅氏」〔註310〕。趙執信《談龍錄》中多是對王士禛詩歌理論的批判，其中有記載王士禛對杜甫之批判：「阮翁酷不喜少陵，特不敢顯攻之，每舉楊大年村夫子之目以語客。」〔註311〕錢振鍠指出，王士禛常對他人言杜甫乃是村夫子，但是在自己書中卻不敢論其對杜甫之不滿，甚至還極為推崇。如其《香祖筆記》有言：「蓋文章以氣為主，氣以誠為主。故老杜謂之『詩史』者，其大過人在誠實耳。」〔註312〕《居易錄》中評論杜甫的七言古詩「橫絕古今，同時大匠無敢抗行。」〔註313〕其文論對於杜甫詩十

〔註308〕王士禛〈登燕子磯記〉，見清・王士禛著、李毓芙選注：《王漁洋詩文選注》（濟南：齊魯書社，1982年），頁369。

〔註309〕《謫星說詩》，收入《民國詩話叢編》冊二，頁599。

〔註310〕趙執信的岳母，乃是王士禛的從妹，即趙執信乃是王漁洋的甥婿，他對王士禛論杜之記載，應該可靠。參考自清・趙執信著、趙蔚芝、劉書鑫注釋：《談龍錄注釋》（濟南：齊魯書社，1987年），頁2。

〔註311〕清・趙執信《談龍錄》，收入清・王夫之等撰、丁福保輯錄：《清詩話》（北京：中華書局，1963年），頁313。

〔註312〕清・王士禛撰、湛之點校：《香祖筆記》（上海：上海古籍出版社，1982年），頁246。

〔註313〕清・王士禛：《王士禛全集》（濟南：齊魯出版社，2007年），頁4091。

分看重。錢振鍠以為，這種做法已不單純是詩歌理論的表述問題，而上升到對其人品的唾棄。錢振鍠又以自己為例，指出他對杜甫之猛烈批判俱都如實寫在詩話之中，儘管他人謂之張狂也不改分毫。以此而觀王士禎之言行，錢振鍠頗覺其人品低劣，言中無人。

（二）袁枚（1716～1798）

袁枚，字子才，清代乾嘉時期代表詩人，其詩論《隨園詩話》多為詩界所推舉讚許。錢振鍠對於袁枚的評價，也主要集中在其詩論之上。

首先，與錢振鍠類似，袁枚亦是反對論詩分界時代門戶之人。

> 嚴滄浪《詩辨》、《詩法》拘滯不化，得未曾有。……余見袁中郎、江進之力攻摹擬之失，袁子才力排分界時代之謬，向亦以為矯枉過正，今見此老論詩，乃知其非過也。〔註314〕

袁枚認為詩只有工拙之分，而無古今之分，反對貴古賤今，尊唐抑宋。他有言：「人閑居時不可一刻無古人，落筆時不可一刻有古人。平居有古人，而學力方深，落筆無古人，而精神始出」〔註315〕對擬古之反對與錢振鍠可謂不相上下。故在錢振鍠眼裡，他與公安袁宏道實是同一性情之人。〔註316〕

但是，錢振鍠對袁枚之詩論也有不讚同之處。他言：

> 1. 袁子才論詩……第就子才所論者論之：荊公、山谷，宋之有名人也，子才力詆其詩；東坡，宋之巨擘也，子才亦時時指其病痛。至若子才所心佩者，則一誠齋耳。誠齋一人能敵唐之李、杜、韓、白乎？〔註317〕

〔註314〕《謫星說詩》，收入《民國詩話叢編》冊二，頁578。

〔註315〕清・袁枚著、陳君慧注譯：《隨園詩話》（北京：線裝書局，2008年），頁389。

〔註316〕錢振鍠有言：「隨園性情於中郎為近。隨園才大而近俗，中郎骨奇而益清，而乃操同室之戈，漫加詆毀，吾不知之矣。」見《謫星說詩》，收入《民國詩話叢編》冊二，頁588。

〔註317〕《謫星說詩》，收入《民國詩話叢編》冊二，頁584。

2. 袁子才誠是才人，能道人意中欲說之話，又能道人口中難
說之話，詩中無一啞字、湊韻，實出我朝諸詩人之上。世
人多詆其淫哇淺俗，然其才實不可沒。其論詩搆語不能脫
淨一「膚」字，是皆急於應酬之病。所撰《詩話》，固是千
古通論。然習俗可厭，見詩句出於高位，必十倍贊揚。統
觀其文字言語，固是一爛漫適俗之人，而非清高拔俗之人
也。〔註318〕

　　引文1中提及，袁枚認為楊萬里（號誠齋）之詩，比王安石、黃
庭堅、蘇軾詩歌更佳。而此種言論，錢振鍠無法苟同，並指出楊萬里之
詩與李、杜、韓、白相差甚遠。引文2中，錢振鍠指出，袁枚論詩有膚
淺之毛病，即看碟下菜。楊萬里封廬陵郡開國侯，官微頗高，故袁枚將
其詩歌之地位拔擢至蘇軾眾人之上。儘管如此，錢振鍠還是認為袁枚
大多數言論很合其心意，其詩歌中也無其貶斥的啞字、湊韻，在清代詩
人中可拔得頭籌〔註319〕。

三、同代詩家

　　在錢振鍠詩話之中，還存有不少晚清民國時期之人的詩歌作品。
這些人多是其親朋好友和弟子長輩，其名聲雖不顯，但錢振鍠卻認為
其中亦有不少佳作，故也將其存錄於詩話當中。如：

　　　表弟謝仁卿有「梨花滿樹玉環魂」句，余絕喜之。〔註320〕

　　　表兄潘杏生之妹，工詩。〈秋夜〉云：「銀漏遲遲秋夜長，挑
　　　燈翻閱舊詞章。一鉤新月移梧影，半入羅幃半上床。」又五
　　　絕云：「夜久寒侵體，窗中火欲微。為憐新月上，忍倦啟雙扉。」
　　　清妙殊絕。〔註321〕

〔註318〕《謫星說詩》，收入《民國詩話叢編》冊二，頁583。
〔註319〕有關袁枚詩歌的藝術特色，可參閱石玲著：《袁枚詩論》（濟南：齊魯
　　　　書社，2003年），頁119～270。
〔註320〕《謫星說詩》，收入《民國詩話叢編》冊二，頁603。
〔註321〕《謫星說詩》，收入《民國詩話叢編》冊二，頁604。

友人王濤松〈秋風〉云：「黃葉蕭蕭逐雁飛，秋風天末怯單衣。
閨中昨夜音書到，報道棉花未上機。又〈詠明妃〉詩云：「君
王莫惜如花貌，妾在深宮十九年。」從來明妃詩甚多，卻未
有道得如此深婉。〔註322〕

　　從「余絕喜之」、「清妙殊絕」等溢美之詞，可看出錢振鍠對身邊
親友詩歌可謂十分推崇。其中〈詠明妃〉一詩，錢振鍠在詩話中有評論
王安石之〈明妃曲〉〔註323〕，認為其「意態由來貌不成，當時枉殺毛
延壽」之句，痛讚明妃，尤為出色。〔註324〕而錢振鍠在論述其友王濤
松〈詠明妃〉時，指出未有人有能作如此深婉之言，評價更高。除了在
詩話中記錄評論他們的作品，他還專門編撰刊印了《陽湖錢氏家集》和
《謝氏家集》以存其作，篇幅不凡，也有華彩之處。除這些名聲不顯的
親友之作，錢振鍠提到最多的是他一位女弟子的詩作。他言：

仁和陳女士小翠刻《翠樓詩文詞稿》。文學齊梁而有新意，詩
七言古能作豪語，五言古〈遊山〉有云：「平生不識山，忽到
棲霞洞。噀雲齒俱寒，捫壁指為腫。艱難緣木魚，危怖病時
夢。」此北宋句法也，殆非時賢所及。〔註325〕

〈翠樓〉律句：「三代而還爭逐利，周秦以上讀何書。」〈讀
臨川集〉「言關家國文章重，身在閨閫出處難。」〈贈麗嵐女

〔註322〕《謫星說詩》，收入《民國詩話叢編》冊二，頁604。
〔註323〕王安石〈明妃曲〉全詩：「明妃初出漢宮時，淚濕春風鬢腳垂。低徊
顧影無顏色，尚得君王不自持。歸來卻怪丹青手，入眼平生幾（張本
作未）曾有。意態由來畫不成，當時枉殺毛延壽。一去心知更不歸，
可憐著盡漢宮衣。寄聲欲問塞南事，只有年年鴻雁飛。家人萬里傳消
息，好在氈城莫相憶。君不見咫尺長門閉阿嬌，人生失意無南北。」
此詩刻畫明妃的愛國思鄉之純潔、深厚感情，並有意吧這種感情與個
人恩怨區別開，為後代詩家所稱許。詳見繆鉞著：《宋詩鑒賞辭典》
（上海：上海辭書出版社，2015年），頁245～246。
〔註324〕錢振鍠言：「詠明妃詩眾矣，餘獨許王介甫「意態由來貌不成，當時
枉殺毛延壽」二語，痛讚明妃，較諸家尤為出色。」見《謫星說詩》，
收入《民國詩話叢編》冊二，頁583。
〔註325〕《名山詩話》，收入《民國詩話叢編》冊二，頁670。

士〉「入關豈有三章約，曳甲同悲百步兵。」指遼事「大道本
來無我相，人間未必有他生。」皆可誦。至云「一贊（應做
戰）本來非得已，全家何敢怨流離」，真偉論也！此類句極似
呂晚村，而於女子得之尤奇。天使名山不死，獲此奇觀，豈
偶然哉！〔註326〕

　　陳小翠（1902～1968），擅長中國畫，十三歲即能詩，有神童之稱，
後從楊士猷、馮超然學畫。擅長工筆仕女和花卉畫，風格雋雅清麗，饒
具風姿。作詩師從錢振鍠，有《翠樓吟草》十三卷。其詩歌反對雕琢，不
講苦吟。早期詩歌則寫少女閨閣情懷、寫景遊記之作，清麗天然。戰亂
時期，則創作了大量揭露戰爭殘酷、抒發愛國之志的作品。寫詩不作尋
常少婦愁，詩風豪健沉鬱。〔註327〕陳聲聰評其詩歌「無矜持拘泥之態」、
「鬱有奇氣」。〔註328〕著名學者施蟄存（1905～2003）對陳小翠頗為欽
慕，曾作詩讚譽：「石破天驚琢句奇，雕蟲長吉綺年師。春華刊落餘秋實，
始是紅妝郊島詩。」〔註329〕其詠史之作，慷慨激昂、豪邁雄健者，近陸
游詩風，以古鑒今、沉痛深切者，則似杜甫。〔註330〕而錢振鍠詩話中所
引之詩句，亦多是其中後期身處戰亂時期所寫詩歌。如其律句「一戰本
來非得已，全家何敢怨流離」，乃抗戰初期，陳小翠為其從軍的丈夫湯彥
耆送別時所寫。後有「患難與人堅定力，亂離無地寄哀吟。杜陵四海飄
蓬日，一紙家書抵萬金」〔註331〕，依依惜別又殷殷關照，情感真切而動
人。

〔註326〕《名山詩話》，收入《民國詩話叢編》冊二，頁671。
〔註327〕參考自黃晶：〈陳小翠舊體詩詞創作流變論〉，《新文學評論》，2006年
　　　　第2期，頁156～157。
〔註328〕宋浩：〈陳小翠的《翠樓吟草》〉，《粵海風》，2003年第4期，頁68。
〔註329〕施蟄存：《北山樓詩》（上海：華東師範大學出版社，2000年），頁
　　　　97。
〔註330〕顏運梅：《陳小翠舊體詩詞曲研究》，華南師範大學碩士論文，2005年，
　　　　頁26。
〔註331〕參考自清末民初·陳小翠著、劉夢芙編校：《翠樓吟草》（合肥：黃山
　　　　書社，2010年），頁15。

小結

本章探討錢振鍠的詩歌批評理論，以時代為序，共分為先秦兩漢魏晉南北朝、唐宋、明清及同代詩家這三部分。綜觀本章所論，錢振鍠對於各時期詩家之詩風論述多有新見，或褒揚或貶抑。論詩不以古為宗，也沒有門戶派別之見，注重詩歌本身的藝術特色和詩人的性情人品。以下將本章重點，作簡要歸納：

第一，論先秦兩漢魏晉南北朝

首先，錢振鍠將詩經之《鄭》《衛》與〈竹枝詞〉聯繫起來，認為其乃當時詩人吟詠風土人情和社會生活的風俗詩體，以此駁斥「淫奔者作」和「刺淫」之說。又從音樂的角度，提升了《鄭》《衛》之樂的價值。

其次，錢振鍠因屈原和陶淵明相似之遭遇，以兩人面對志節難酬之不同反應，來分析屈原之死因。得出屈原對所求過於執著強烈、獨清獨醒和後輩凋零這三個原因。

最後則論述陶淵明其詩、其人。鍾嶸等人認為陶淵明的詩歌具有隱逸之特點，但錢振鍠指出，此論過於注重陶淵明歸隱之行為，卻忽略其詩歌字裡行間透露的對家國天下之憂慮。陶淵明是身隱但心不隱，只因不願和當時諂媚腐朽的官員同流合污，他寧願清貧一生也要堅守自己的志節，並非閉目塞聽、逃避世俗之人。陶淵明品性高潔又心繫天下，錢振鍠對其心折不已，常引之為鑒。

第二，論唐宋詩家

本節第一部分論述唐代詩人李白、杜甫、韓愈、白居易、李商隱諸人。錢振鍠論李白，指出其「逸」、「仙」之所在，乃是其中蘊含的自我之精神。對於杜甫，首先批判世人學杜、反對字字求出處的解杜之法。其次，反對「杜詩為集大成者」的觀點，認為此乃汙衊杜甫之語。又批判杜詩之拙詞累句，粗硬多疵，七律不佳。最後則分析他人尊杜抑李之原因，並指出李杜之詩各有優劣，需從不同層面進行討論。其論杜

詩用字略有極端之處，然細細剖析其言，所論亦有其緣由，並非他人所言之狂語。其論韓愈則指出其詩歌偏、剛的缺陷，又極為推崇白居易之詩歌，稱許其人品。對於李商隱，則不滿馮浩知人論世、以意逆志的箋釋之法，認為〈無題〉詩並非所謂的寄託之詞。

第二部分討論宋代詩家。對於蘇軾和陸游，錢振鍠都表達高度讚賞，但也指出其詩歌中存在的問題。蘇軾作詩直抒胸臆，詩風豪邁放達。然其作詩好押險韻、用事太過，和韻詩也無自然之趣。論陸游則感其人品氣節，慕其詩才文章，對其古體詩之老健頗為欣賞。而對於嚴羽，則大加貶斥其《滄浪詩話》中言論，極力反對其復古、追求章法字句，以盛唐詩歌為宗的觀點。

第三，論明清及同代詩家

錢振鍠反對明代復古派之崇古思想，批判李夢陽與何景明之詩歌創作，著重論述了李夢陽詩歌情寡而詞多的特點。對於公安派則十分支持其反復古、尚性靈之論，且頗為讚賞袁宏道之詩，反對其詩為俚俗之作的觀點。而對竟陵派則指摘其詩論，論述不多。

清代主要討論王士禎與袁枚。錢振鍠批判王士禎論詩以盛唐為尊，而不從詩歌本身出發判斷優劣；以〈登燕子磯〉為例，指出其詩歌庸爛做作，又因其評杜之言而斥責其為人表裡不一。對於袁枚，則欣賞其反對復古、反分界時代門戶之詩論，但是對其以詩人身份地位高低而評判詩歌的做法則表示不滿。

論及與錢振鍠同時代的詩人，則主要是記錄其親友弟子之詩。其中最為錢振鍠所讚許的乃是其弟子陳小翠。陳小翠詩歌不作尋常少婦之愁怨，詩風豪健沉鬱。錢振鍠對其七古、律詩都頗為欣賞。

第六章　結　論

　　清末民初內外戰爭頻發，國家政局劇烈變動，西方的思想文化與本土意識發生了猛烈衝擊，新舊文化的矛盾衝突引發了學界的巨大震動。易代之際各種文學思想翻騰不息，既有在傳統詩歌領域內，從不同角度對其進行整合者，也有在新思潮的影響下對傳統詩歌進行改良之人，更有完全跳出傳統詩歌的藩籬，而探索「新詩」創作道路的先驅。錢振鍠身處其間，其詩學思想不可避免地受到了一定程度的衝擊。上文已詳細分析討論了錢振鍠主要的詩學著作：《名山詩話》和《謫星說詩》，本章將對其詩學理論進行總結，並闡述其詩論之特色與成就。

第一節　錢振鍠詩學理論之總結

一、詩歌創作論

　　錢振鍠詩歌創作論之中心乃是反對復古、以求獨創。他對復古思想的猛烈抨擊，對於詩歌表達真情之要求，對語當紀實之強調，均是為其詩歌力求獨創之論打下基石。錢振鍠論詩注重情真，不以詩歌表達傳統儒家思想的風雅之旨、興寄之意為尚。相反，他極力反對詩歌要有興觀群怨之論。錢振鍠對詩歌風雅寄託之排斥，將其與傳統詩歌思想分割開來，顯示出他欲擺脫前人影響，踏出創新之路的訴求。此外，為避免詩歌創作淪為公安派末流之俚俗，他在強調語當紀實的同時，又

提出詩歌取材需「雅」的審美要求。

在詩歌創作方法中，錢振鍠進一步顯露出對詩歌獨創、自成一家的追求。他所強調詩歌之立意，與自我感情的自然流露相關；而他對於天資的強調，更是與創新聯繫在一起。他認為天資卓絕之人，更易有獨創之作。而在閱讀前人詩作時，需不求甚解，不可過度探索古人詩句之含義。他還指出，字句要從對萬事萬物的體悟之中而出，而非鑽營、化用前人詩句。這些要求在一定程度上能避免詩人淪為模仿抄襲之徒，有助於詩人探索出一條屬於自己的創作之路。

二、詩歌體制論

詩歌體制論分古體詩和近體詩。就五言古詩而言，他認為漢代五古更接近國風、楚騷之風格，有寬裕不盡之氣，不求高古而自高古。但是漢代以後的五言古詩，開始受到詩律影響，注重字句雕琢，變得支離侷促，不可取。和五言古詩不同，七言古詩因其波瀾壯闊，頓挫激昂的詩體特點，更適合表達豪邁壯闊之情感。

至於近體詩中，五言律詩成熟較早，後人多有律詩難於古詩的論調。錢振鍠以為二者無需分難易，掌握了章法、字句、音律等基本能力後，兩種詩體都可作。而七言律詩，錢振鍠認為其雖受到五言律詩格律化的影響，但仍有其自己孕育和變化的脈絡，不可視為由五言加二字發展而來。

要之，無論是近體還是古體，五言還是七言，都要注重詩歌情感的自然表達。作詩時應該考慮到古近體詩的不同特性，根據自己所要表達的情感和風格偏向來選擇。

三、詩歌批評論

先秦至魏晉南北朝時期，錢振鍠首先反駁了詩經之《鄭衛》乃淫奔者作和「刺淫」的說法，把詩經之《鄭》《衛》與〈竹枝詞〉聯繫起來，將其解釋為采詩官描述所見鄭衛之風土人情的詩歌，從作者和詩

歌內容兩方面進行了論述。其後，則討論了屈原之死的三大原因。指出其志願無路實現又無從放棄的絕望，獨清獨醒不願喝酒來暫時釋放愁緒，同道、後輩又皆無從指望，只能走向死亡。錢振鍠特別欣賞陶淵明，反對前人予以陶詩「隱逸之宗」的標籤。他細細品讀陶詩，從中感知到陶淵明的固窮守節和高尚品德，認為他並非純粹不問世事的隱者。只是因為現實污濁而選擇不出仕，但心裡一直存有著忠君愛國之念。

就唐詩而言，他特別欣賞李白之仙逸，認為其詩歌語出自然，灑脫乾淨。而對於杜甫，則多有貶低，指出他詩歌拙滯的缺陷，並反對世人將杜詩一一拆解，以求其字之來歷，體察其詩背後所謂的忠義。對於韓愈，則批判其詩歌之繁冗、聯句無真情、用語奇險的問題；又反對白居易佳作乃其平易之詩，反對李商隱〈無題〉詩皆有寄託之言。宋代則主要讚賞蘇軾和陸游。他極為欣賞蘇軾那些直抒胸臆、無所顧忌的詩歌，對於陸游英姿颯爽、句法老健的七古也很是讚賞。他又反對榮古虐今、力圖詩法古人，以唐詩為宗的嚴羽，認為其詩論都是拾人餘唾，不值一提。

明代則主要論述復古、公安、竟陵三派。錢振鍠頗為推崇與其詩論相似的公安派，對復古派大為抨擊，於反對公安的竟陵派則不滿其幽情單緒之詩論。清代主要關注王士禎與袁枚。他認為王士禎的詩品、人品都有可置喙之處，而袁枚則因其反對擬古之論，和公安派一樣，頗受讚賞。當然，與其詩論相合者，錢振鍠亦有批判之語，不合者也有讚賞之言，並非以詩歌理論是否與之類似作為評述準則。而民國時期，主要是收集、記錄錢振鍠親友的言行和詩作，對陳小翠的七古、律詩尤為稱許。

總而言之，錢振鍠論詩不以古為宗，也沒有門戶派別之見。他認為詩歌要隨時代而變，不應反過來再去模仿前人。其品評詩家，用語十分大膽，頗有新意。無論詩人後世名聲大小，只看其是否合於自己的標準。他論詩已經跳脫出時代與門派的藩籬，和當世依舊掙扎於宗唐宗宋之論的人，區別甚大。

第二節　錢振鍠詩學理論之特色與成就

夏承燾曾稱讚錢振鍠的詩話與王國維《人間詞話》乃是一時瑜亮〔註1〕，評價甚高，可見其詩論在當世人眼中頗有價值。有關錢振鍠詩學理論之特色與成就，茲分點論述如下：

第一，論人評詩直言不諱

錢振鍠因其詩論，多有迥然於世之言，所以很多人稱其為狂士。然陳衍指出：「余向聞名山為狂士，今讀其詩，乃知其為狷者，狂可偽，狷不可偽。」〔註2〕冒鶴亭則言：「持論或未免過高，駭人聞聽，要其浩浩蕩蕩，自抒胸臆，固不屑有一字一句寄人籬下也。」〔註3〕他們都認為，其詩論看似狂妄，其實只是直言其論，如「虢國朝天，不施粉黛」。在論述清代詩人王士禎時，他指出其為人論詩表裡不一。王士禎私下不喜杜詩，在詩論中卻對杜甫極為推崇。而錢振鍠不同，其詩論對杜甫之批判可謂措辭狠辣，不加遮掩。錢振鍠對於前代詩作，多從詩歌本身的藝術特色出發進行評述。凡有值得欣賞之處，就大方指出，多加稱許；不合其意者，筆則筆、削則削，亦毫不留情。其為人、論詩具是坦坦蕩蕩，毫無矯飾。

第二、論詩不囿宗派，頗有慧眼

明代以來，詩派林立，多互為拮抗，爭論不休。清末民初，唐宋詩之爭異常激烈。一是以同光體為主的宗宋陣營，一是部分調和唐宋與宗唐勢力形成的反對宋詩和同光體的陣營。持論不同的兩派相互攻訐，口誅筆伐，極盡謾罵之能事。〔註4〕而錢振鍠之詩論無宗派門戶之見，無時代正變之言。他論詩不標舉唐宋，不入宗派之爭，亦不以詩歌理念之異同而評判詩人。與其詩論頗合的袁枚，錢振鍠亦指出其以詩人地位論詩之弊病；而飽受其抨擊的復古派，錢振鍠也摘錄其中一些

〔註1〕錢璱之：《錢名山研究資料集》，頁127。
〔註2〕錢璱之：《錢名山研究資料集》，頁120。
〔註3〕錢璱之：《錢名山研究資料集》，頁121。
〔註4〕參考自郭前孔：《清代晚期唐宋詩之爭流變史》，頁261。

詩人的詩作，予以讚賞。他反對陶淵明乃「隱逸之宗」，指出淵明乃身隱而心不隱，頗有獨到之處；論白居易，則認為不應只看其平易詩風，而忽略其隨物賦形、情致曲盡之詩；他對馮浩知人論世、以意逆志的箋註方法提出批判，在同代詩論家中亦屬罕見。種種論詩之言，頗有精到之處。

第三，駁斥杜詩之言具有顛覆性

錢振鍠對杜詩的批判可分為：反對世人學杜、批判字字求出處的解杜之法，駁斥杜詩乃「集大成者」之論，批判杜詩之拙詞累句，並指出杜詩七律無一佳者。在現今學界看來，這些評杜之語十分具有顛覆性。或純粹斥責其年少輕狂不懂杜詩，或認為其言乃是對宋詩派的反駁，或認為其論乃是出於對杜詩之喜愛，是為扭轉當世之詩風。可惜這些評論大多較為簡略，分析不多。

夏承燾曾言其「論杜一絕，令小子咋舌，非具眼如先生，不敢為此論也。」〔註5〕綜合前文對錢振鍠評杜之論與其總體詩觀進行分析，筆者認為錢振鍠對杜甫的批判並非少年輕狂，亦不僅僅是對當世詩壇詩風之不滿。首先，錢振鍠之反杜詩，是反對字字有來歷的作詩、論詩之法。其次，則為批判受杜詩之拙滯所影響的不善學杜者；最後，其批判杜詩、反對後人學杜，實則乃駁斥以古為尊的復古思想，即通過批判歷代詩界極力推崇學習的杜甫，來反對學古、摹古的作詩方法。

第四、反對復古，自成一家

光緒元年（1875）至新文化運動興起，這一階段新舊思想文化衝突日益激烈。既有王闓運一般墨守陳言、堅持擬古學古之人，也有如陳衍一般，欲在擬古和創新之間尋找平衡。或如黃遵憲、康有為等學者，倡導「詩界革命」，欲與傳統詩學進行割裂，也有南山之柳亞子，對康有為之詩界革命提出批判，認為文學革命應該「形式宜舊，理想

〔註5〕夏承燾：《天風閣學詞日記》，轉引自錢璱之：《錢名山研究資料集》，
　　　頁122。

宜新」〔註6〕。更有胡適等人提倡白話寫作，意圖創造新的詩歌體式。

　　錢振鍠就處在這樣新舊文學思想猛烈交織和衝突的文化背景之下。從他的詩論中可知，他對於復古之詩學思想，毫無疑問是持全然反對之態度。錢振鍠反對復古，不僅僅是反對明代復古派，而是對一切崇古、學古、擬古行為之反駁。如他對於杜甫的強烈批判，其實也是出於後人以杜為尊，學杜之人不絕如縷的現象，故欲推到杜甫以絕摹古復古之念。推倒是為了重建，他有言：「《潭南詩話》又云：『……然世間萬變，皆與古不同，何獨文章，而又以一律限乎？』《中庸》曰：『動則變，變則化。』易曰：『窮則變，變則通，通則久。』又曰：『通其變，遂威天地之文。』又曰：『非天下之至變，孰能與於此』生今之世，作詩高言漢魏，作詞謹守五代，可謂不知變矣」〔註7〕，指出詩歌應該隨時代發展而逐步革新。從錢振鍠自己的詩歌創作理念來看，他認為詩歌應出於自我的真情實感，對於詩歌言語應當求真的要求達到近乎紀實的地步。特別是他指出作詩不能囿於古韻，而應用今韻來作詩。可見，錢振鍠不願藉法古人，想要創意造言，踏出一條屬於自己的詩歌創作道路。

　　錢振鍠這種反對復古，創意造言，自成一家的思想與黃遵憲有相似之處。黃遵憲被梁啟超譽為詩界革命的先驅：他提倡我手寫我口，去古人之陳言，而成個人之風格。〔註8〕但是，二人的詩學理念也有很大不同。黃遵憲明確提出「新派詩」的創作要求〔註9〕，在其詩歌中也有一些西方名詞、思想的引入。〔註10〕他有改革詩體之志，雖成就未能

〔註6〕轉引自郭前孔：《清代晚期唐宋詩之爭流變史》，頁249。

〔註7〕錢振鍠《星影樓雜言》，轉引自錢璱之：《錢名山研究資料集》，頁93。

〔註8〕余彩雲：《黃遵憲詩對傳統詩學的繼承與創新》，山東大學碩士論文，2018年，頁63。

〔註9〕黃遵憲有言：「費君一月官書力，讀我連篇新派詩。」參考自郭延禮：〈「詩界革命」的起點、發展及其評價〉，《文史哲》，2000年第2期，頁6。

〔註10〕黃遵憲《日本雜事詩》中有不少詩作引用西方神話和宗教著作，對日本生活習俗有所介紹，還引用了一些日本詩人的作品。有關論述可參

達其所言,然亦是一時代之炬手〔註11〕。而從錢振鍠的《謫星說詩》和《名山詩話》來看,他並未要求詩歌應用新語言、要有新意境,更未有明確的創作新體詩的意圖。由此看來,錢振鍠的詩歌理念主要還是在傳統詩學領域內進行改造和創新,並未有意識地、自發地與傳統詩歌進行割裂。

但是,在新文化思想不斷發展的情況下,錢振鍠或多或少還是受到了「新詩」浪潮的影響。他的詩歌諸如〈地盤青〉:「地盤青,一名金花菜。故鄉此物不值錢,從來不向街頭賣。牛眠作褥羊戶飧,縱有滋味無人會。」〔註12〕〈十月十六日記事〉〔註13〕:「昨夜家中消息來,兵入荒廬跡如掃。登吾之堂,臥吾之床,顛倒我衣裳,席捲囊括為行裝。」等作,可謂近似口語,句式也為雜言體,較為自由。可見其詩已有用白話寫作的現象,其詩歌體式較之傳統詩體亦有所突破。

總而論之,錢振鍠對復古思想的強烈反對,對詩歌創意造言的要求,更多的還是基於對傳統詩歌的創作探索,而非用以徹底改革舊體、創立「新詩」。夏承燾評其「思想甚舊,而人品甚高」〔註14〕可能也是這個緣故。當然,這並不意味著,他的詩學理念沒有價值。在清末唐宋詩之爭依舊十分激烈的情況下,他駁斥復古思想,猛烈抨擊擬古行為,反對宗派門戶,追求創意造言、自成一家,已領先於不少同代保守的詩論家。其詩學理念,對於革新舊體詩,創作新體詩的思想之興發,也有十分積極的意義。

閱余彩雲:《黃遵憲對傳統詩學的繼承與創新》第三章,山東大學碩士論文,2018年。
〔註11〕 清・王闓運:《湘綺樓說詩》(香港:龍門書店,1968年),頁93~110。
〔註12〕 錢振鍠:《錢名山詩詞選》,頁71。
〔註13〕 錢振鍠:《錢名山詩詞選》,頁66。
〔註14〕 錢璱之:《錢名山研究資料集》,頁122。

附錄：錢振鍠《謫星說詩》《名山詩話》論及詩人、詩作一覽表[註1]

時代	對象	頁碼	次數
先秦	《詩經》	p582、p607、p621、p633、p633、p634、p639、p642、p645、p647、p658、p663	12
	莊周(前369？～前286)	p627、p642	2
	屈原（前 340？～前 278？）	p625、p625、p625、p625、p625、p626、p626、p626、p626、p626、p626、p626、p627、p627、p627、p627、p627、p627、p628、p632、p632、p633、p633、p633、p633、p633、p633、p633、p633、p645、p658	31
兩漢	〈白頭吟〉	p662	1
	〈孔雀東南飛〉	p656	1
	蘇武（前140～前60）	p662	1
	李陵（前134～前74）	p662	1

〔註 1〕 此表先以時代為序，後依詩人生年先後排列。書中提及的詩歌若無法確定作者，則直接列出詩名。所列頁數，則依據張寅彭主編：《民國詩話叢編》(上海：上海書店出版社，2002 年)。書中大部分內容沒有劃分則數，但有分段。故本表以其自然段落為劃分原則，表格中若出現相同頁數，則表明該頁中有多個段落提及此詩人。表格中所言總計分別統計書中論及先秦至魏朝、唐朝、宋朝、金元、明代、清代、同時代這七個時間段的詩人或詩作之總次數。

魏晉南北朝	孔融（153～208）	p632	1
	曹植（192～232）	p633	1
	阮籍（210～263）	p620	1
	陸機（261～303）	p622	1
	陶淵明（365～427）	p582、p607、p625、p626、p627、p627、p627、p627、p628、p628、p628、p628、p628、p628、p628、p628、p629、p629、p629、p629、p629、p629、p629、p629、p630、p630、p630、p630、p630、p630、p631、p631、p656、p658、p659、p663、p667、p667、p667、p672	40
	庾信（531～581）	p589	1
	陳叔寶（553～604）	p592	1
隋朝	馮道（882～954）	p637	1
總計			96
唐代	魏徵（580～643）	p636	1
	張九齡（673～740）	p668、p668	2
	孟浩然（689～740）	p580、p582、p611、p668	4
	崔顥（？～754）	p593	1
	王維（701～761）	p581、p591、p632、p636、p668	5
	李白（701～762）	p580、p581、p581、p587、p589、p592、p597、p601、p602、p602、p602、p605、p610、p619、p620、p658、p659、p659、p661、p663、p666	21
	劉長卿（709～789）	p641	1
	杜甫（712～770）	p577、p578、p581、p586、p586、p588、p588、p593、p593、p595、p599、p601、p602、p602、p605、p605、p605、p605、p605、p610、p613、p620、p623、p634、p642、p653、p657、p658、p659、p659、p659、p661、p662、p663、p666、p669、p672	37
	錢起（722～780）	p585	1
	韋應物（735～790）	p593、p620	2
	孟郊（751～814）	p582、p599、p602、p607、p652	5

張籍（766～830）	p584、p589、p590、p608、p672	5
王建（766～832？）	p589、p590、p608	3
韓愈（768～824）	p580、p581、p589、p607、p607、p611、p623、p635、p635、p623、p636、p638、p638、p661、p663、	15
劉禹錫（772～842）	p583	1
白居易（772～846）	p582、p583、p584、p586、p588、p592、p593、p601、p607、p607、p610、p610、p620、p637、p637、p639、p657、p657、p661、p661	20
柳宗元（773～819）	p593、p609、p657	3
元稹（779～831）	p584、p592	2
賈島（779～843）	p584、p597、p608、p609、p646	5
李賀（790～816）	p597、p600、p636、p665	4
溫庭筠（801～866）	p584、p597、p604	3
杜牧（803～853）	p585、p591、p635、p636	4
李商隱（813～858）	p577、p593、p593、p596、p596、p596、p596、p620、p622、p659、p659	11
陸龜蒙（？～881？）	p591、p609	2
羅隱（833～909）	p592、p595、p595、p595、p611、p646	6
司空圖（837～908）	p592、p594、p635、p635	4
韓偓（842～923）	p636、	1
盧仝（？～？）	p589、p656	2
劉叉（？～？）	p594	1
任翻（？～？）	p637	1
張子容（？～？）	p641	1
張旭（？～？）	p653	1
簡師（？～？）	p666	1
裴迪（？～？）	p638	1
總計		177
宋代	嚴羽（？～？）	p578、p578、p579、p579、p579、p579、p580、p580、p580、p580、p580、p580、p580、p594、p671、p671	16
	寇準（961～1023）	p647	1

林逋（967～1028）	p588、p588、p588、p608	4
范仲淹（989～1052）	p636	1
梅堯臣（1002～1060）	p666	1
李覯（1009～1059）	p639	1
周敦頤（1017～1073）	p653	1
王安石（1021～1086）	p582、p583、p649、p662	4
徐積（1028～1103）	p586	1
劉摯（1030～1098）	p668、p657	2
程顥（1032～1085）	p635、p653	2
郭祥正（1035～1113）	p664、p673	2
蘇軾（1037～1101）	p581、p583、p587、p591、p599、p607、p609、p610、p611、p611、p620、p624、p634、p635、p642、p652、p652、p656、p657、p659、p664、p666	22
呂大臨（1044～1091）	p647	1
黃庭堅（1045～1105）	p583、p584、p599、p599、p610、p630、p648、p663	8
陳師道（1053～1101）	p637、p662	2
徐俯（1075～1141）	p663	1
陸游（1125～1210）	p586、p611、p611、p612、p612、p620、p623、p623、p623、p636、p648、p656、p661、p664、p666	15
范成大（1126～1193）	p673、p673	2
楊萬里（1127～1206）	p584、p584	2
朱熹（1130～1200）	p620、p621、p621、p622、p649、p653、p653、p661	8
劉過（1154～1206）	p669	1
戴復古（1167～1248？）	p588	1
黃震（1213～1280）	p668	1
張邦基（？～？）	p592	1
朱希真（？～？）	p641	1
卓契順（？～？）	p666	1
祖麟（？～？）	p666	1
總計		104

	張憲（？～1142）	p614	1
	王若虛（1174～1243）	p599、p642	2
	元好問（1190～1257）	p609、p611	2
	方回（1227～1305）	p598	1
	戴表元（1244～1310）	p649	1
金元	吳澄（1249～1333）	p653	1
	趙孟頫（1254～1322）	p622、p622、p636、p641	4
	薩都剌（1272 或 1300～1348？）	p611	1
	楊維楨（1296～1370）	p614	1
	姚桐壽（？～？）	p657	1
總計			15
	劉基（1311～1375）	p596	1
	高啟（1336～1374）	p596	1
	方孝孺（1357～1402）	p642	1
	于謙（1398～1457）	p659	1
	丘浚（1418～1495）	p654、p654	2
	陳獻章（1428～1500）	p621	1
	劉健（1433～1526）	p647、p657、p668	3
	李東陽（1447～1516）	p593、p594、p596、p641	4
	李夢陽（1473～1530）	p620	1
明代	唐寅（1470～1523）	p599、p609	2
	王守仁（1472～1529）	p621、p622	2
	呂柟（1479～1542）	p647	1
	何景明（1483～1521）	p594、p595	2
	謝榛（1495～1575）	p612、p612	2
	明七子	p593、p624	2
	薛應旂（1500～1574）	p658	1
	李攀龍（1514～1570）	p584、p586、p589、p595、p611、p612、p612、p620	8
	海瑞（1514～1587）	p662	1
	徐渭（1521～1593）	p585	1

	王世貞（1526～1590）	p584、p584、p587、p612、p613、p613、p613、p636	8
	陳繼儒（1558～1639）	p598	1
	袁宏道（1568～1610）	p586、p588	2
	袁中道（1570～1623）	p585	1
	周文煒（1583～1658）	p586	1
	譚元春（1586～1637）	p591	1
	王彥泓（1593～1642）	p593、p593	2
	顧杲（1607～1644）	p646	1
	陳子龍（1608～1647）	p640	1
	吳偉業（1609～1671）	p586、p596、p603、p624、p624	5
	彭士望（1610～1683）	p637、p638	2
	孫廷銓（1613～1674）	p591	1
	顧炎武（1613～1682）	p646	1
	芮長恤（1615～？）	p646	1
	吳嘉紀（1618～1684）	p585	1
	朱用純（1627～1698）	p648	1
	屈大均（1630～1696）	p661	1
	周安士（1656～1739）	p648	1
	王立修（？～？）	p672	1
總計			70
	張孝起（？～1660）	p671	1
	錢謙益（1582～1664）	p622	1
	傅山（1607～1684）	p625	1
	李漁（1611～1680？）	p597、p604	2
	龔鼎孳（1615～1673）	p591	1
清代	尤侗（1618～1704）	p591、p591、p598	3
	陳維崧（1625～1682）	p592	1
	呂留良（1629～1683）	p640、p641、p646、p658	4
	朱彝尊（1629～1709）	p590、p596	2
	陸隴其（1630～1692）	p647	1
	陳恭尹（1631～1700）	p611、p672	2

王士禎（1634～1711）	p587、p598、p599、p601、p602、p608、p608、p608、p610	9
邵長蘅（1637～1704）	p586	1
查慎行（1650～1727）	p588、p590	2
趙執信（1662～1744）	p585、p586、p599、p608	4
黃任（1683～1768）	p611	1
史震林（1692～1778）	p590	1
鄭燮（1693～1765）	p584	1
鄭板橋（1693～1766）	p656	1
胡天遊（1696～1758）	p584	1
袁枚（1716～1798）	p583、p588、p588、p590、p594、p638、p661、p665、p665、p669	10
張九鉞（1721～1803）	p603	1
紀昀（1724～1805）	p597	1
蔣士銓（1725～1785）	p585	1
趙翼（1727～1814）	p588、p589、p590	3
方子雲（？～？）	p586	1
彭元瑞（1731～1803）	p665	1
洪亮吉（1746～1809）	p586、p623、p638	3
黃景仁（1749～1783）	p590、p590	2
王采薇（1753～1776）	p598、p604	2
孫星衍（1753～1818）	p598	1
王曇（1760～1817）	p597	1
張問陶（1764～1814）	p588	1
阮元（1764～1849）	p598	1
舒位（1765～1865）	p597	1
李兆洛（1769～1841）	p602	1
姚椿（1777～1853）	p649	1
湯貽汾（1778～1853）	p649	1
龔自珍（1792～1841）	p597	1
沈謹學（1800～1847）	p672	1
王采蘋（1826～1893）	p600	1
李吟史（？～？）	p602	1

	周昀叔（?～?）	p604	1
	黃竹樵（?～?）	p615	1
	王沄（?～?）	p639	1
	金象晉（?～?）	p655	1
	章大士（?～?）	p655	1
	曹稼山（?～?）	p659	1
	鄭民瞻（?～?）	p666	1
	管才叔（?～?）	p651	1
	曹金分（?～?）	p672	1
	洪鑾（?～?）	p602	1
	楊白悼（?～?）	p672	1
總計			88
同時代	許玨（1843～1916）	p636、p650	2
	康有為（1858～1927）	p654	1
	汪兆鏞（1861～1939）	p668、p672	2
	張燮恩（1863～?）	p602、p603	2
	殷曉浦（1865～1943）	p670	1
	吳佩孚（1874～1939）	p652	1
	錢駿華（1875～1901）	p591	1
	錢振鍠（1875～1944）	p619、p619、p647、p653、p661、p663、p667、p669	8
	高吹萬（1878～1958）	p669	1
	周左麾（?～1908）	p598	1
	謝仁湛（?～1911）	p598	1
	謝泳（?～1911）	p670	1
	孫肇圻（1881～1953）	p669	1
	裘柱常（1906～1990）	p671	1
	陳小翠（1907～1968）	p670、p671、p671、p672	4
	顧飛（1907～2008）	p670	1
	謝仁慶（?～?）	p598	1
	吳瑟甫（?～?）	p591	1
	謝邀仁（?～?）	p603、p619、p670	3

	魏鍾琦（？～？）	p603	1
	王濤松（？～？）	p603	1
	二姑母歸謝氏	p604	1
	長姊	p604	1
	表兄潘杏生之妹	p604	1
	胡節母	p669	1
	王鹿鳴（？～？）	p610	1
	姜虛舟（？～？）	p612	1
	呂緒承（？～？）	p619	1
	李經畦（？～？）	p650	1
	康祖澤（？～？）	p654	1
	鄭質庵（？～？）	p669	1
	董景蘇（？～？）	p669	1
	高韻芬（？～？）	p669	1
	袁復堂（？～？）	p670	1
	亡姐	p671	1
	殷曉浦灝（？～？）	p670	1
	虞逸夫（1915～2011）	p673	1
韓國	黃玹（朝鮮語：황현，1856～1910）	p646	1
越南	阮尚賢（1868～1925）	p637	1
總計			54

徵引書目

說明：

一、本論文參考、徵引之書目、資料，依性質相近者加以分類；

二、古籍先按時代為序，次以作者生年為序；作者相同，則以出
版時間為序；今人論著中，屬於對古籍之校註、箋註者，以
古籍原作者為排序準則；

三、今人資料彙編及著作以作者姓名筆畫為序，同一作者則以出
版時間先後排列；

四、碩博士論文、期刊論文均依照出版時間先後排列。

一、錢振鍠相關論著

1. 錢振鍠：《名山詩話》，收入張寅彭主編：《民國詩話叢編》，上海：
上海書店出版社，2002 年。

2. 錢振鍠：《謫星說詩》，收入張寅彭主編：《民國詩話叢編》，上海：
上海書店出版社，2002 年。

3. 錢振鍠：《錢名山詩詞選》，北京：華夏新翰林出版社，2010 年。

4. 錢璱之編：《錢名山研究資料集》，北京：中國廣播電視出版社，
2003 年。

二、古籍

（一）

1. 東晉・陶淵明著、吳澤順編註：《陶淵明集》，長沙：嶽麓出版社，1996 年。

2. 金融鼎編注：《陶淵明集注新修》，上海：東華理工大學出版社，2017 年。

3. 唐・杜荀鶴：《杜荀鶴文集》，影印上海圖書館藏宋刻本。

4. 唐・陳子昂：《陳拾遺集》，上海：上海古籍出版社，1992 年。

5. 唐・賈島：《賈島詩全集》，海口：海南出版社，1992 年。

6. 唐・李商隱著、清・馮浩箋註：《玉谿生詩集箋注》，上海：上海古籍出版社，1979 年。

7. 宋・文天祥著、熊飛等校點：《文天祥全集》，南昌：江西人民出版社，1987 年。

8. 宋・蘇軾著、孔禮凡點校：《蘇軾文集》，北京：中華書局，1992 年。

9. 宋・蘇軾著、李之亮箋注：《蘇軾文集編年箋注》，成都：巴蜀書社，2011 年。

10. 宋・蘇轍：《欒城集》，上海：上海古籍出版社，2009 年。

11. 宋・黃庭堅：《黃庭堅全集》，成都：四川大學出版社，2001 年。

12. 宋・黃庭堅著、蔣方編選：《黃庭堅集》，南京：鳳凰出版社，2014 年。

13. 宋・陸游撰、楊立英校注：《老學庵筆記》，西安：三秦出版社，2003 年。

14. 宋・陸游著、蔣凡、白振奎編選：《陸游集》，南京：鳳凰出版社，2014 年。

15. 宋・朱熹著、朱傑人等主編：《朱子全書》，上海：上海古籍出版

社，2010 年。

16. 宋・劉詵《桂隱文集》，文淵閣《四庫全書》本。

17. 明・楊基《眉庵集》卷九，《四庫全書》第 1230 冊。

18. 明・楊士奇著、劉伯涵、朱海點校：《東裏文集》，北京：中華書局，1998 年。

19. 明・何喬新《椒邱文集》，《四庫全書》第 1249 冊。

20. 明・李東陽：《李東陽集》，長沙：嶽麓書社，1984 年。

21. 明・李夢陽：《李空同集》，《明代論著叢刊》本，臺北：偉文圖書出版社，1976 年。

22. 明・楊慎：《升庵全集》，上海：商務印書館，1937 年。

23. 明・何良俊：《四友齋叢說》，北京：中華書局，1959 年。

24. 明・袁宏道：《袁中郎全集》，臺北：偉文圖書出版社，1976 年。

25. 明・袁宏道著、錢伯城箋校：《袁宏道集箋校》，上海：上海古籍出版社，1979 年。

26. 明・鍾惺著、李先耕、崔重慶標校：《隱秀軒集》，上海：上海古籍出版社，1992 年。

27. 明・陳子龍：《安雅堂稿》，瀋陽：遼寧教育出版社，2003 年。

28. 明・陳子龍著、施蟄存、馬祖熙標校：《陳子龍詩集》，上海：上海古籍出版社，2006 年。

29. 明・黃宗羲著、沈善洪主編：《黃宗羲全集》，杭州：浙江古籍出版社，2005 年。

30. 清・錢謙益著、錢曾、錢仲聯編：《牧齋有學集》，上海：上海古籍出版社，1990 年。

31. 清・王士禛著、李毓芙選注：《王漁洋詩文選注》，濟南：齊魯書社，1982 年。

32. 清‧王士禎撰、湛之點校：《香祖筆記》，上海：上海古籍出版社，1982 年。

33. 清‧王士禎：《王士禎全集》，濟南：齊魯出版社，2007 年。

34. 清‧曹寅、彭定求等編：《全唐詩》，北京：中華書局，1980 年。

35. 清‧鄭珍著、白敦仁箋註：《巢經巢詩鈔箋注》，巴蜀書社，1996 年。

36. 清末民初‧梁啟超：《梁啟超全集》，北京：北京出版社，1999 年。

37. 清末民初‧梁啟超：《梁啟超評歷史人物合集》，武漢：華中科技大學出版社，2018 年。

38. 清末民初‧周作人著、鍾叔河編選：《周作人文選》，廣州：廣州出版社，1995 年。

39. 清末民初‧柳亞子：《磨劍室文錄》，上海：上海人民出版社，1993 年。

40. 清末民初‧陳小翠著、劉夢芙編校：《翠樓吟草》，合肥：黃山書社，2010 年。

41. 清末民初‧施蟄存：《北山樓詩》，上海：華東師範大學出版社，2000 年。

（二）

1. 南朝梁‧劉勰著、王更生註譯：《文心雕龍讀本》，臺北：文史哲出版社，2000 年。

2. 南朝梁‧劉勰著、王運熙、周鋒譯著：《文心雕龍譯注》，上海：上海古籍出版社，2016 年。

3. 南朝梁‧劉勰著、周振甫譯注、章培恆等主編：《文心雕龍選譯》，南京：鳳凰出版社，2017 年。

4. 南朝梁‧鍾嶸著、周振甫譯註：《詩品譯註》，北京：中華書局，1998 年。

5. 唐·孟棨等著《本事詩》，上海：古典文學出版社，1957 年。

6. 唐·司空圖：《詩品》，收入郭紹虞主編：《中國歷代文論選》，上海：中華書局，1962 年。

7. 宋·陳應行《吟窗雜錄》，北京：中華書局，1997 年。

8. 宋·胡仔纂集、廖德明校點：《苕溪漁隱叢話》，九龍：中華書局香港分局，1976 年。

9. 宋·楊萬裏：《誠齋詩話》，見丁福保編：《歷代詩話續編》，北京：中華書局，1983 年。

10. 宋·嚴羽《滄浪詩話》，北京：中華書局，1985 年。

11. 明·高棅：《唐詩品彙》，上海：上海古籍出版社，1982 年。

12. 明·吳訥《文章辨體序說》，收入《文體序說三種》，臺北：臺大出版中心，2016 年。

13. 明·李東陽著，李慶立校釋：《懷麓堂詩話校釋》，北京：人民文學出版社，2009 年。

14. 明·楊慎：《升庵詩話》，見丁福保輯：《歷代詩話續編》，北京：中華書局，1983 年。

15. 明·楊慎撰、王大厚箋證：《升庵詩話新箋證》，北京：中華書局，2008 年。

16. 明·謝榛：《四溟詩話》，北京：中華書局，1985 年。

17. 明·王世貞著、陸潔棟，周明初批註：《藝苑卮言》，南京：鳳凰出版社，2009。

18. 明·胡應麟《詩藪》，北京：中華書局，1958 年。

19. 明·許學夷《詩源辯體》，北京：人民文學出版社，2001 年。

20. 明·胡震亨：《唐音癸籤》，上海：古典文學出版社，1957 年。

21. 明·鍾惺、譚元春：《詩歸》，見四庫全書存目叢書（集部第 338

　　冊），濟南：齊魯書社，1996 年。

22. 清‧錢謙益：《列朝詩集小傳》，臺北：文明書局，1991 年。

23. 清‧馮班：《鈍吟雜錄》，收入倪文傑，韓永主編：《古今圖書集成精華》，北京：人民中國出版社，1998 年。

24. 清‧賀裳：《載酒園詩話》，收入郭紹虞編：《清詩話續編》，上海古籍出版社，1983 年。

25. 清‧吳喬：《答萬季野詩問》，收入清‧王夫之等撰、丁福保輯錄：《清詩話》，上海：上海古籍出版社，1978 年。

26. 清‧王夫之撰、戴鴻森點校：《薑齋詩話箋注》，上海：上海古籍出版社，2012 年。

27. 清‧毛先舒《詩辯坻》，收入郭紹虞編：《清詩話續編》，上海：上海古籍出版社，1999 年。

28. 清‧黃生著、徐定祥點校：《杜詩說》，合肥：黃山書社，1994 年。

29. 清‧黃生《詩麈》，見褚偉奇主編：《黃生全集》，合肥：安徽大學出版社，2009 年。

30. 清‧葉燮：《原詩》，收入清‧王夫之等撰、丁福保輯錄：《清詩話》，上海：上海古籍出版社，1999 年。

31. 清‧查慎行評點、張載華輯：《查初白詩評十二種》，上海六藝書局石刻本。

32. 清‧郎廷槐：《師友詩傳錄》，收入清‧王夫之等撰、丁福保輯錄：《清詩話》，北京：中華書局，1963 年。

33. 清‧趙執信：《談龍錄》，收入清‧王夫之等撰、丁福保輯錄：《清詩話》，北京：中華書局，1963 年。

34. 清‧沈德潛撰《說詩晬語》卷二，溫故堂翻刻，香港中文大學圖書館藏。

35. 清・沈德潛輯、孫通海點校：《古詩源》，瀋陽：遼寧教育出版社，1997 年。

36. 清・沈德潛：《唐詩別裁集》，長沙：嶽麓出版社，1998 年。

37. 清・蔡鈞輯：《詩法指南》，乾隆二十三年匠門書屋刊本。

38. 清・袁枚著、陳君慧注譯：《隨園詩話》，北京：線裝書局，2008 年。

39. 清・趙翼：《甌北詩話》，收入郭紹虞編：《清詩話續編》，上海：上海古籍出版社，1999 年。

40. 清・劉熙載《藝概》，收入郭紹虞編：《清詩話續編》，上海：上海古籍出版社，1983 年。

41. 清・方東樹著、汪紹楹校點：《昭昧詹言》，北京：人民文學出版社，1961 年。

42. 清・施補華：《峴傭說詩》，收入清・王夫之等撰、丁福保輯錄：《清詩話》，上海：上海古籍出版社，1999 年。

43. 清・王闓運：《湘綺樓說詩》，香港：龍門書店，1968 年。

44. 清末民初・陳衍：《石遺室詩話》，收入錢仲聯校編：《陳衍詩論合集》，福州：福建人民出版社，1999 年。

45. 清末民初・陳衍：《石遺室詩話續編》，收入張寅彭主編：《民國詩話叢編》冊一，上海：上海書店出版社，2002 年。

46. 清末民初・海納川：《冷禪室詩話》，收入張寅彭主編：《民國詩話叢編》冊二，上海：上海書店出版社，2002 年。

47. 清末民初・王逸塘：《今傳是樓詩話》，收入張寅彭主編：《民國詩話叢編》冊三，上海：上海書店出版社，2002 年。

48. 清末民初・南村：《撼懷齋詩話》，收入張寅彭主編：《民國詩話叢編》冊五，上海：上海書店出版社，2002 年。

49. 清末民初・沈其光：《瓶粟齋詩話》，收入張寅彭主編：《民國詩話叢編》冊五，上海：上海書店出版社，2002 年。

50. 清末民初・吳宓：《空軒詩話》，收入張寅彭主編：《民國詩話叢編》冊六，上海：上海書店出版社，2002 年。

51. 清末民初・林庚白：《孑樓詩詞話》，收入張寅彭主編：《民國詩話叢編》冊六，上海：上海書店出版社，2002 年。

52. 清末民初・黃曾樾輯：《陳石遺先生談藝錄》，收入張寅彭主編：《民國詩話叢編》冊一，上海：上海書店出版社，2002 年。

（三）

1. 春秋・孔子著、劉兆偉譯註：《論語》，北京：人民教育出版社，2015 年。

2. 戰國・孟子著：《孟子選註》，桂林：灕江出版社，2014 年。

3. 宋・朱熹：《詩集傳》，北京：中華書局，1958 年。

4. 漢・毛亨傳、鄭玄箋、唐・孔穎達等正義：《毛詩正義》，上海：上海古籍出版社，1990 年。

5. 徐志嘯撰：《詩經楚辭選評》，上海：上海古籍出版社，2002 年。

6. 褚斌傑：《詩經評選》，西安：三泰出版社，2008 年。

7. 清・阮元：《重刊宋本十三經註疏》清嘉慶二十年南昌府學刊本。

8. 清・陳立：《白虎通義疏證》，北京：中華書局，1994 年。

9. 傅佩榮譯釋：《易經》，北京：東方出版社，2012 年。

10. 唐・陸德明：《經典釋文》，《四部叢刊》經部，景上海涵芬樓藏通志堂刊本。

11. 宋・吳棫《韻補》，《欽定四庫全書》本。

12. 清・毛先舒《聲韻叢說》，收入《學海類編》。

13. 南朝宋・范曄撰：《後漢書》，長沙：嶽麓書社，2008 年。

14. 南朝宋・沈約：《宋書》，北京：中華書局，1974 年。

15. 宋・歐陽修等撰：《新唐書》，北京：中華書局，1975 年。

16. 元・脫脫等撰：《宋史》，北京：中華書局，1977 年。

17. 清・張廷玉等撰、楊家駱主編：《明史》，北京：中華書局，1974 年。

18. 清・趙爾巽等撰：《清史稿》，北京：中華書局，1977 年。

19. 唐・徐靈府：《通玄真經》，北京：中華書局，1985 年。

20. 清・紀昀等纂修：《四庫全書總目提要》，臺北：中華古籍出版社，2008 年。

三、今人資料彙編及著作

（一）

1. 孔凡禮、齊治平編：《古典文學研究資料彙編》，北京：中華書局，1962 年。

2. 卞孝萱、黃清泉主編：《中國古代文學作品選》，武漢：華中師範大學出版社，1999 年。

3. 吳文治主編：《遼金元詩話全編》，南京：鳳凰出版社，2006 年。

4. 李誠、熊良智主編：《楚辭評論集覽》，武漢：湖北教育出版社，2002 年。

5. 周賀等編：《唐詩百家全集》，海口：海南出版社，1992 年。

6. 來新夏主編：《清代科舉人物家傳資料彙編》，北京：學苑出版社，2006 年。

7. 陳友琴編：《白居易詩評述彙編》，北京：中華書局，1963 年。

8. 陳玉堂編著：《中國近現代人物名號大辭典》，杭州：浙江古籍出版社，2005 年。

9. 陳伯海主編：《歷代唐詩論評選》，保定：河北大學出版社，2003年。

10. 陳伯海：《唐詩彙評》，上海：上海古籍出版社，2015年。

11. 孫克強主編：《中國歷代分體文論選》，北京：北京交通大學出版社，2006年。

12. 孫建軍，陳彥田主編：《全唐詩選注》，北京：線裝書局，2002年。

13. 華東師範大學古籍整理研究室選編校點：《歷代書法論文選》，上海：上海書畫出版社，1979年。

14. 郭紹虞主編：《中國歷代文論選》，上海：上海古籍出版社，2001年。

15. 清代詩文集編撰委員會：《清代詩文集彙編》，上海：上海古籍出版社，2010年。

16. 寇養厚：《古代文史論集》，濟南：山東大學出版社，1999年。

17. 傅雲龍等主編：《唐宋明清文集》，天津：天津古籍出版社，2000年。

18. 彭會資：《中國文論大辭典》，南寧：百花文藝出版社，1990年。

19. 廖可斌主編：《2006明代文學論集》，杭州：浙江大學出版社，2007年。

20. 鄧洪波主編：《中國書院學規集成》，上海：中西書局，2011年。

21. 鄭慶篤選注：《唐詩選》，濟南：山東文藝出版社，2007年。

22. 劉正成主編：《中國書法鑒賞大辭典》，北京：大地出版社，1989年。

23. 劉學鍇、余恕誠、黃世中編：《李商隱資料彙編》，北京：中華書局，2001年。

24. 蕭滌非等：《唐詩鑒賞辭典》，上海：上海辭書出版社，2006年。

（二）

1. 王守中：《中國近代史》，濟南：山東教育出版社，1987年。

2. 卞孝萱等：《韓愈評傳》，南京：南京大學出版社，1998年。

3. 甘生統：《皎然詩學淵源考論》，北京：人民出版社，2012年。

4. 石光榮主編：《中國近代史》，北京：機械工業出版社，1985年。

5. 石玲著：《袁枚詩論》，濟南：齊魯書社，2003年。

6. 包莉秋著：《公里與審美的交光互影：1895～1916中國文論研究》，成都：西南交通大學出版社，2012年。

7. 李金善編著：《屈原》，海口：海南出版社，1997年。

8. 吳承學、何詩海編：《中國文體學與文體史研究》，南京：鳳凰出版社，2011年。

9. 汪湧豪、駱玉明編：《中國詩學》，上海：東方出版中心，2008年。

10. 孟二冬：《陶淵明集譯註及研究》，北京：崑崙出版社，2007年。

11. 胡迎建：《民國舊體詩史稿》，南昌：江西人民出版社，2005年。

12. 胡師幼峰：《沈德潛詩論探研》，臺北：學海出版社，1986年。

13. 胡師幼峰：《清初虞山派詩論》，臺北：國立編譯館，1994年。

14. 胡適：《白話文學史》，上海：新月書店，1928年。

15. 胡適著、朱一帆編：《胡適集》，太原：北嶽文藝出版社，2016年。

16. 凌冰等著：《唐詩斷章絕唱》，北京：知識產權出版社，2004。

17. 陳戌國、陳冠梅：《中國禮文學史》，長沙：湖南大學出版社，2015年。

18. 徐希平：《李杜詩學與民族文化論稿》，北京：民族出版社，2011年。

19. 徐榮街：《二十世紀中國詩歌論》，濟南：山東教育出版社，1999年。

20. 陳良運：《中國詩學體系論》，北京：中國社會科學出版社，1992年。

21. 孫紀文著：《王士禛詩學研究》，銀川：寧夏人民出版社，2008年。

22. 陳祖武：《清初學術思辯錄》，北京：中國社會科學出版，1992年。

23. 孫昌武選注：《韓愈選集》，上海：上海古籍出版社，2013年。

24. 陳書錄：《明代詩文的演變》，揚中：江蘇教育出版社，1996年。

25. 陳國球：《明代復古派唐詩論研究》，北京：北京大學出版社，2007年。

26. 郭紹虞：《中國文學批評史》，北京：商務印書館，2010年。

27. 孫薇：《清代杜詩學史》，濟南，齊魯書社，2004年。

28. 孫薇：《杜詩學文獻研究論稿》，保定：河北大學出版社，2010年。

29. 孫曉明：《陶淵明的文學世界》，上海：上海古籍出版社，2013年。

30. 莫礪鋒《杜甫評傳》，南京：南京大學出版社，1993年。

31. 陳鐘凡：《中國韻文通論》，上海：中華書局，1931年。

32. 張健：《滄浪詩話研究》，臺北：臺大文學院，1966年。

33. 許連軍：《皎然〈詩式〉研究》，北京：中華書局，2007年。

34. 張高評：《宋詩特色研究》，長春：長春出版社，2002年。

35. 馮小琴主編：《中國近代史》，武漢：武漢大學出版社，2011年。

36. 黃君主編：《黃庭堅研究論文選》，南昌：江西教育出版社，2005年。

37. 黃曼君主編：《中國20世紀文學理論批評史》，北京：中國文聯出版社，2002年。

38. 葉嘉瑩：《葉嘉瑩說中晚唐詩》，北京：中華書局，2008年。

39. 程毅中：《中國詩體流變》，北京：中華書局，1998年。

40. 傅璇琮：《唐詩論學叢稿》，北京：京華出版社，1999 年。

41. 楊宗瑩：《白居易研究》，臺北：文津出版社，1985 年。

42. 聞一多：《唐詩雜論》，南寧：廣西出版社，2017 年。

43. 蔣寅：《清代詩學史》，北京：中國社會科學出版社，2012 年。

44. 趙敏利：《中國詩歌史通論》，北京：人民文學出版社，2013 年。

45. 魯迅：《文學與出汗》，成都：四川人民出版社，2017 年。

46. 劉學凱：《李商隱詩歌接受史》，合肥：安徽大學出版社，2004 年。

47. 韓高年：《詩賦文體源流新探》，成都：四川出版集團巴蜀書社，2004 年。

48. 魏銘編著：《陶淵明與田園詩》，長春：吉林出版社，2009 年。

49. 顏崑陽：《李商隱詩箋釋方法論——中國古典詮釋學例說》，臺北：里仁書局，2011 年。

50. 譚國安：《屈原賦詳釋》，北京：海洋出版社，1990 年。

51. 羅積勇：《用典研究》，武漢：武漢大學出版社，2005 年。

52. 〔日〕青木正兒著、隋樹生譯：《中國文學概說》，重慶：重慶出版社，1982 年。

53. 〔德〕茵格爾頓：《文學的藝術作品》，西安：西北大學出版社，1973 年。

54. 〔美〕雷·韋勒克、奧·沃倫著：《文學理論》，北京：三聯書店，1984 年。

55. 〔英〕赫伯特·裏德著、王柯平譯：《藝術的真諦》，瀋陽：遼寧人民出版社，1987 年。

四、學位論文

1. 李俊：《初盛唐七言律詩研究》，陝西師範大學碩士論文，2001 年。

2. 顏運梅:《陳小翠舊體詩詞曲研究》,華南師範大學碩士論文,2005年。

3. 劉芹:《袁宏道的詩論與詩歌創作》,北京語言大學碩士論文,2007年。

4. 張毅:《陸游詩傳播、閱讀專題研究》,復旦大學博士論文,2008年。

5. 雲國霞:《元代詩學研究》,成都:四川大學博士論文,2008年。

6. 張麗華:《清代乾嘉時期唐宋詩之爭流變史》,蘇州大學博士論文,2008年。

7. 郭前孔:《清代晚期唐宋詩之爭流變史》,蘇州大學博士論文,2009年。

8. 梁靜:《袁宏道詩歌語言結構研究》,復旦大學博士論文,2009年。

9. 王治國:《實踐自我的主體論詩學——七月詩派詩學理論研究》,浙江大學博士論文,2011年。

10. 周文慧:《韓愈聯句詩研究》,中國社會科學院碩士論文,2011年。

11. 劉娟:《張籍詩歌研究》,江西師範大學博士論文,2011年。

12. 史元梁:《晚清杜甫批評專題研究》,贛南師範學院碩士論文,2011年。

13. 孫傑《竹枝詞發展史》,復旦大學博士論文,2012年。

14. 袁新成:《柳亞子詩歌研究》,山東大學碩士論文,2013年。

15. 劉超:《「中國式」現代主義詩學——九葉詩派詩學探究》,黑龍江大學碩士論文,2013年。

16. 趙耀鋒:《民國時期唐詩學研究》,西北大學碩士論文,2014年。

17. 竇懷雋:《賈島詩歌研究》,吉林大學博士論文,2015年。

18. 胡曉東:《行其所無事——論錢名山書學觀》,南京藝術學院碩士

論文，2015 年。

19. 楊潔：《詩經鄭、衛詩歌研究》，山東師範大學博士論文，2015 年。

20. 劉秀秀：《陳子昂詩歌理論及創作在盛唐的接受》，湖南大學碩士論文，2015 年。

21. 周廣宏：《中國現代詩派對意象主義的接受與創新》，青海師範大學碩士論文，2016 年。

22. 李詩白：《民國杜詩學研究》，雲南師範大學碩士論文，2017 年。

23. 蔣茜：《鍾嶸「直尋」的創作美學研究》，暨南大學碩士論文，2017 年。

24. 余彩雲：《黃遵憲詩對傳統詩學的繼承與創新》，山東大學碩士論文，2018 年。

25. 傅根生：《唐詩語言藝術研究》，南京師範大學博士論文，2018 年。

26. 黎潔《蔡居厚詩學批判考論》，安徽大學碩士論文，2018 年。

五、期刊論文

1. 〈錢名山鬻書助振〉，《申報》，1935 年第 13 卷。

2. 〈無錫同鄉會籌募無錫春振捐款〉，《申報》，1935 年第 13 卷。

3. 鄭逸梅：〈詩人胡石予以夫婦之德事〉，《申報》，1936 年第 17 卷。

4. 玄修：〈說李〉，《同聲月刊》，1941 年第 9 號。

5. 羅振玉：〈杜詩授讀序〉，《同聲月刊》，1942 年第 2 卷第 6 號。

6. 周裕鍇：〈蘇軾黃庭堅詩歌理論之比較〉，《文學評論》，1983 年 8 月。

7. 柏仰蘇：〈淺談七古格式及其他〉，《青海師範大學學報》，1985 年第 2 期。

8. 裴斐：〈李白個性論〉，《中國李白研究——中國李白學會第二節年

會紀事》，1990 年。

9. 徐剛：〈朱熹與陸游的比較研究〉，《朱子學刊》，1994 年第 1 輯。

10. 姜光斗：〈論賈島五律詩〉，《南通師範學院學報》，哲學社會科學版，1999 年第 15 卷第 2 期。

11. 蔣寅：〈王漁洋與清初宋詩風之興替〉，《文學遺產》，1999 年第 3 期。

12. 佐藤仁著、冉毅譯：〈朱熹和陸游〉，《中國文學研究》，1999 年第 2 期。

13. 胡建次：〈中國古典詩學批評中的杜甫論〉，《南昌大學學報》，2000 年第 2 期。

14. 郭延禮：〈「詩界革命」的起點、發展及其評價〉，《文史哲》，2000 年第 2 期。

15. 宋浩：〈陳小翠的《翠樓吟草》〉，《粵海風》，2003 年第 4 期。

16. 彭友善：〈論李白樂府歌行「奇變」與「雄放」風格〉，《呼蘭師專學報》，2003 年第 19 卷第 1 期。

17. 寧松夫：〈簡論孟浩然詩歌「字法」的藝術造詣〉，《樂山師範學院學報》，2003 年第 18 第 3 期。

18. 內山精也：〈蘇軾次韻詞考——以詩詞所呈現的次韻之異同為中心〉，《中國韻文學刊》，2004 年第 4 期。

19. 黃連平：〈陸游詩歌藝術特色淺論〉，《深圳大學學報》，人文社會科學版，2005 年第 22 卷第 3 期。

20. 黃晶：〈陳小翠舊體詩詞創作流變論〉，《新文學評論》，2006 年第 2 期。

21. 彤星：〈詩韻的意義及用韻規律——駁「詩韻的典雅美」〉，《中華詩詞》，2006 年第 12 期。

22. 史小軍、李振松：〈祝枝山論李杜〉，《人文雜誌》，2006 年第 2 期。

23. 蔣寅：〈陸游詩歌在明末清初的流行〉，《中國韻文學刊》，2006 年第 20 第 1 期。

24. 吳宏一：〈談中國詩歌史上的「以復古為革新」——以陳子昂為討論重心〉，《北京大學學報》，2007 年第 44 第 3 期。

25. 張超：〈杜甫《贈花卿》詩微言辯釋〉，《邯鄲學院學報》，2009 年第 19 卷第 4 期。

26. 蔣寅：〈陶淵明隱逸的精神史意義〉，《求是學刊》，2009 年 9 月。

27. 蔣寅：〈杜甫詩是偉大的詩人嗎——歷代貶杜論的譜系〉，《國學學刊》，2009 年第 3 期。

28. 陶敏：〈韋應物生卒年再考〉，《文學遺產》，2010 年第 1 期。

29. 莫礪鋒：〈關於〈哀江頭〉的歧解〉，《文史知識》，2011 年第 8 期。

30. 葛曉音：〈論杜甫七律「變格」的原理和意義〉，《北京大學學報》，2011 年第 48 卷第 6 期。

31. 譽高槐、廖宏昌：〈從唐詩歸看晚明詩學論爭中的李白詩〉，《蘭州學刊》，2011 年第 1 期。

32. 胡師幼峰：〈吳喬論詩體之漸變——以古、律為例〉，《輔仁國文學報》，2012 第 34 期。

33. 范瑞麗：〈鍾嶸評陶淵明「古今隱逸詩人之宗也」辨析〉，《現代語文》，2012 年第 7 期。

34. 黃振新：〈「氣」：方東樹詩歌批評最重要的審美範疇〉，《喀什師範學院學報》，2013 年第 34 卷第 5 期。

35. 梁德林：〈論柳宗元詩歌的奇險風格〉，《廣西師範學院學報》，2014 年第 3 期。

36. 楊勝寬：〈杜詩「集大成」義解〉，《杜甫研究學刊》，2014 年第 3 期。

37. 蔣寅：〈科舉試詩對清代詩學的影響〉《中國社會科學》，2014 年第 10 期。

38. 蔣湧濤：〈錢振鍠年譜〉，《名人博覽》，2015 年第 1 期。

39. 宋巧燕：〈論清代科舉加試試帖詩的影響〉，《三峽論壇》，2015 年 3 月。

40. 王輝斌：〈馮班及其古今樂府論〉，《湖北文理學院學報》，2015 年第 7 期。

41. 田恩銘：〈從「隱逸」到「隱逸」史傳文本中陶淵明形象的常與變〉，《中國文學研究》，2016 年第 2 期。

42. 廖可斌：〈關於明代文學與清代文學的關係──以詩學為中心的考察〉，《文學評論》，2016 年第 5 期。

43. 魏耕原：〈杜甫白話七律的變格與發展〉，《安徽大學學報》，2016 年第 2 期。

44. 劉曉萱：〈錢名山及其詩學思想〉，《明日風尚》，2017 年。

45. 劉勇：〈錢振鍠詩學視野中的杜詩〉，《名作欣賞》，2017 年第 11 期。

46. 孔令環：〈民國詩話中的杜甫評論〉，《杜甫研究學刊》，2017 年第 2 期。

47. 詹福瑞：〈唐宋時期李白詩歌的經典化〉，《文學遺產》，2017 年第 5 期。

48. 王婧嫻：〈陳子昂「風骨」論〉，《短篇小說》，2018 年第 23 期。

49. 呂若玫：〈論陳子昂《感遇》詩的復古主張〉，《漢字文化》，2019 年第 10 期。

50. 莫礪鋒：〈蘇軾詩歌的用韻〉，《江淮論壇》，2019 年 1 月。

51. 柳倩月：〈從巴蜀山野之歌到中華風俗詩──竹枝詞發展規律考論〉，《淮陰師範學院學報》，2020 年 1 月。